KB131504

빌 스트리트가
말할수있다면

빌 스트리트가
말할수있다면

제임스 볼드윈 장편소설 고정아 옮김

이 책은 실로 꿰매어 제본하는 정통적인 사철 방식으로 만들어졌습니다.
사철 방식으로 제본된 책은 오랫동안 보관해도 손상되지 않습니다.

요란에게

메리, 메리,

저 예쁜 아기한테

어떤 이름을 지어 줄 거니?

추천의 말

연옥은 희망이 있기 때문에 지옥과는 다른 의미로 고통스럽다. 제임스 볼드윈이 『빌 스트리트가 말할 수 있다면』에서 그리는 곳은 실낱같은 희미한 희망에 의해 지탱되는 절망의 세계다.

차라리 지옥으로 그렸다면 모든 것이 쉬웠으리라. 볼드윈이 그리는 1970년대 흑인들의 사회는 고통과 분노의 세계다. 단지 이들은 부당한 처벌을 당한다. 주인공 티시와 포니가 겪는 역경에는 인종 차별이라는 단순한 원인이 깔려 있다. 그것으로 이 소설의 거의 모든 것들이 설명된다. 원인이 단순하기에 볼드윈은 이들의 이야기를 하기 위해 예술적 우회로를 찾지 않는다. 이 소설의 내용은 신문 사설처럼 명쾌하다. 이들은 흑인이어서 부당한 고통을 겪는다. 흑인이어서 저지르지 않는 범죄로 체포되고, 흑인이어서 부당한 재판을 받을 것이다.

그럼에도 볼드윈은 희망을 놓지 않는다. 이 소설은 악역이 거의 등장하지 않는다. 이름과 얼굴이 있는 유일한 악당인 벨 경관을 제외하면 독자들은 고만고만한 사람들을, 성실한 사람들을, 친절한 사람들을 더 많이 만난다. 아마도 얼굴 없는 학대의 시스템이 이번에는 상식과 정의와 친절함에 의해 멈출지도 모른다. 그 희망이 허약한 망상에 불과하다고 해도, 그 망상이 처벌보다 더 큰 고통을 준다고 해도 이들은 여기에 의지할 수밖에 없다.

『빌 스트리트가 말할 수 있다면』의 독서는 티시와 포니의 이야기가 21세기에도 생생한 현재성을 유지하고 있기에 더 고통스럽다. 변하는 것 같은 세상은 끈질기게 버티고 있고, 고통과 분노는 여전하다. 2018년, 이 소설을 영화화했을 때, 배리 젱킨스는 소설의 잔인한 희망을 산문적인 체념으로 바꾸었다. 그게 지난 40여 년 간의 역사였다고 말하고 싶었는지도 모른다. 하지만 그렇다고 그것이 희망의 끝은 아닐 것이다.

2020년 여름
듀나

차례

하나

내 영혼이 근심되어

거울에 비친 내 모습을 본다. 내 이름은 클레멘타인이다. 그러니까 내 이름을 부른다면 〈클렘〉으로 줄여 부르거나 아니면 그냥 〈클레멘타인〉이라고 불러야 말이 될 것이다. 그게 내 이름이니까. 그런데 사람들은 나를 〈티시〉라고 부른다. 어쩌면 그것도 말이 되는 것 같다. 나는 피곤한 탓에, 세상에 벌어지는 모든 일은 다 말이 된다는 생각이 들 지경이다. 말이 안 된다면 어찌 그런 일이 일어나겠는가? 하지만 그런 생각은 끔찍하다. 그런 생각은 오직 근심에서 나온다. 말이 안 되는 근심에서.

오늘 포니를 보러 갔다. 포니 역시 본래 이름이 아니다. 그의 본명은 알론조다. 그러니까 〈로니〉 정도라면 알론조의 애칭으로 말이 된다. 하지만 그는 옛날부터 포니였다. 알론조 헌트가 정식 이름이다. 나는 아주 옛날부터 그를 알았고, 앞으로도 영원토록 알 것이다. 그를 알론조라고 부를 때는 아주 심각한 이야기를 할 때뿐이다. 오늘 그 이름을 불렀다. 「알론조?」 그러자 그가 나를 보았고, 내가 그렇게 부를 때마다 보이는 의아한 표정을 지었다.

그는 감옥에 있다. 나는 좁은 나무 테이블 앞의 긴 의자에 앉았고, 그도 좁은 나무 테이블 앞의 긴 의자에 앉았다. 우리 사이에는 유리 벽이 있었다. 유리 때문에 말소리가 들리지 않아서 양쪽에 달린 조그만 전화기로 대화한다. 전화로 이야기할 때면 왜 아래를 보는지 모르겠지만 어쨌든 사람들은 그렇게 한다. 하지만 누군가와 이야기할 때는 고개를 들어 상대방을 바라보는 게 중요하다.

이제 그 점을 잊지 않기로 했다. 그가 감옥에 있고, 나는 그의 눈을 사랑하고, 그를 볼 때마다 다시는 못 볼까봐 두렵기 때문이다. 거기 가자마자 나는 전화기를 들고 고개를 들어 그를 바라본다.

「알론조?」 하고 부르자, 그는 고개를 들어 미소 띤 얼굴로 전화기를 든 채 나의 다음 말을 기다렸다.

사랑하는 사람을 유리 벽 너머로 보는 일은 누구에게
도 생기지 않았으면 좋겠다.

말투가 의도와는 다르게 나갔다. 아주 가볍게 말하려
고 했다. 그가 놀라지 않도록, 비난하려는 뜻이 전혀 없
다는 것을 알도록.

그를 알기 때문이다. 그는 자존심이 강하고 걱정이
많다. 감옥에 가게 된 가장 큰 이유도 생각해 보면 바로
그것 때문이지만, 정작 그는 모른다. 이미 걱정이 너무
많은 그에게 또 다른 걱정을 끼치는 게 싫다. 사실 이런
소식을 전하고 싶지는 않았다. 하지만 전하지 않을 수
없었다. 그에게 알려야 했다.

처음에는 어쩔 수 없이 걱정하겠지만, 밤에 혼자 누
워 있으면, 그러니까 아무도 없는 곳에 혼자 있을 때면
마음속 깊은 한 구석으로는 기뻐하리라는 생각도 했다.
그것이 그에게 도움이 될지도 모른다.

내가 말했다. 「알론조, 나 아기가 생겼어.」

그를 보았다. 그리고 미소 지었다. 그러나 그의 얼굴
은 물속에 처박힌 것 같았다. 그를 만질 수 없었다. 하지
만 만지고 싶었다. 나는 다시 웃었고, 전화기를 든 손에
서는 땀이 났다. 그런 뒤 잠시 그의 모습이 보이지 않기

에 고개를 저었다. 나는 눈물에 젖은 얼굴로 말했다. 「기뻐. 정말로 기뻐. 걱정할 거 없어. 난 기쁘니까.」

그는 어느새 내 곁에서 멀어져 먼 곳에 있었다. 나는 그가 돌아오기를 기다렸다. 그의 얼굴에 번쩍 생각이 지나는 게 보였다. 〈내 아기라고?〉 그렇게 생각하겠지. 나를 의심한다는 게 아니다. 하지만 남자는 그렇게 생각하는 법이다. 그가 잠시 내 곁에서 멀어진 짧은 순간 아기만이 이 세상의 유일한 존재였고, 감옥보다 더, 나보다도 더 현실적인 사건이었다.

진작 말해야 했다. 우리가 결혼하지 않았기 때문이다. 그 사실은 나보다 그에게 더 의미가 컸지만, 나는 그의 기분을 안다. 우리는 결혼을 앞두고 이런 일에 처했다.

포니는 스물둘이고, 나는 열아홉이다.

그가 어이없는 질문을 했다. 「정말이야?」

「아니, 거짓말이야. 그냥 장난친 거야.」

그가 웃었다. 이제 확실히 알았기 때문이다.

「그럼 우리 이제 어떻게 해야 돼?」 그렇게 물어 보는 모습이 소년 같았다.

「지우지는 않을 거야. 그러니까 우리가 키워야 할 것 같아.」

포니는 고개를 젖힌 채 소리 내어 웃었고 어느덧 눈물을 흘렸다. 그러자 그가 걱정할 것이 그토록 겁났지만 지금은 괜찮을 거라는 느낌이 들었다.

「프랭크는 알고 있어?」 그가 물었다.

프랭크는 그의 아버지다.

「아직.」

「너희 식구한테는?」

「아직 말 안 했어. 그런 거 신경 쓰지 마. 너한테 제일 먼저 말하고 싶었어.」

「음, 그것도 말이 되네. 아기라.」 그가 말했다.

그는 나를 보더니 눈길을 아래로 내렸다. 「정말로 어떻게 할 거야?」

「지금까지 하던 대로 할 거야. 마지막 달까지 일할 거고, 그다음에는 엄마하고 언니한테 도움을 받아야지. 걱정할 거 없어. 넌 어쨌건 그전에 나올 테니까.」

「정말 그럴까?」 이어지는 그의 작은 미소.

「당연하지. 처음부터 그럴 거였어.」

그가 어떤 생각인지 알았지만, 정작 나는 그렇게 생각할 수 없었다. 그를 바라보는 지금 나는 그렇게 믿어야 했다.

포니의 뒤에 남자가 다가왔다. 이제 헤어질 시간이었다. 포니가 언제나처럼 미소 띤 얼굴로 주먹을 들었고, 나도 주먹을 들었다. 그가 일어섰다. 여기서 그를 볼 때마다 그의 키가 이렇게 컸다는 사실에 약간 놀란다. 살이 빠지면서 더 커 보이는 것 같다.

포니는 돌아서서 나갔고 그 뒤로 문이 닫혔다.

어지러웠다. 하루 종일 먹은 게 별로 없었고, 어느새 저녁 시간이었다.

면회실을 나가서 내가 싫어하는 복도들을 지났다. 그 복도들은 사하라 사막보다 더 넓었다. 사하라 사막은 텅 빈 공간이 아니다. 이 복도들도 빈 공간이 아니다. 사하라 사막을 건너다가 쓰러지면 콘도르들이 금세 주변을 맴돌며 죽음의 냄새를 맡는다. 놈들은 점점 더 낮게 내려와서 기다린다. 놈들은 안다. 영혼이 언제 포기하는지, 언제 살코기가 준비될지. 가난한 이들은 늘 사하라 사막을 건너고, 보석(保釋) 보증인 따위의 인간군이 콘도르처럼 주변을 맴돈다. 물론 그들의 형편이 가난한 사람들보다 딱히 더 나은 것도 아니다. 그래서 콘도르, 시체 사냥꾼, 쓰레기 청소부가 되는 것이다. 흑인들도 끼어 있다. 여러 면에서 그들은 더 나쁘다. 개인적으로, 나라면 부끄러울 것이다. 하지만 생각해 보면 그렇지 않을 것도 같다. 포니를 감옥에서 빼내기 위해서라면 못할 일이 없으니까. 여기서 마주친 부끄러움은 나와 같은 사람, 성실한 흑인 여자들 — 그들은 나를 딸 보듯 한다 — 이나 자부심 강한 푸에르토리코인들의 몫일 뿐이다. 특히 푸에르토리코인들은 스페인어로 사정을 설명해 주는 사람이 없으므로 뭐가 어떻게 된 건지도 모르고, 그저 사랑하는 사람이 감옥에 들어간 것을 부끄러워한다. 하지만 부끄러워할 필요가 없다. 이 감옥의 책임자야말로 부끄러워해야 한다.

나는 포니가 부끄럽지 않다. 오히려 자랑스럽다. 그는 남자다. 이 더러운 일을 참고 견디는 모습을 보면 정말로 남자다. 솔직히 때로는 겁이 난다. 누구도 이런 더러운 일을 마냥 참고만 있을 수는 없기 때문이다. 하지만 하루하루를 견디려면 생각을 바꾸어야 하는 것도 사실이다. 너무 멀리 생각하면, 아니, 그런 시도만 해도 이일을 이겨 낼 수 없다.

때로는 지하철을, 때로는 버스를 타고 집에 간다. 오늘은 버스를 탔다. 버스를 타면 시간이 조금 더 걸리는데 오늘은 생각할 게 많기 때문이다.

사람이 곤경에 빠지면 정신에 이상한 일이 일어난다. 이걸 잘 설명할 수 있을지 모르겠다. 무사히 하루를 헤쳐 나가긴 한다. 사람들 말도 알아듣고, 대화도 하고, 맡은 일을 해내거나 적어도 일이 되게는 한다. 하지만 실제로는 눈으로 본 사람이 없고, 들은 이야기도 없을 뿐 아니라 그날 무슨 일을 했느냐는 질문을 받으면 금방 대답할 수가 없다. 그런 동시에 — 이게 설명하기 어려운 부분이다 — 사람들이 전과 다르게 보인다. 사람들이 면도날처럼 번쩍인다. 어쩌면 곤경에 빠지기 전과 시각이 달라져서인지도 모른다. 어쩌면 사람들에게 새로운 의문을 더 많이 품어서 낯설게 느끼는 것인지도 모른다. 어쩌면 우리가 겁에 질려 멍해진 것인지도 모른다. 앞으로 사람들에게 의지하기가 어려울 것 같기 때문이다.

설령 그들이 도와주고 싶어 한다고 해도 무엇을 할 수 있겠는가? 나는 이 버스의 누구에게도 〈저기요, 포니가 곤경에 빠졌어요, 감옥에 있어요(과연 승객들은 내 애인이 감옥에 있다는 말을 들으면 뭐라고 할까?), 그는 죄가 없어요, 훌륭한 청년이에요, 제가 석방시키려고 하는데 좀 도와주세요〉 하고 말할 수 없다. 승객들이 뭐라고 할까? 당신이라면 뭐라고 하겠는가? 〈제가 곧 아기를 낳을 텐데 너무 걱정이 돼요. 아기 아빠한테 아무 일도 없었으면 좋겠어요. 그가 감옥에서 죽지 않게 해 주세요, 제발!〉 하고 말할 수 없다. 그런 말은 할 수 없고, 결국 아무 말도 할 수 없다. 곤경은 사람을 외롭게 만든다. 버스 창밖을 내다보면 남은 인생을 이 버스를 타고 왔다 갔다 하며 보내게 되리라는 생각이 든다. 그렇게 되면 아기는 어떻게 될까? 포니는 어떻게 될까?

그리고 이 도시를 좋아하던 사람은 더 이상 이곳을 좋아하지 않게 된다. 이 일이 해결된다면, 우리가 이 일을 해결하기만 한다면, 다시는 여기 다운타운[1]에 발을 들이지 않을 것이다.

오래전에 나는 아마 이곳을 좋아했을 것이다. 아빠가 우리 자매를 데리고 와서 인파와 건물을 보여 주었을 때, 아빠가 이곳저곳을 일러 주고 배터리 공원에서 아이스크림과 핫도그를 먹었을 때는 그랬을 것이다. 좋은 날들이었고, 우리는 행복했다. 하지만 그것은 아빠 때문이지 뉴욕 때문은 아니었다. 아빠가 우리를 사랑한다

---

1 뉴욕시의 다운타운은 맨해튼 남부의 번화가를 가리킨다. 이하 모든 주는 옮긴이의 주이다.

23

는 걸 알았기 때문이다. 뉴욕은 우리를 사랑하지 않았다는 것을 확실히 알았기에 지금 이렇게 말할 수 있다. 사람들은 우리를 얼룩말 보듯 했다. 얼룩말을 좋아하는 사람도 있고 싫어하는 사람도 있다. 하지만 얼룩말이 필요한 사람은 없다.

물론 내가 본 다른 도시라고는 필라델피아와 올버니 정도뿐이긴 하다. 하지만 뉴욕은 세상에서 가장 추악하고 더러운 곳이라고 장담한다. 건물들도 가장 더럽고 사람들도 가장 더럽다. 경찰도 최악이 분명하다. 여기보다 더 나쁜 곳이 있다면 그곳은 거의 지옥일 테고 아마 사람 살이 타는 냄새도 날 것이다. 생각해 보니, 여름에 뉴욕에서 나는 냄새가 바로 그 냄새다.

나는 포니를 이 도시의 거리에서 만났다. 그는 나보다 몇 살 위였다. 내가 여섯 살쯤, 그는 아홉 살쯤이었다. 그의 집은 우리 집 건너편이었다. 그는 어머니와 아버지, 누나 둘이 있었고, 아버지는 양복점을 했다. 지금 생각하면 그 양복점에서 누가 옷을 해 입었는지 모르겠다. 우리 주위에는 양복점에서 옷을 맞출 만한 사람이 없었기 때문이다. 평생 한두 번 정도라면 몰라도. 어쨌거나 〈우리〉가 그 가게를 지탱해 주었을 것 같지는 않다. 물론 들은 바에 따르면 그 시절의 우리, 그러니까 그 시절의 흑인들은 우리 엄마와 아빠가 고생하던 옛 시절만큼 가난하지는 않았고, 남부에 살던 시절만큼 가난하지도 않았다. 하지만 그래도 우리는 역시 가난했고, 지금도 가난하다.

포니를 제대로 알게 된 건 방과 후에 벌어진 싸움 때문이었다. 그 싸움은 나와 포니하고는 아무 상관이 없었다. 나는 저니바라는 여자아이와 친구였다. 저니바는 약간 시끄럽고 지저분한 아이로 머리를 빽빽하게 땋고, 다리가 길고, 무릎이 지저분하고, 발이 컸으며 항상 무엇인가에 열중해 있었다. 나는 저니바와 자연스럽게 친해졌다. 그 아이와 반대로 나는 아무것에도 열중하지 않았기 때문이다. 마르고 겁이 많던 나는 그 애를 따라다니며 온갖 일을 겪었다. 다른 아이들은 아무도 나를 원하지 않았고, 그 애를 원하는 사람도 없었다. 저니바는 늘 포니가 너무 싫다고, 포니를 볼 때마다 속이 뒤집힌다고 했다. 포니가 정말로 못생겼다고, 피부는 젖은 감자 껍질 같고, 눈은 중국인 같고, 머리는 완전 곱슬에 입술도 두껍다고 했다. 다리가 너무 휘어서 복숭아뼈에 혹도 나고, 툭 튀어나온 엉덩이를 보면 어머니가 고릴라일 거라고 했다. 나는 겉으로는 맞장구를 쳤지만, 속으로 그 정도까지는 아니라고 생각했다. 포니의 눈은 그렇게 못나지 않았고, 중국인들 눈이 그렇다면 중국도 괜찮은 곳 같았다. 고릴라를 본 적이 없어서 그의 엉덩이도 별문제 없어 보였다. 사실 생각해 보면 엉덩이는 저니바가 더 컸다. 포니가 약간 안짱다리라는 건 한참 뒤에야 알았다. 저니바는 포니를 늘 못마땅하게 여겼다. 그러나 포니 눈에는 저니바가 들어오지도 않았을 것이다. 친구들하고 노느라 바빴기 때문이다. 포니 무리는 우리 동네 최악의 무리였다. 언제나 누더기 차림으로 피를 흘리며 온몸에 혹이 난 채 돌아다녔다. 그 싸움 직전에도 포니는 이미 이 하나가 나가 있었다.

포니에게는 대니얼이라는 친구가 있었다. 대니얼은 키가 큰 흑인 소년이었고 저니바에게 어떤 감정이 있었는데, 저니바가 포니에게 품은 감정과 비슷했다. 그 일이 어떻게 시작되었는지 잘 기억나지 않는다. 어쨌건 대니얼이 저니바를 땅바닥에 쓰러뜨려서 두 사람이 데굴데굴 구르자 나는 대니얼을, 포니는 나를 떼내려고 달려

들었다. 손을 휘젓던 나는 마침 잡힌 유일한 물건으로 포니를 때렸다. 그것은 쓰레기통에 있는 막대기였고, 못이 박혀 있었다. 못이 그의 뺨을 긁어서 피가 났다. 나는 깜짝 놀랐다. 포니는 얼굴에 손을 댔다가 나를 본 뒤 자기 손을 보았고, 내 머릿속에는 막대기를 버리고 달아나야겠다는 생각뿐이었다. 포니가 나를 잡으러 뛰어 왔고, 그 법석 속에 저니바는 피를 보고 내가 포니를 죽였다며 비명을 질렀다! 포니는 금세 따라와서 내 몸을 꽉 붙들더니 빠진 이 사이로 침을 퉤 뱉었다. 침은 내 입에 정통으로 맞았고, 나는 너무도 치욕스러워서 — 그가 나를 때리거나 상처를 입힌 건 아니었으니까, 그리고 어쩌면 그렇다는 사실을 감지해서 — 소리를 지르며 울기 시작했다. 생각하면 재미있다. 포니의 침을 입에 맞은 순간 내 인생이 변한 건지도 모른다. 이 모든 일을 일으켰어도 얼굴에 상처 하나 입지 않은 저니바와 대니얼이 함께 소리를 질렀다. 저니바는 이제 포니가 죽을 거라고, 녹슨 못에 긁혔으니 파상풍에 걸려 죽을 거라고 했다. 대니얼도 남부에 사는 자기 삼촌이 그렇게 죽었다며 거들었다. 나는 계속 울었고 포니는 피를 흘리며 가만히 그 이야기들을 들었다. 그러다 마침내 그것이 자기 이야기라는 것, 자기가 이미 죽은 목숨이라는 걸 깨달았던 것 같다. 포니가 울음을 터뜨렸기 때문이다. 그러자 대니얼과 저니바는 나를 혼자 둔 채 포니의 양팔을 잡고 그곳을 떠났다.

그 뒤로 이틀 동안 포니를 보지 못했다. 나는 그가 파상풍에 걸려서 죽을 거라고 믿었다. 저니바는 포니가 이제 언제라도 죽을 수 있고, 그렇게 되면 경찰이 나를 잡아다가 전기의자에 앉힐 거라고 했다. 나는 양복점을 유심히 살펴보았지만, 달라진 게 아무것도 없는 것 같았다. 헌트 씨는 여전히 웃음 띤 옅은 갈색 얼굴로 바지를 다리며 가게 안의 사람들에게 농담을 건넸다. 가게에는 늘 사람이 있었고, 이따금 헌트 부인이 들렀다. 그녀는 성결교 한 분파의 교인이었고 원래 웃는 일이 드물었다. 하지만 둘 다 죽을 병에 걸린 아들을 둔 사람들 모습은 아니었다.

이틀 동안 포니가 보이지 않자 양복점에 헌트 씨만 있을 때까지 기다렸다가 가게에 들어갔다. 헌트 씨는 나를 알아보았다. 동네 사람들 모두 서로를 알았기 때문이다.

「안녕, 티시. 잘 지내니? 식구들 모두 안녕하시니?」
그가 말했다.

내가 대답했다. 「네, 잘 지내세요.」 그러고 나서 묻고 싶었다. 아저씨네 가족도 모두 잘 지내세요? 이제껏 늘 그렇게 인사했고, 이번에도 그렇게 묻고 싶었지만 입에서 말이 나오지 않았다.

「학교는 잘 다니고?」 잠시 후 헌트 씨가 내게 물었다. 나를 보는 그의 눈길이 정말로 이상하다고 느꼈다.

「네, 잘 다녀요.」 내가 말했다. 심장이 가슴에서 튀어나올 것 같았다.

헌트 씨는 양복점에서 쓰는 이중 다림판 — 다림판 두 개가 서로 마주 보는 것처럼 생긴 것 — 을 눌렀다. 그러다가 나를 잠시 바라보고 웃으며 말했다. 「우리 잘난 아들놈이 곧 돌아올 거다.」

나는 그 말을 알아들었지만, 무슨 뜻인지는 이해하지 못했다.

나는 나갈 것처럼 문 앞으로 걸어가다가 돌아서서 물었다. 「그게 무슨 말이에요, 아저씨?」

헌트 씨는 계속 미소를 짓고 있었다. 그는 다림판 한쪽을 내리고 바지인지 무엇인지 하여간 거기 있는 것을 뒤집고 말했다. 「포니 말이다. 아줌마가 잠깐 시골의 친척 집에 보냈거든. 여기서 너무 말썽을 일으켜서.」

그는 다시 다림판을 내렸다. 「포니가 거기서는 무슨 말썽을 부려도 아줌마는 모르거든.」 그러더니 나를 보고 싱긋 웃었다. 나중에 포니를 알게 되고 헌트 씨를 더 잘 알게 되었을 때, 나는 포니의 미소가 아버지를 닮았다는 걸 깨달았다. 「네가 다녀갔다고 전해 주마.」 그가 말했다.

「안녕히 계세요, 아저씨.」 나는 이렇게 말하고 길을 건넜다.

저니바가 우리 집 현관 앞 계단에 있었다. 저니바는 나더러 바보 같다고, 방금 차에 치일 뻔했다고 말했다.

내가 말했다. 「저니바 브레이스웨이트, 너 거짓말했지? 포니는 파상풍에 안 걸렸고 죽지도 않을 거야. 그리고 나는 감옥에 안 가. 포니네 아빠한테 물어봐.」 그러자 저니바가 아주 이상한 표정을 지었고, 나는 계단을 달려 올라가서 비상계단에 나가 앉았다. 거기에는 창문 비슷한 것이 있었지만 저니바는 나를 볼 수 없었다.

포니는 사오일 후에 돌아와서 우리 집 앞으로 왔다. 얼굴에 상처는 없었다. 그는 도넛 두 개를 가지고 와서 계단에 앉더니 말했다. 「얼굴에 침 뱉어서 미안해.」 그러고는 도넛 하나를 주었다.

내가 말했다. 「때려서 미안해.」 그런 뒤 우리는 말없이 각자 도넛을 먹었다.

사람들은 그 또래 사내애와 여자애가 그럴 수 있다는 걸 별로 믿지 않지만 — 원래 사람들은 별로 믿는 게 없고, 나도 그 이유를 알 것 같다 — 그때 우리는 친구가 되었다. 아니, 어쩌면 똑같은 것이겠지만 — 사람들은 이것도 알고 싶어 하지 않는다 — 나는 그의 여동생이 되고 그는 나의 오빠가 되었다. 그는 누나들을 좋아하지 않았고, 나는 남자 형제가 없었다. 그래서 우리는 서로의 부족한 것을 채우게 되었다.

저니바는 화를 내면서 나와 절교했다. 이제 와서 생각해 보면 나 역시 속으로 그 아이와 절교했던 건지도 모른다. 왜냐면 — 당시엔 그 의미를 몰랐지만 — 내게는 이제 포니가 있기 때문이다. 대니얼도 포니에게 화를 냈다. 여자애들하고 노닥거린다고, 계집애 같다고 욕하며 포니와 절교했고 그런 상태로 오랜 세월을 지냈다. 둘은 심지어 쌈박질도 해서 포니는 이가 하나 더 나갔다. 그때 포니를 알던 사람이면 어른이 된 그를 보고 이가 하나라도 남았을지 걱정했을 것이다. 나는 포니에게 우리 엄마 가위를 가져다가 대니얼을 죽이겠다고 했지만, 포니는 나 같은 꼬마 계집애는 그런 일에 끼지 말라고 말했다.

포니는 일요일이면 교회에 가야 했다. 그러니까 가기 싫어도 가야 했다. 하지만 포니는 그의 어머니가 생각하는 것보다 훨씬 더 자주 어머니를 속였다. 그의 어머니 — 나는 나중에 그녀도 잘 알게 되었다. 잠시 후 그녀의 이야기를 할 것이다 — 는 아까 말한 대로 성결교의 교인이었고, 남편을 구원하는 게 불가능하다면 자식만이라도 반드시 구원하기로 마음먹은 사람이었다. 그녀가 생각하기에 포니에 대한 권리는 부부 두 사람이 아니라 자신에게만 있었다.

내가 볼 때 포니가 그렇게 비뚤어진 건 바로 이 때문이다. 포니를 알게 되면 그가 착한 사람, 정말로 착한 사람, 진짜 다정한 사람, 마음속에 큰 슬픔이 있는 사람이란 걸 알 수 있다. 프랭크 헌트 씨는 아들에 대한 권리를 주장하지는 않았지만, 그래도 포니를 사랑했다. 지금도 사랑한다. 두 누나는 딱히 독실한 교인이라고 할 수는 없었지만 아니라고 하기도 그랬고, 어쨌건 어머니는 잘 챙겼다. 그래서 가족 중에 프랭크와 포니만 따로 남은 듯했다. 어떻게 보면 프랭크와 포니는 주중 내내 서로를 돌보는 셈이었다. 두 사람 다 그것을 알았다. 그리고 프랭크는 일요일이면 포니를 아내에게 주었다. 포니가 길거리에서 하는 일은 프랭크가 양복점에서, 집에서 하는 일과 똑같았다. 그러니까 형편없이 구는 것이다. 그래서 프랭크는 양복점을 그토록 오래 유지할 수 있었고, 포니가 피를 흘리며 집에 갔을 때 돌봐 줄 수 있었다. 또 그래서 그들 부자가 모두 나를 사랑할 수 있었다. 그것은 딱히 수수께끼는 아니다. 사람들은 원래 그렇게 수수께끼니까. 나중에 나는 포니의 어머니와 아버지가 평생 섹스를 하기는 했을까 궁금해졌다. 이걸 포니에게 묻자 그가 말했다.

「하지. 하지만 너하고 나처럼은 아냐. 예전에 두 분이 하는 소리를 자주 들었어. 어머니는 교회에서 돌아오면 땀에 젖어 있었어. 너무 피곤해서 꼼짝도 할 수 없다는 듯 옷을 입은 채로 침대에 쓰러졌지. 신발 벗을 기력밖에 없는 것처럼. 신발하고 모자하고. 그리고 항상 핸드백을 어딘가 내려놓았어. 아직도 그 소리가 생생해. 어머니가 가방을 내려놓을 때마다 무거운 게, 안에 은이

라도 든 것처럼 어떤 물체가 무겁게 떨어지는 것 같았
어. 어머니는 이렇게 말해. 〈오늘 저녁 주님이 정말로
내 영혼을 축복해 주었어. 여보, 당신은 언제 주님께 인
생을 바칠 거야?〉 그러면 아버지가 〈내 사랑〉 하고 말
해. 아버지는 침대에 누워 있고, 거시기는 딱딱해질 거
야. 어머니 상태도 비슷해지지. 골목에서 길고양이 두
마리가 노는 것하고 같은 일이니까. 암코양이는 때가
무르익을 때까지 야옹야옹하다가 마침내 수코양이를
잡으러 골목을 누벼. 쫓기던 수코양이는 결국 암코양이
목을 깨물지. 그때쯤이면 아버지는 정말로 잠을 자고
싶어 하지만 어머니는 계속 야옹거려. 아버지가 그 소
리를 중단시킬 방법은 하나뿐이야. 어머니의 목을 깨무
는 거. 그러면 어머니가 이기는 거지. 그래서 아버지는
옷을 다 벗고 가만히 누워 있어. 거시기는 더 단단해지
고, 아버지는 이제 주님의 생명이 자신에게 온다고 말
해. 그러면 어머니는 〈프랭크, 내가 당신을 주님께 인도
하겠어〉 하고 말하지. 그러면 아버지는 〈닥쳐, 내가 주
님을 당신에게 인도하겠어. 내가 주님이거든〉이라고 대
답해. 그러면 어머니는 울음을 터뜨리고 신음해. 〈주님,
이 남자를 구원해 주소서. 이 남자를 제게 주소서. 저는

아무것도 할 수 없습니다. 오, 주님. 저를 도우소서.〉 그러면 아버지가 말해. 〈주님이 당신을 도울 거야, 당신이 다시 어린애가 되면, 어린애처럼 발가벗으면. 자, 주님한테 와.〉 그러면 어머니가 울면서 예수님 이름을 부르고, 아버지는 어머니의 옷을 벗기지. 나는 그 소리, 옷이 부스럭거리고 사르륵거리고 찢어지고 바닥에 떨어지는 소리를 다 들어. 어쩔 때는 아침에 학교에 가려고 두 분 방을 지나갈 때면 발에 옷가지들이 채이기도 해. 어쨌건 아버지가 어머니 옷을 벗기고 어머니 위에 올라가도 어머니는 계속 〈예수님! 저를 도우소서, 주님!〉 하고 울고, 아버지는 〈여기 당신의 주님이 있어. 어디를 축복해 줄까? 어디가 아파? 어디에 주님의 손길을 원해? 여기? 여기? 아니면 여기? 주님의 혀를 어디 대줄까? 주님이 어디로 들어가 줄까? 더러운 검은 암캐〉라고 말해. 그러면서 어머니를 찰싹찰싹 요란하게 때려. 어머니는 〈오, 주님. 제가 이 짐을 감당하게 하소서〉 하고, 아버지는 〈그래, 당신은 잘 감당할 거야. 당신은 예수하고 친구잖아. 그자가 언제 올지 말해 주겠어. 처음 올 때 말이야. 두 번째는 아직 아무도 몰라〉 하고 말하지. 침대가 흔들리고 어머니는 신음을 그치지 않아. 그렇게 아침이 되면 무슨 일이 있었냐는 듯 어머니는 전과 같은 모습이야. 어머니는 여전히 예수님의 여자고, 아버지는 가게로 가지.」

그러고 나서 포니가 말했다. 「내가 아니었으면 아빠는 떠났을지도 몰라. 나는 평생 아빠를 사랑할 거야. 나를 떠나지 않았으니까.」 나는 아버지에 대해 말하는 포니의 얼굴을 평생 못 잊을 것이다.

그러더니 포니가 고개를 돌려 나를 품에 안고 웃었다. 「넌 우리 엄마하고 비슷해. 자, 우리도 함께 노래하자. 죄인은 우리 주님을 사랑하는가? 신음 소리가 안 들리면 네가 구원을 못 받은 걸로 알겠어.」

두 사람이 웃음과 섹스를 함께하는 경우가 그렇게 흔하지는 않을 것이다. 그러니까 웃음이 넘쳐서 섹스를 하고, 섹스를 해서 웃는 일이. 사랑과 웃음은 근원이 같다. 하지만 그곳에 가는 사람은 많지 않다.

어느 토요일, 포니가 그다음 날 자기랑 같이 교회에 갈 수 있느냐고 물어서 좋다고 했다. 사실 우리 식구는 침례교인이라서 성결교회에 가는 건 맞지 않았다. 하지만 이제는 모두 포니와 내가 친구라는 걸 알았다. 그건 분명한 사실이었다. 학교에서도 동네에서도 아이들은 우리를 로미오와 줄리엣이라고 불렀는데, 그 작품을 읽어서는 아니었다. 포니의 모습은 아주 괴상했다. 반드르르 윤을 낸 머리는 가르마를 어찌나 냉혹하게 갈랐는지 도끼로 찍거나 면도칼로 그은 것 같았다. 옷은 청색 양복 차림이었다. 나는 언니가 입혀 준 옷을 입고 갔다. 생각해 보면 그게 우리의 첫 데이트였던 것 같다. 포니의 어머니가 1층에서 우리를 기다렸다.

그날은 부활절 직전이라서 춥지도 덥지도 않았다.

우리는 아직 어렸고, 나는 포니를 그의 어머니에게서 빼앗아 온다거나 하는 생각은 눈곱만큼도 없었는데, 게다가 그녀는 포니를 딱히 사랑하지도 않으면서 — 단지 자신이 낳았으니 그래야 한다고 생각할 뿐이었다 — 이미 나를 싫어했다. 여러 가지로 그것을 알 수 있었다. 예를 들면 나는 포니의 집에 거의 간 적이 없지만 포니는 늘 우리 집에 왔다. 그건 포니와 프랭크가 내가 오는 걸 싫어해서가 아니었다. 그의 어머니와 두 누나가 싫어해서였다. 나중에 알게 된 바에 따르면, 그들은 한편으로는 내가 포니의 — 정확히 말하면 그들 가족의 — 상대로 부족하다고 생각하면서도 한편으로는 포니에게 딱

맞는 상대라고 생각했다. 나는 피부가 검고 머릿결도 별로고 딱히 눈에 띄는 게 없다. 포니조차 내가 예쁘다고는 말하지 않는다. 예쁜 여자들은 피곤하다고 말할 뿐이다.

그가 그렇게 말하는 건 자기 어머니 때문이다. 그래서 나를 놀리고 싶을 때면 내가 자기 엄마랑 비슷하다고 말한다. 나는 그의 어머니와 비슷한 데가 전혀 없고 그도 그 사실을 안다. 하지만 그는 어머니를 깊이 사랑하고, 그 사랑을 허락받기를 원하며 내가 그 사실을 안다는 것도 알아서 그런 에두른 화법이 읽히기를 바랐다.

헌트 부인과 두 누나는 미인이다. 헌트 부인이 고향 애틀랜타에서 미녀로 이름을 떨쳤으리란 것은 누구든 알 수 있었다. 부인은 날 건드리지 말라는 표정과 아름다운 여자들이 무덤까지 가져가는 그 특유의 태도를 아직도 유지하고 있다. 누나들은 미모가 어머니만 못하고 애틀랜타에서 자라지도 않았지만 피부색이 밝고 머리카락은 찰랑거렸다. 포니의 피부색은 나보다는 밝지만 그들보다는 훨씬 검고, 머리는 빠글거렸다. 그의 머리는 어머니가 일요일마다 곱슬기를 펴려고 바르는 기름으로 번들거렸다.

포니는 정말로 아버지를 닮았다. 그래서 헌트 부인은 그날 포니가 나를 집 밖으로 데리고 나왔을 때 내게 다정하고 참을성 있는 미소를 보냈다.

「티시, 이렇게 같이 주님의 집에 가게 돼서 얼마나 기쁜지 모르겠다. 오늘 정말로 예쁘구나!」 부인이 말했다.

그 소리를 들으니 평소에 내가 어떻게 보였는지 알수 있었다. 그리고 그때 어떻게 보였는지도.

나는 「안녕하세요」 하고 인사했고, 우리는 길을 걸었다.

일요일 오전의 거리였다. 우리 동네의 거리는 요일별로, 심지어 시간별로 풍경이 달랐다. 내가 태어나고, 이제 내 아기가 태어날 이 동네의 거리를 내다보면 각각집 안에서 벌어지는 일이 눈에 보이는 것 같다. 예를 들어 토요일 오후 3시는 안 좋은 시간이다. 아이들이 학교에서 돌아오고, 남자들도 일터에서 돌아온다. 그러면식구들이 모여 즐거운 시간을 보낼까? 아니다. 아이들이 남자들을 돌본다. 남자들도 아이들을 돌본다. 그리고 집에서 요리하고 청소하고 머리를 펴면서도 남자들이 못 보는 게 보이는 여자들은 미칠 지경이 된다. 그런

게 거리에서 보인다. 여자들이 아이들에게 외치는 고함 속에서 그런 게 들린다. 그들이 집에서 우당탕퉁탕 나오는 모습에서도 보인다. 아이들을 때리고 끌고 올라가는 모습에서도 보인다. 아이에게서도 보이고, 남자들이 모르는 척 난간 앞에 모인 모습에서도, 이발소에 모여서 술을 나눠 마시는 모습에서도, 길모퉁이 술집으로 걸어가는 모습에서도, 바의 여성 종업원과 농짓거리를 하는 모습에서도, 서로 싸우는 모습에서도, 나중에 서둘러 술을 마시는 모습에서도 그것이 보인다. 토요일 오후는 하늘에 낮게 걸린 구름 같다. 폭풍 전야의 구름.

그 구름은 일요일 오전에 걷힌다. 폭풍은 휘몰아치고 떠났다. 피해가 어느 정도였건 이제는 지나갔다. 여자들은 어떻게 하든 모든 걸 해결하고 봉합해 냈다. 그래서 이제 모두 깨끗이 씻고 단장하고 기름을 발랐다. 조금 있으면 족발, 곱창 또는 튀기거나 구운 닭을 마, 밥, 채소, 옥수수빵, 비스킷과 함께 먹을 시간이다. 그들은 집에 돌아와서 각자 흩어지고 싸우지 않을 것이다. 일요일이면 어떤 남자는 자동차를 자기 성기의 포피보다도 더 세심하게 닦는다. 그 일요일 아침에 교회로 가는 길에서 포니는 내 옆에서 포로처럼 걸었고, 헌트 부인은 내 다른 쪽 옆에서 박람회장을 지나 왕국으로 들어가는 여왕처럼 걸었다. 이제 생각해 보면 그 길이 박람회장 같은 느낌이었던 이유는 말 한마디 없던 포니 때문이었다.

교회의 탬버린 소리가 한 블록 떨어진 거리에서부터 들렸다.

「네 아버지도 언제 한번 주님의 집에 걸음해 주셨으면 좋겠구나.」 헌트 부인이 말하고 나를 보았다. 「너희 식구는 어느 교회에 다니니, 티시?」

말했듯이 우리 식구들은 침례교인이다. 하지만 교회에 자주 가지는 않는다. 크리스마스나 부활절, 그런 날에만 간다. 엄마는 교회 여자들을 별로 좋아하지 않고, 교회 여자들도 엄마를 좋아하지 않는 데다 언니도 엄마하고 비슷하다. 아빠도 주님을 따라다닐 필요를 못 느끼고, 그에 대한 존경심도 별로 없는 것 같다.

나는 〈아비시니아 침례교회요〉라고 말하며 깨져서 금이 간 인도를 내려다보았다.

「좋은 교회로구나.」 헌트 부인이 말했다. 물론 별것은 아니라는 듯한 대답이었지만 그것이 최선의 대답이었다.

오전 11시 예배가 막 시작되었다. 평소에 포니는 9시에 시작하는 주일 학교에 참석해야 했다. 하지만 이번 일요일에는 나 때문에 특별히 배려를 받았는데, 사실은 헌트 부인이 게을러서 포니를 주일 학교에 보내기 위해 일찍 일어나는 걸 귀찮아한 것도 있다. 주일 학교에서는 부인을 — 깨끗이 씻고 단장한 육체와 눈처럼 하얀 영혼을 — 찬양할 사람이 전혀 없었다. 프랭크는 일어나서 포니를 주일 학교에 데려다줄 생각이 전혀 없었고, 누나들은 곱슬머리 동생에게 손대고 싶어 하지 않았다. 그래서 헌트 부인이 깊은 한숨과 주님에 대한 찬양 속에 일어나서 포니의 옷을 입혀야 했다. 물론 그녀가 손을 잡고 데려가지 않으면 포니는 주일 학교에 잘 가지 않았다. 부인은 외아들이 어디 있는지 모르는 일이 다반사였다. 「집사람은 신경 쓰고 싶지 않은 일은 주님의 손에 맡기지.」 프랭크가 나중에 내게 말했다.

교회 건물은 예전에 우체국으로 쓰였었다. 이 건물이 어쩌다 팔리게 됐는지, 아니, 애초에 누가 왜 이런 건물을 사고 싶어 했는지 모르겠다. 길고 컴컴하고 납작한 건물은 여전히 우체국 같았기 때문이다. 벽을 몇 개 부수고, 벤치를 놓고, 안내문과 일정표를 걸기는 했다. 천

장은 흉하게 구겨진 양철이었는데 갈색 페인트를 칠한
것도 아니고 칠하지 않은 것도 아닌 모양새였다. 문을
열고 들어가면 설교단이 아주 멀찍이 보인다. 사실대로
말하면 그 교회 사람들은 자기네 교회가 그렇게 큰 것
을, 그리고 그 건물을 차지했음을 자랑스러워하는 것
같았다. 물론 나는 아비시니아 교회에 (약간 더) 익숙했
다. 그곳은 더 밝고 발코니가 있었다. 나는 그 발코니에
서 엄마의 무릎 위에 앉아 있곤 했다. 「구름 없는 날」이
라는 노래를 들으면 그 발코니에서 엄마와 있던 일이
생각난다. 그리고 「거룩한 고요」를 들으면 포니의 교회
와 포니의 어머니가 생각난다. 그 노래나 교회가 조용
했다는 건 아니다. 하지만 우리 교회에서는 그 노래를
들은 기억이 없다. 그 노래를 들으면 언제나 포니의 교
회가 떠오를 것이다. 일요일 아침, 그 노래를 부를 때 포
니의 어머니가 아주 열광했기 때문이다.

　사람들이 종교적 열정을 표출하는 모습은 늘 보는 광
경이라도 항상 신기하다. 하지만 우리 교회 사람들은
그렇게 열렬한 모습은 보이지 않았다. 우리는 열정적이
기보다 점잖고 문명된 교회였다. 나는 아직도 그런 곳
이 좀 무섭다. 아마 포니가 그곳을 싫어해서 그럴지도

모른다.

그 교회는 폭이 아주 넓어서 복도가 세 개나 되었는데, 가운데에 복도가 하나 있는 경우보다 중앙 복도를 찾는 일이 훨씬 더 어렵다. 직감이 있어야 한다. 교회에 들어서자 헌트 부인이 앞장서서 제일 왼쪽 복도로 갔고, 그러자 다른 두 복도에 면해 앉은 사람들이 모두 고개를 돌리고 우리를 보았다. 솔직히 우리는 눈길을 끌었다. 피부가 검고 다리가 긴 나는 파란 원피스를 입고, 곱게 편 머리에 파란 리본을 맸다. 괴로운 표정으로 내 손을 잡은 포니는 흰 셔츠에 검은 정장, 파란 넥타이 차림이었고 머리카락은 사정없이 번들거렸다. 머리에 바른 바셀린 때문이라기보다 두피에 흐르는 땀 때문이었다. 그리고 헌트 부인은—어떻게 그랬는지 모르겠는데—어쨌건 우리가 교회 안에 들어간 순간부터 우리 어린 불신자들에 대한 엄격한 사랑이 넘쳐나서 우리를 은혜의 보좌까지 데리고 갔다. 부인이 입은 옷이 분홍색인지 베이지색인지 헷갈렸지만, 어쨌든 어둑어둑한 실내에서 아주 두드러지는 색이었다. 그리고 여자들이 옛날에 쓰던 특이한 모자를 썼는데, 거기 달린 베일이 눈썹 아니면 코앞까지 내려와서 병자 같은 인상을 주었다. 부인은 하이힐로 권총 소리를 내며 걸었고 고개를 당당하게 높이 들었다. 부인은 교회에 들어가는 순간 구원받고, 성결해졌다. 그 모습에 마음 깊은 곳이 갑자기 바르르 떨렸던 게 여전히 기억난다. 부인에게 말을 걸면 즉시 살아 있는 신에게 인계될 것 같은 느낌, 그러면 신이 부인과 함께 나를 살펴본 뒤 내게 대답해 줄 것 같은 느낌이었다. 은혜의 보좌는 앞쪽에 있었다. 부인은 우리를 그 앞까지 데려가서 앉히고 자신은 무릎을 꿇었다. 그러고는 고개를 숙인 뒤 베일을 만지작거리지 않기 위해 베일로 바로 눈을 가렸다. 나는 포니를 힐끔 보았지만 포니는 나를 보지 않았다. 이윽고 일어난 헌트 부인은 교인 전체를 잠시 둘러보고 조용히 자리에 앉았다.

누군가 간증하고 있었다. 붉은 머리 젊은이가 주님이 자기 영혼의 모든 얼룩을 빼주고, 육체의 모든 욕망을 없애 주었다고 말했다. 나중에 나는 그를 동네에서 여러 번 보았다. 조지라는 사람이었는데 현관 앞이나 인도 가장자리에 걸터앉아 자주 졸았고, 결국 마약 과용으로 죽었다. 교인들은 맹렬하게 〈아멘, 아멘〉 했고, 긴 흰색 가운을 입은 덩치 큰 여자는 설교단에서 펄쩍 뛰면서 작은 고함을 질렀다. 사람들이 외쳤다. 「저 형제를 도우소서. 예수님, 저 형제를 도우소서!」그가 자리에 앉자, 로즈라는 이름의 여자가 — 그녀는 얼마 지나지 않아 교회에서 사라져 아기를 낳았는데, 나는 아직도 14살 무렵에 마지막으로 본 로즈의 모습을 기억한다. 로즈는 얼굴이 얼룩덜룩하고 두 손이 퉁퉁 부어 있었다. 머리에 누더기를 두르고, 흘러내린 스타킹을 그대로 둔 채 노래를 부르고 있었다 — 일어나서 노래를 시작했다.「주님에게 의지하고 광야로 나갈 때 당신의 무엇을 느꼈나요?」그때 포니가 잠깐 나를 보았다. 헌트 부인은 손뼉을 치며 노래했다. 교인들 사이에 일어난 불길 같은 것이 점점 커졌다.

그러더니 또 다른 여자, 포니 건너편에 앉은 여자, 얼굴은 헌트 부인보다 검고 못생겼지만 옷은 그녀 못지않게 잘 차려입은 여자가 두 손을 들고 소리쳤다.「거룩하고 거룩하신 분! 당신의 이름에 축복을 내리소서, 예수님! 당신의 이름에 축복을 내리소서, 예수님!」그러자 헌트 부인이 그녀에게 대답하듯 소리를 질렀다. 마치 두 사람이 경쟁하는 것 같았다. 그 여자는 진한 파란색 옷을 입었고, 같은 색 모자를 비니처럼 살짝 뒤통수에 썼다. 그녀가 움직일 때마다 모자에 달린 흰 장미 한 송이가 함께 움직이고, 고개를 숙이면 함께 수그렸다. 흰 장미는 약간 기이한 불빛 같았다. 여자가 유난히 검고, 또 진한 색 옷을 입어서 더 그랬다. 포니와 나는 두 사람 사이에 가만히 앉아 있었다. 주변 사람들의 목소리는 계속 커져 갔다. 포니와 나는 손도 잡지 않고 서로를 보지도 않았지만, 흔들리는 배에 탄 아이들처럼 서로를 꽉 붙들고 있었다. 뒷줄의 남자아이 — 나중에 그 아이, 테디도 알게 됐다. 갈색 피부에 덩치가 컸고, 필요한 곳만 빼고 허벅지, 손, 엉덩이, 발까지 온몸이 두꺼워서 마치 버섯을 뒤짚어 놓은 것 같았다 — 가 〈거룩한 고요, 신성한 고요〉 하고 노래하기 시작했다.

「내 영혼의 믿음은 더없이 굳으니,」 헌트 부인이 노래했다.

「폭풍 이는 바다에서도,」 포니 옆에 있는 검은 얼굴의 여자가 노래했다.

「예수님이 내게 말씀하시고,」 헌트 부인이 노래했다.

「어느새 폭풍도 그치도다!」 검은 얼굴의 여자가 노래했다.

테디가 가진 탬버린이 피아노 연주자에게 신호가 되었다. 나는 그 피아노 연주자를 알 기회가 없었다. 그는 길쭉한 몸에 검은 피부, 무시무시한 인상의 남자였다. 그의 손은 사람 목을 조르기 위해 만들어진 것 같았다. 그는 그 손으로 자신이 기억하는 누군가의 머리를 내리치듯 건반을 쾅쾅 두드렸다. 교인들도 각자 가진 기억을 두드렸다. 교회가 흔들렸다. 그리고 그들은 몰랐지만, 나와 포니도 흔들렸다. 물론 그 방식은 달랐다. 우리는 이제 누구도 우리를 사랑하지 않는다는 것을 알았다. 아니면 우리를 사랑하는 사람이 누구인지 알았다. 우리를 사랑하는 사람은 거기 없을 뿐이었다.

공포가 닥쳤을 때 그 공포를 헤쳐 나가려고 무엇에 매달리는지를 생각하면 재미있다. 나는 죽을 때까지 그 검은 여자의 흰 장미를 잊지 못할 것이다. 그 장미는 그 끔찍한 장소에서 벌떡 일어서는 것 같았다. 나도 모르게 포니의 손을 잡았다. 우리 양옆의 두 여자가 느닷없이 춤을 추면서 소리를 질렀다. 신성한 춤이었다. 흰 장미의 여자가 고개를 내밀자, 장미는 그녀의 머리 주변, 우리 머리 주변에서 번개처럼 움직였고, 베일을 쓴 포니의 어머니는 고개를 뒤로 젖혔다. 베일이 뒤로 벗겨져 이마를 둘러싸자, 그것은 검은 물방울처럼 보여서 우리에게 세례를 내리고, 부인을 적시는 것 같았다. 주변 사람들이 두 사람에게 공간을 내주자, 그들은 춤을 추며 중앙 복도로 나갔다. 두 사람 다 핸드백을 들었고, 두 사람 다 하이힐을 신었다.

포니와 나는 그 뒤로 다시는 교회에 가지 않았다. 그 첫 데이트에 대해서도 이야기하지 않았다. 하지만 처음 툼스[2]로 면회를 가서 계단과 복도를 지날 때, 그 기분은 마치 교회에 들어갈 때와 비슷했다.

이제 포니에게 아기 일을 알렸으니 다른 사람들에게 도 이야기해야 했다. 엄마와 언니 어네스틴 — 나보다 네 살 많다 — 그리고 아빠와 프랭크에게. 버스에서 내 리자 어디로 갈까 갈등됐다. 서쪽으로 몇 블록 가면 프 랭크의 집이고, 동쪽으로 한 블록 가면 우리 집이다. 기 분이 너무 이상해서 그냥 집으로 가고 싶었다. 나는 정 말로 엄마보다 프랭크에게 먼저 말하고 싶었지만, 그 거리를 걸어갈 수 있을 것 같지 않았다.

우리 엄마는 약간 특이하다. 사람들이 그렇게 말한다. 엄마는 스물넷에 나를 낳아 지금은 마흔이 넘었다. 당 연히 나는 엄마를 사랑한다. 아름다운 사람이라고 생각

2 Tombs. 맨해튼 구치소의 별칭. 〈무덤들〉이라는 뜻이다.

한다. 물론 이 눈먼 자들의 나라에서 보기에 아름다운
것 — 그게 무슨 의미든 — 은 아닐 수도 있다는 걸 안
다. 엄마는 살이 좀 붙었다. 흰머리도 났다. 하지만 목덜
미와 정수리 쪽에만 나서 고개를 숙이거나 뒤로 돌릴
때만 보인다. 똑바로 보면 엄마는 온통 검다. 엄마의 이
름은 샤론이다. 엄마는 가수를 꿈꿨고, 버밍엄에서 태어
났다. 그리고 열아홉 살 때 마침내 그곳을 탈출했는데,
그 방법은 유랑 밴드, 정확히 말하면 밴드의 드러머와
함께 달아나는 것이었다. 엄마는 그 일이 잘 안 풀렸다
고 말했다.

「그 사람을 사랑하긴 했는지 모르겠어. 나이도 어렸
지만, 나이만큼 성숙하지도 못했던 같아. 내 말 무슨 뜻
인지 아니? 어쨌건 남자를 돕는다거나 필요한 걸 줄 만
큼 성숙한 여자는 아니었어.」

엄마는 그와 헤어졌고, 어쩌다 보니 올버니에 있는
바에 취직했다. 엄마는 스무 살이었고, 자신이 노래를
잘하기는 하지만 가수가 될 수는 없다는 것을 깨달았
다. 가수의 삶을 감당하려면 노래 실력보다 훨씬 더 많
은 것이 필요했다. 엄마는 갈 길을 잃고 좌절에 빠졌다.
주위 사람들도 마찬가지였다. 올버니가 딱히 흑인들에

게 주는 신의 선물은 아니었다.

물론 미국 자체가 누구에게도 신의 선물은 아니라고 생각한다. 만약 이게 선물이라면, 신도 수명이 길지 못할 것이다. 이 사람들이 숭배한다고 하는 — 실제로 자기들도 모르는 방식으로 숭배하는 — 그 신은 고약한 유머 감각을 지녔다. 신이 사람이라면 혼쭐내 주고 싶을 정도로.

올버니에서 엄마는 아빠 조지프를 만났다. 버스 정류장에서였다. 엄마는 일을 막 그만둔 때였고, 아빠도 마찬가지였다. 엄마보다 다섯 살 많은 아빠는 버스 터미널의 짐꾼이었다. 보스턴 출신으로 원래는 상선을 탔지만 올버니에 묶여 있었는데, 그 당시에 사귀던 연상의 여자 때문이었다. 그 여자는 아빠가 바다에 나가는 것을 좋아하지 않았다. 두꺼운 종이로 만든 작은 트렁크를 들고 겁먹은 눈을 한 엄마가 버스 터미널에 들어섰을 때, 아빠와 여자의 관계는 끝나 가고 있었다. 아빠는 버스 터미널에서 일하는 걸 좋아하지 않았다. 게다가 한국전쟁 시기라서 다시 바다에 나가지 않으면 징집될 게 분명했다. 그것은 아빠가 바라는 일이 아니었다. 인생에서 가끔 그러하듯 모든 것이 동시에 기로에 놓였던 것이다. 그때 샤론이 앞에 나타난 것이다.

나는 아빠의 말을 믿는다. 엄마가 매표소에서 표를 사고 벤치에 앉아서 주변을 둘러보는 순간 엄마를 놓치지 않기로 결심했다고 한다. 엄마는 당당하고 여유로운 모습을 보여 주고 싶어 했지만 겁먹은 표정이 역력했다. 아빠는 웃음이 나오는 한편 엄마의 겁먹은 눈빛 때문에 울음도 같이 나오려 했다고 말했다.

아빠가 엄마에게 다가가서 거두절미하고 물었다.

「실례합니다만 뉴욕시로 가시나요?」

「네.」 엄마가 그를 보며 말했다.

「나도 거기 갑니다.」 아빠가 말했다. 그 자리에서 내린 결정이었지만, 아빠는 자신에게 표 값 정도는 있을 거라고 확신했다. 「하지만 뉴욕을 잘 몰라서요. 혹시 그곳을 잘 아시나요?」

「아뇨, 잘 몰라요.」 엄마가 더욱 겁먹은 얼굴이 되어 말했다. 이 이상한 남자가 누구인지, 뭘 원하는지 몰랐기 때문이다. 엄마는 드러머와 함께 뉴욕에 몇 번 가본 적이 있었다.

「친척 한 명이 거기 살아요.」 아빠가 말했다. 「나한테 주소를 일러 줬는데, 혹시 그게 어딘지 아실까 궁금해서요.」아빠는 뉴욕에 대해 아는 게 거의 없었다. 주로 샌프란시스코에서 일했기 때문이다. 아빠는 아무 주소나 댔고, 그러자 엄마는 더욱 겁을 먹었다. 그 주소는 월스트리트 근방이었다.

「네, 알아요. 하지만 거기는 흑인이 거의 살지 않을 텐데요.」엄마가 말했다. 엄마는 감히 이 이상한 남자에게 거기 사는 사람은 아무도 없다고, 거기는 식당이나 창고나 회사 빌딩이 전부라고 말할 엄두를 내지 못했다. 「백인들만 살아요.」엄마는 그렇게 말하고 달아날 곳을 조심스럽게 찾았다.

「맞아요. 친척이 백인이에요.」아빠가 말하고 엄마 옆에 앉았다.

아빠는 매표소에 가서 표를 사야 했지만, 엄마의 곁을 떠나면 엄마가 사라져 버릴까 봐 두려웠다. 그때 버스가 왔고 엄마가 일어섰다. 아빠가 함께 일어서서 엄마의 가방을 들었다. 「제가 도와드리죠.」아빠는 엄마의 팔꿈치를 잡고 매표소까지 갔고, 엄마를 옆에 세워 둔 채 표를 샀다. 사람들한테 도와달라고 소리를 지르는 게 아니라면 엄마가 할 수 있는 일은 없었다. 어쨌건 그가 버스에 타는 것을 막을 방법은 없었다. 엄마는 뉴욕에 도착하기 전에 해결책이 나타나길 바랐다.

그것을 마지막으로 아빠는 그 버스 터미널을 다시 보지 못했다. 다른 사람의 가방을 들어 준 것도 그때가 마지막이었다.

물론 엄마는 뉴욕에 도착해서도 아빠를 떼어 내지 못했다. 백인 친척을 찾는다던 일은 전혀 급해 보이지 않았다. 뉴욕에 도착하자 아빠는 엄마가 하숙집 찾는 것을 도와주고 YMCA로 갔다. 그리고 이튿날 아침에 엄마를 찾아와서 함께 식사를 했다. 그로부터 일주일도 지나지 않아 두 사람은 결혼했고, 아빠는 다시 바다로 나갔다. 엄마는 어리벙벙한 상태로 그 생활에 정착했다.

엄마는 아기 일을 잘 이해할 테고, 언니도 그럴 것이다. 아빠는 약간 충격받을지도 모르지만, 그건 아빠가 엄마나 언니만큼 나를 잘 모르기 때문이다.

마침내 맨 꼭대기 층의 집에 도착했지만 아무도 없었다. 여기서 산 지는 5년쯤 되었고, 여느 주택 단지 아파트처럼 그렇듯이 그럭저럭 괜찮았다. 포니와 나는 이스트빌리지에 다락방을 얻기로 결정하고 꽤 많은 집을 보았다. 우리에게는 그 결정이 좋아 보였다. 주택 단지 아파트는 형편도 안 됐지만 포니가 싫어하기도 했고 그가 조각 작업을 할 공간도 없었다. 할렘의 다른 집들은 주택 단지 아파트보다 훨씬 나빴다. 새로운 인생을 그런 데서 시작할 수는 없었다. 그런 곳에서의 기억은 잊히지 않을 것이고 그런 데서 아이를 키우고 싶은 사람은 없을 것이다. 하지만 또 생각해 보면 수많은 아기들이 그런 데서, 그러니까 고양이만 한 쥐와 생쥐만 한 바퀴벌레가 돌아다니고, 남자 손가락만 한 나무 가시들이 비죽비죽 튀어나온 나무 벽 공간에서 태어나고 자란다. 그런 곳에서 태어났다고 죽으라는 법은 없다. 하지만 그런 데서 살아가거나 살아남은 사람들은 항상 어딘가 슬픈 면이 있다.

집에 도착하고 5분도 지나지 않아 엄마가 돌아왔다. 엄마는 쇼핑백을 들고, 내가 쇼핑 모자라고 부르는 걸 쓰고 있었다. 헐렁한 베레모와 비슷한 베이지색 모자였다. 「그래, 포니는 어떠니?」 엄마는 미소 지었지만, 예리하게 살피는 눈길이었다.

「똑같아요. 잘 지내요. 엄마한테 인사 전해 달래요.」

「다행이구나. 변호사는 만났니?」

「오늘은 안 만났어요. 월요일에 만날 거예요. 퇴근하

고 나서요.」

「변호사가 포니는 만났다니?」

「아뇨.」

엄마는 한숨을 쉬고 모자를 벗어 티브이 위에 놓았다. 나는 쇼핑백을 들고 엄마와 함께 부엌으로 갔다. 엄마는 장 본 물건들을 정리하기 시작했다.

나는 싱크대에 반쯤 기댄 자세로 걸터앉아 엄마를 보았다. 그렇게 1분쯤 있다 보니 겁도 나고 속도 뒤집혔다. 이제 세 달째에 접어들었으니 말해야 했다. 임신했다는 것이 아직 겉으로 드러나지는 않지만, 어느 날 엄마는 다시 그 예리한 눈길로 나를 볼 것이다.

그렇게 어정쩡히 걸터앉은 자세로 엄마를 바라보던 중—엄마는 냉장고 문을 열고 닭고기를 못마땅한 눈길로 보다가 곧 꺼내 들었다. 그러고는 나직히 콧노래를 불렀는데, 들어 보면 그것은 무엇인가 고통스러운 것, 곧다가와서 충격을 안길 무엇에 대비하는 소리였다—나는 갑자기 엄마가 이미 안다는, 처음부터 알았다는, 내가말하기를 기다린다는 느낌이 들었다.

내가 말했다. 「엄마?」

「응?」 콧노래는 계속되었다.

말이 나오지 않았다. 잠시 후 엄마가 냉장고 문을 닫고 돌아서서 나를 보았다.

울음이 나기 시작했다. 엄마의 표정 때문이었다.

엄마는 잠시 섰다가 다가와서 내 이마에 손을 얹고 이어 내 어깨에 얹었다. 엄마가 말했다. 「내 방으로 가자. 아빠하고 언니가 금방 올 거야.」

엄마가 방문을 닫았다. 우리는 엄마의 침대에 함께 앉았다. 엄마는 내 손을 잡거나 하지 않고 그저 가만히 앉아 있었다. 내가 흐트러졌으니 엄마라도 정신을 차려야 한다는 다짐 같았다.

엄마가 말했다. 「티시, 왜 우는지 모르겠다.」 그리고 아주 약간 움직였다. 「포니한테 말했니?」

「오늘 말했어요. 포니한테 제일 먼저 말해야 할 것 같았어요.」

「잘했다. 아마 포니 얼굴에 흐뭇한 웃음이 가득했을 것 같은데?」

나는 엄마를 살짝 훔쳐보고 웃었다. 「네, 그랬어요.」

「지금쯤이면, 어디 보자. 한 3개월 된 거니?」

「그 정도요.」

「그런데 왜 우니?」

엄마가 나를 안고 가만히 흔들어 주었고 나는 그 품에 안겨 울었다.

엄마가 준 손수건에 코를 풀었다. 엄마도 창가로 가서 코를 풀었다.

「넌 지금 신경 쓸 게 많아.」 엄마가 말했다. 「행실이 어쩌고 하는 헛소리를 걱정할 틈이 없어. 그보다는 현명하게 자랐기를 바란다. 정말로 행실이 나쁜 여자라면 이렇게 침대에 앉아 있지 않고 이미 간수한테 몸을 팔았겠지.」

엄마는 다시 돌아와서 침대에 앉았다. 머릿속으로 적절한 표현을 찾는 것 같았다.

「티시.」 엄마가 말했다. 「우리가 여기 처음 왔을 때, 잘난 백인들은 우리가 아기를 낳기 전까지는 무슨 말을 해줄 성직자도 보내 주지 않았어. 너하고 포니가 결혼을 했건 안 했건 이렇게 함께 하는 게 그 염병할 백인 세상을 위한 건 아니야. 그러니까 엄마 말 잘 들어. 넌 아기를 생각해야 돼. 아기를 지켜야 돼. 다른 건 상관하지 마. 그게 네 일이야. 다른 누구도 네 대신 그 일을 할 수 없어. 우리도 널 지킬 거야. 우리가 포니를 빼낼 거야. 걱정하지 마. 힘든 일이라는 거 알지만 그래도 걱정하

지 마. 아기는 포니 인생의 가장 큰 축복이야. 포니한테
는 그 아이가 필요해. 포니한테 용기를 줄 거야.」

엄마는 내 턱 밑에 손을 대고 — 엄마는 가끔 그렇게
했다 — 미소를 머금은 얼굴로 내 눈을 바라보았다.

「내 말 알겠니, 티시?」

「네, 엄마. 알겠어요.」

「아빠랑 언니가 집에 오면 같이 저녁을 먹고, 그때 내
가 이야기할게. 그게 편하겠지?」

「네.」

엄마가 침대에서 일어났다.

「바깥옷 벗고 잠깐 누워 있어. 이따가 부르러 올게.」

엄마는 문을 열었다.

「네. 엄마, 엄마?」

「응?」

「고마워요, 엄마.」

엄마는 웃었다. 「티시, 뭐가 고맙다는 건지 모르겠지
만 이런 건 아무것도 아니란다.」

엄마는 문을 닫고 나갔고, 이어 부엌에서 움직이는
소리가 났다. 나는 코트와 신발을 벗고 침대에 누웠다.
어둠이 시작되는 시간, 밤의 소리가 시작되는 시간이

었다.

초인종이 울렸다. 엄마가 소리쳤다.「금방 가요!」그러더니 엄마가 다시 방에 들어왔다. 손에는 위스키를 아주 조금 담은 작은 물컵을 들고 있었다.

「여기, 일어나서 이걸 마시렴. 기력이 나게 해줄 거야.」

엄마는 문을 닫고 나갔고, 발소리는 금세 복도를 지나 현관으로 향했다. 아빠였다. 아빠는 기분이 좋은 듯했다. 웃음소리가 들렸다.

「티시가 벌써 집에 왔어?」

「잠깐 안에서 자고 있어. 좀 피곤해서.」

「포니는 만났대?」

「응, 만났대. 툼스 안쪽도 보고. 좀 쉬고 있으라고 했어.」

「변호사는 어떻게 됐어?」

「월요일에 만날 거야.」

아빠가 무슨 소리를 냈고, 이어 냉장고 문이 열렸다가 닫히더니 아빠가 맥주를 마시는 소리가 들렸다.

「큰애는?」

「곧 올 거야. 오늘 일이 좀 늦게 끝난대.」

「이 일이 끝날 때까지 빌어먹을 변호사들이 돈을 얼마나 달라고 할까?」

「조, 나한테 그런 거 물어봐야 소용없는 거 잘 알잖아.」

「그 개자식들이 일을 이렇게 만들었어.」

「맞아.」

엄마는 진과 오렌지 주스 칵테일을 만들어서 아빠의 맞은편에 앉았다. 그리고 발을 가볍게 흔들며 생각했다.

「오늘 어땠어?」

「뭐, 괜찮았어.」

아빠는 더 이상 바다에 나가지 않고 부두에서 일한다. 〈괜찮았다〉는 건 하루 종일 한두 명 이상 욕하지 않았고, 누군가한테 죽고 싶냐고 소리 지르지 않았다는 뜻이다.

포니는 처음 만든 조각 작품들 중 하나를 엄마에게 선물했다. 거의 2년 전 일이다. 왠지 그 일을 생각하면 늘 아빠가 떠오른다. 엄마는 포니에게 받은 조각을 거실의 작은 테이블 위에 놓았다. 검은색 나무로 만든 조각은 그렇게 크지 않았다. 벌거벗은 남자가 한 손은 이마에, 다른 한 손은 성기 앞에 댄 모양이었다. 길쭉한 다리를 넓게 벌리고 선 — 한쪽 발이 고정된 것 같다 — 동작 전체가 고통스러워 보인다. 그처럼 어린 나이에 만들었다기에는 아주 이상한 조각이다. 어쨌거나 언뜻 보기에 이상하다. 포니는 직업 학교에서 카드 게임용 테이블이나 서랍장처럼 쓸데없는 물건들 만드는 법을 배웠다. 누가 수제 가구를 사겠는가? 부자들도 안 산다. 그들은 직업 학교 아이들이 머리가 나빠서 손 기술을 배운다고 말한다. 아이들은 머리가 나쁘지 않다. 하지만 이런 학교를 운영하는 사람들은 아이들이 똑똑해지기를 바라지 않는다. 그들이 실제로 가르치는 건 노예가 되는 법이다. 포니는 거기에 관심이 없었고, 실습실의 나무 대부분을 집으로 가져갔다. 일주일쯤 걸렸는데 하루는 연장을, 그다음 날은 나무를 가져가는 식이었다. 나무는 쉽지 않았다. 주머니에 넣을 수도, 코트 안에 감출 수도 없었기 때문이다. 결국 친구 한 명을 데리고 밤에 몰래 학교에 가서 목공실을 터는 방식을 택했다. 훔친 나무는 친구 형의 차에 실었다. 일부는 말이 잘 통하는 수위의 지하실에도 숨겼다. 포니는 우리 집에 연장을 가져왔고, 내 침대 밑에는 아직도 나무가 조금 있다.

포니는 자신이 할 수 있는 일, 하고 싶은 일을 찾았다. 그것은 우리 또래를 집어삼키는 죽음에서 그를 구원했다. 죽음은 형태가 다양하고, 젊어서 죽는 경우도 방식이 제각각이지만 죽음 자체는 단순하고, 원인 역시 전염병처럼 단순하다. 아이들은 아무짝에도 쓸데없는 인간이라는 말을 들으며 자라고, 주변의 모든 것이 그 말을 증명했다. 아무리 버둥거려도 파리 떼처럼 쓰러졌고, 파리 떼처럼 쓰레기 더미에 모였다. 내가 포니에게 매달린 것도, 포니가 나를 구원한 것도 내가 아는 또래 남자들 중 그가 거의 유일하게 약도 하지 않고, 술에 비틀거리거나 강도 짓을 하지 않았기 때문이었을 것이다. 포니는 머리카락을 펴지 않았다. 그냥 곱슬머리로 살았다. 그리고 먹는 문제를 해결하기 위해 고깃집 즉석 조리부에 일자리를 잡았고, 목공 작업을 할 지하실을 마련했으며, 자기 집보다 우리 집에 더 자주 왔다.

포니의 집은 싸움이 끊이지 않았다. 헌트 부인은 포니도, 포니가 사는 방식도 참지 못했다. 포니의 두 누나는 헌트 부인 편이었는데, 자신들의 처지가 곤란해지면서 더욱 그렇게 되었다. 그 둘은 결혼을 목표로 삼고 자랐지만 주위에는 마땅한 상대가 없었다. 그들은 평범한 할렘 여자들이었다. 시립대를 다녔지만 대학에서는 아무 일도 일어나지 않았다. 대학 교육을 받은 남자들은 그들을 원하지 않았다. 그들은 흑인 여자를 원하는 남자들에게는 너무 하얬고, 백인 여자를 원하는 남자들에게는 너무 까맸다. 이도저도 할 수 없는 처지가 되자 그들은 포니를 탓했다. 거의 저주의 말과도 같은 어머니의 기도와 오르가슴 같은 누나들의 거짓 눈물 앞에서 포니는 방법이 없었다. 프랭크도 이 세 마녀에게는 상대가 되지 못했다. 그는 화만 냈다. 그 집에서 어떤 악다구니가 벌어졌을지 짐작할 수 있었다. 프랭크는 술을 마시기 시작했다. 나무랄 수 없는 일이었다. 때로 그는 포니를 찾는 척하면서 우리 집에도 왔다. 포니보다 그가 훨씬 더 힘들어했다. 게다가 그는 양복점을 접고 가먼트 센터[3]에서 일하기 시작했다. 포니가 예전에 그에게 의존했듯이 이제는 그가 포니에게 의존했다. 두 사람에게는 달리 갈 집이 없었다. 프랭크는 술집으로 갔지만, 포니는 술을 좋아하지 않았다.

포니는 자신을 구원한 바로 그 열정 때문에 곤경에

---

3 맨해튼 남부의 의류 업체 밀집 지역.

빠지고 결국 감옥에 가게 되었다. 그는 자신의 중심을 자기 안에서 발견했다. 그것은 겉으로도 드러났다. 그는 누구의 깜둥이도 아니었다. 이 얼어 죽을 자유 국가에서 그것은 범죄였다. 이 나라에서 깜둥이는 누군가의 깜둥이가 되어야 한다. 누구의 깜둥이도 아닌 깜둥이는 나쁜 깜둥이다. 포니가 다운타운으로 이사했을 때 경찰들은 그렇게 판정했다.

언니 어네스틴이 왔다. 앙상한 모습이었다. 곧 아빠와 장난치는 소리가 들렸다.

언니는 다운타운의 복지관에서 아이들 돌보는 일을 한다. 열네 살 정도까지의 아이들은 피부색이 다양했고, 남자아이들과 여자아이들이 섞여 있었다. 힘든 일이지만 언니는 그 일을 좋아한다. 좋아하지 않으면 할 수 없는 일이다. 사람이란 참 재미있다. 어렸을 때 언니는 허영심이 넘쳤다. 머리를 정성껏 말고, 깨끗한 원피스를 입고, 자신의 미모를 믿을 수 없다는 듯 항상 거울 앞에 있었다. 나는 언니를 싫어했다. 나보다 네 살 많은 언니가 나를 완전히 무시했기 때문이다. 우리는 엄청나게 싸웠다.

엄마는 그 허영심을 크게 걱정하지 않으려고 했다. 엄마는 언니가 연예인의 자질이 있고, 무대에 설지도 모른다고 생각했다. 그 생각이 엄마에게 딱히 기쁨을 주지는 않았다. 하지만 자기도 한때 가수가 되고 싶어 했다는 걸 잊지 않았다.

그러던 언니가 갑자기, 거의 하루아침에 변했다. 우선 키가 훌쩍 자라서 훤칠해지고 앙상해졌다. 바지를 입고 머리를 묶기 시작했고, 유행 지난 책을 읽었다. 학교가 끝나고 집에 돌아오면 어딘가에 앉거나 바닥에 엎드려서 책을 읽는 언니가 보였다. 언니는 이제 신문도 안 읽고, 영화관에도 안 갔다. 「백인들의 거짓말은 이제 필요 없어. 그들은 이미 내 정신을 많이 망쳐 놨어.」 언니는 그렇게 말했다. 그러면서 잘난 척하는 성격을 버렸고, 읽는 책에 대해 오랫동안 말하지 않았다. 내게는 훨씬 다정해졌다. 얼굴도 변했다. 마르고 개성이 드러나면서 아주 아름다워졌다. 언니의 길고 가는 눈은 무엇인가를 바라보는 듯 어두워졌다.

언니는 대학을 포기하고 한동안 병원에서 일했다. 거기서 죽음을 앞둔 소녀를 만났다. 소녀는 열두 살의 나이에 이미 마약에 중독되어 있었다. 거기다 흑인도 아닌, 푸에르토리코 아이였다. 언니는 그때부터 아이들 돌보는 일을 시작했다.

「제저벨 어디 있어요?」

내가 백화점 향수 상점에 취직한 뒤로 언니는 나를 제저벨[4]이라고 불렀다. 그 가게는 흑인 여자를 고용한 일을 대담하고 진보적인 행동이라 여겼다. 나는 하루 종일 지겨운 카운터에 서서 어금니가 아프도록 미소 짓고 권태에 빠진 노부인들에게 손등에 뿌린 향수 냄새를 맡게 한다. 언니는 내가 루이지애나 창녀 같은 냄새를 풍기며 집에 온다고 했다.

「집에 있어. 방에 누워 있어.」

「괜찮아요?」

「피곤한가 봐. 포니를 만나고 왔거든.」

「포니는 잘 견디고 있대요?」

「그냥 견디는 거지.」

「뭔가 마실 걸 만들어야겠네요. 제가 요리할까요?」

「아니. 내가 금방 할게.」

「헤이워드 씨는 만났대요?」

아널드 헤이워드는 변호사다. 언니가 복지관을 통해

---

4 『구약성서』의 이세벨의 영어 이름. 요부, 특히 흑인 여자를 가리킨다.

서 소개해 주었다. 복지관에는 변호사들이 필요했다.

「아니. 월요일에 퇴근하고 간대.」

「엄마도 같이 가세요?」

「그러는 게 좋을 것 같아.」

「제 생각도 그래요. 아빠, 맥주 좀 그만 드세요. 배가 집채만 해지겠어요. 엄마랑 티시가 가기 전에 제가 변호사한테 전화할게요. 아빠, 맥주에 진을 넣어 드릴까요?」

「그냥 옆에 두렴, 내가 일어나기 전에.」

「일어나세요! 여기요!」

「그러면 못써. 어리사 프랭클린의〈리스펙트Respect〉라는 노래를 좀 들어라. 그런데 티시 말로는 변호사가 돈을 더 원하는 것 같다는데.」

「선수금은 줬어요. 그래서 지금 온 식구가 입을 옷도 없다고요. 물론 비용을 지불하기는 해야죠. 하지만 재판에 들어가기 전까지는 돈을 더 달라고 하면 안 돼요.」

「힘든 사건이라잖아.」

「헛소리예요. 변호사가 뭐하는 사람인데요?」

「돈을 버는 사람이지.」엄마가 말했다.

「요새 포니네 식구들 만나 봤어요?」

「그 사람들은 아무것도 알려고 하지 않아. 헌트 부인하고 그 동백꽃 같은 두 딸은 이 일을 망신스러워하고, 불쌍한 프랭크는 돈이 없어.」

「티시 앞에서는 이런 이야기 너무 많이 하면 안 돼요. 어떻게든 해결될 거예요.」

「해결해야지. 포니는 우리 식구나 마찬가지야.」

「이미 우리 식구야.」 엄마가 말했다.

식구들에게 내가 일어났다는 걸 알리려고 방의 전등을 켠 뒤 거울을 보며 머리를 정돈한 다음 부엌으로 나갔다.

「미용 수면은 효과 없는 것 같지만, 잘 버티고 있는 건 기특하네.」 언니가 말했다.

엄마가 저녁을 먹고 싶으면 부엌을 비워 달라고 해서 우리는 거실로 나갔다.

나는 스툴에 앉아서 아빠의 무릎에 기댔다. 이제 7시였고, 거리는 소음이 가득했다. 긴 하루 끝에 드디어 마음이 고요해졌고, 아기가 현실적으로 느껴지기 시작했다. 이전까지 현실적이지 않았던 건 아니지만 이제는 뭐랄까, 아기와 나 둘만 있는 것 같았다. 언니는 전등 불빛을 낮췄고, 레이 찰스 음반을 튼 뒤 소파에 앉았다.

음악 소리와 거리의 소음 속에서 내 머리를 가볍게 만지는 아빠의 손길이 느껴졌다. 그러자 모든 것이 연결된 것 같았다. 거리의 소음, 레이 찰스의 목소리와 그의 피아노 소리, 아빠의 손과 언니의 실루엣, 부엌에서 나는 소리와 불빛. 우리가 순간적으로 그림이 된 것 같았다. 이런 일은 수백 년 동안 있었다. 사람들이 모여 앉아 식사를 기다리며 블루스를 듣는 일. 마치 이 모든 요소들로, 그러니까 이런 기다림, 아빠의 손길, 엄마가 부엌에서 일하는 소리, 은은한 불빛, 차분한 음악, 언니가 머리를 숙여 담뱃불을 붙이는 동작, 재떨이에 성냥을 떨구는 손짓, 거리를 지나는 타인들의 목소리, 이 분노와 당당한 슬픔으로 내 아기가 천천히 만들어지는 것 같았다. 나는 아기가 포니와 똑같은 눈을 가질까 하는 생각을 했다. 어느 먼 옛날에는 누군가가 지금 내 머리에 손을 얹은 우리 아빠 조지프의 눈에 대해 이런 생각을 했을 것이다. 내가 이미 알면서도 외면하던 사실이 갑자기 강력하게 밀려들었다. 이 아기는 포니의 아기이고 내 아기다. 이 아기는 우리가 만든 아기, 우리 둘을 합한 것이다. 나는 나 자신에 대해서도 포니에 대해서도 잘 몰랐다. 우리 두 사람의 합은 어떤 모습일까? 그러자 포니가 떠올라 빙긋이 웃음이 났다. 아빠가 내 이마를 손으로 문질렀다. 포니의 손길, 내 품에 안긴 포니, 포니의 숨결, 포니의 냄새, 포니의 무게가 떠올랐다. 내 안으로 들어오던 그 지독하고 아름다운 존재와 누가 금실로 목을 조이는 듯 헐떡이던 숨결도 떠올랐다. 숨소리가 깊어지면서 그도 더 깊이 들어왔지만, 내 몸속이 아니라 자기 눈 안쪽의 어떤 왕국으로 들어가는 것만 같았다. 포니는 목공을 할 때도 그랬고, 석공을 할 때도 그랬다. 그가 작업하는 모습을 보지 않았다면 그가 날 사랑한다는 것도 몰랐을지 모른다.

누군가 자신을 사랑한다는 깨달음은 기적 같은 일이다.

「티시?」

언니가 담배를 들고 손짓했다.

「응.」

「변호사랑 월요일 몇 시에 만나기로 했어?」

「6시 면회 갔다가 7시에 만날 거야. 변호사가 그날 늦게까지 일한댔어.」

「돈을 더 달라고 하면 나한테 전화하라고 해.」

「그게 소용이 있어? 그 사람이 더 달라고 하면 안 줄

71

방법은 없잖아.」

「언니 말 들어라.」아빠가 말했다.

「그 사람이 너한테 말할 때하고 나한테 말할 때 태도가 같지 않을 거야. 무슨 말인지 알아?」언니가 말했다.

「응, 알겠어.」나는 수긍하며 대답했다. 하지만 어떤 알 수 없는 이유로 언니의 말이 두려웠다. 하루 종일 혼자 고민하면서 느꼈던 그 느낌이 돌아왔다. 누구도, 그러니까 언니조차 나를 도와줄 수 없다는 느낌이었다. 언니는 정말로 나를 도와주려고 했고 나도 그걸 알았다. 하지만 언니도 불안해 보였다. 겉으로는 침착하고 강인한 척했지만 다운타운의 아이들 때문에 그런 일을 많이 알 것이다. 나는 언니에게 그런 것이 어떤 방식으로 되어 가는지 묻고 싶었다. 그런 일이 잘 풀린 적이 있기나 했는지 말이다.

우리는 손님이 없으면 부엌에서 식사를 했다. 부엌은 우리 집에서 가장 중요한 공간이었다. 그곳에서 모든 일이 일어났다. 모든 사건이 그곳에서 시작하고 진행되고 끝났다. 저녁 식사를 마치자, 엄마가 찬장에서 오래된 술병을 꺼내 왔다. 여러 해 동안 간직하던 프랑스 브랜디였다. 엄마가 가수였던 시절, 드러머와 사귀던 시절의 술이었다. 그게 마지막 한 병이었고, 아직 뚜껑도 따지 않은 것이었다. 엄마는 병을 아빠 앞에 내려놓고 「따봐」 하고 말한 뒤, 잔을 네 개 가져와서 아빠가 병 따는 모습을 서서 지켜보았다. 언니와 아빠는 엄마가 왜 그러는지 모르겠다는 표정이었다. 그 이유를 아는 나는 가슴이 쿵쿵 뛰었다.

아빠가 병뚜껑을 땄다. 엄마가 말했다. 「조, 당신이 가장이니까 모두에게 술을 따라 줘.」

사람들은 정말 이상하다. 무슨 일이 일어나기 전에 그게 무슨 일인지 대체로 눈치챈다. 정말이다. 어떻게 말할지 생각할 시간조차 없었고 이제 보니 그럴 시간은 영원히 사라진 것 같다. 아빠의 얼굴이 변해 갔다. 그 모습을 도저히 설명할 방법이 없다. 얼굴이 돌처럼 선명해졌다. 모든 선과 각도가 석상처럼 매끄러워졌고, 눈동자는 검은색 중에서도 검은색이 되었다. 아빠는 — 갑자기 무기력해져서 — 기다렸다. 이미 아는 것이 전해지기를, 현실에 들어오기를, 태어나기를.

언니가 침착한 얼굴로 엄마를 보았다. 길쭉한 눈에 미소가 떠올랐다.

나를 보는 사람은 아무도 없었다. 나는 그들 앞에 있

었지만 나 자신으로서가 아니었다. 내가 거기 있는 것
은 포니를 대신해서였고, 내 아기, 오랜 잠에서 깨어나
이제 내 심장 아래에서 움직이고 귀를 기울이고 느끼기
시작한 내 아기를 대신해서였다.

아빠가 술을 따르자 엄마가 잔을 하나씩 돌렸다. 엄
마는 아빠, 언니, 나를 차례차례 보다가 내게 미소를 보
냈다.

「이건 우리만의 성례야.」 엄마가 말했다. 「아니, 그건
너무 나갔다. 하지만 이 잔은 새로운 생명을 축하하는
잔이야. 티시가 포니의 아기를 낳을 거니까.」 엄마는 아
빠와 잔을 부딪혔다. 「건배.」

아빠가 나를 보며 입술을 적셨다. 아빠가 말하기 전
에는 누구도 말할 수 없는 것 같았다. 나는 아빠를 보았
다. 아빠가 무슨 말을 할지 알 수 없었다. 아빠는 잔을
내려놓았다가 다시 들었다. 그리고 무엇인가 말하려고
했다. 말하고 싶어 했다. 하지만 하지 못했다. 아빠는 내
얼굴에서 무엇을 알아내겠다는 듯 바라보았다. 얼굴 주
변에 낯선 미소가 맴돌았지만 그게 얼굴 안으로 들어가
지는 못했다. 아빠는 과거와 미래로 동시에 움직이는
것 같았다. 그러고는 〈놀라운 소식이로구나〉 하고 말하

더니 브랜디를 조금 더 마시고 다시 말했다. 「아기를 위해 건배해야 하지 않니, 티시?」 나는 브랜디를 약간 삼켰다가 기침을 했다. 언니가 등을 토닥여 준 뒤 나를 끌어안았다. 언니의 얼굴에 눈물이 있었고 웃으며 나를 내려다볼 뿐 말은 하지 않았다.

「지금 몇 개월이지?」 아빠가 물었다.

「3개월쯤 됐어.」 엄마가 말했다.

「그래, 그럴 줄 알았어.」 언니가 나를 놀라게 했다.

「3개월이라고!」 아빠가 말했다. 마치 5개월이나 2개월이라면 다른 의미가 있고, 더 말이 된다는 것 같았다. 「3월에 임신했어요.」 내가 말했다. 포니는 3월에 체포되었다.

「신혼집을 찾아다니던 무렵이구나.」 아빠가 말했다. 아빠의 얼굴에는 질문이 가득했다. 만약 내가 아들이었다면 그 질문들을 할 수 있었을 것이다. 적어도 흑인 남자는 할 수 있다. 하지만 딸에게는 그 질문을 하지 못했다. 순간 서운한 느낌도 슬쩍 들었지만 그 느낌은 곧 지나갔다. 아빠와 아들은 하나다. 하지만 아빠와 딸은 다르다.

이런 수수께끼는 너무 유심히 들여다보지 않는 게 좋

다. 그 일은 단순하지도 않고 안전하지도 않다. 우리는 스스로에 대해 아는 게 별로 없다. 우리가 모른다는 걸 인정하면, 우리는 수수께끼와 함께 자라고, 수수께끼도 우리 안에서 자란다. 하지만 오늘날 사람들은 모르는 것을 용납하지 않고, 그래서 수많은 사람들이 길을 잃고 헤맨다.

어쨌건 나는 프랭크가 자기 아들이 아빠가 된다는 소식을 어떻게 받아들일지 궁금했다. 그러다가 사람들이 가장 먼저 하는 생각이 무얼지 깨달았다. 〈포니는 감옥에 있잖아!〉 프랭크 역시 그 생각을 가장 먼저 할 것이다. 그리고 만약 일이 잘못되면 아들이 아기를 보지 못할 거라고 생각할 것이다. 우리 아빠는 일이 잘못되면 자신의 손주가 아비 없는 아이가 될 거라고 생각했다. 그렇다. 그런 조용한 생각이 부엌의 공기를 팽팽하게 만들었다. 나는 무슨 말이라도 해야 할 것 같았다. 하지만 너무 피곤해서 그냥 언니의 어깨에 기댔다. 할 말이 없었다.

「아기를 분명히 원하는 거지, 티시?」 아빠가 물었다.

「네. 포니도 그래요! 우리 아기니까요.」 내가 말했다.

「아시잖아요? 포니가 감옥에 간 건 죄를 지어서가 아니에요. 포니가 달아났던 것도 아니고 ─」 그것은 아빠가 묻지 않은 질문에 대한 답이었다. 「우리는 어릴 때부터 단짝이었어요. 아빠도 아시죠. 그 일만 아니었으면 지금쯤 결혼도 했을 거고요!」

「그래, 아빠도 아셔. 그냥 걱정돼서 그러시는 거야.」 엄마가 말했다.

「내가 네 행실을 나무랄 거라는 바보 같은 생각은 하지 말아라.」 아빠가 말했다. 「그저 네가 너무 어려서 그런 거야. 그리고 ─」

「힘들지만 우리는 해결할 거예요.」 언니가 말했다.

언니는 나보다 아빠를 잘 알았다. 아마도 어릴 때부터 아빠가 자기보다 나를 더 사랑한다고 생각했기 때문인 것 같다. 그건 사실도 아니고 이제는 언니도 그 생각이 잘못이었다는 것을 알지만 ─ 사람이 다른 사람을 사랑하는 방식은 다양하다 ─ 어쨌건 어렸을 때 언니에게는 분명 그렇게 보였을 것이다. 나는 늘 아무것도 못할 것처럼 보이고, 언니는 못할 일이 없을 것처럼 보였다. 사람들은 약해 보이는 사람과 강해 보이는 사람에게 다르게 반응한다. 그래서 그들의 실제 생각을 알지 못하면 상처받을 수 있다. 아마도 그래서 어린 시절에 언니는 그렇게 오랫동안 거울 앞에 있었는지도 모른다. 〈상관없어, 나한테는 내가 있어〉 하고 스스로에게 말하느라. 하지만 그 때문에 언니는 더욱 강해 보였고, 그것은 언니가 원하는 것과 정반대의 효과였다. 하지만 사람이 하는 일이 그런 법이고, 우리는 그렇게 일을 망친다. 어쨌거나 언니는 그 시절을 극복했다. 자신이 어떤 사람인지, 적어도 어떤 사람이 아닌지는 안다. 이제는 그렇게 솟는 힘들을 두려워하지 않고, 그 힘들을 쓰는 법과 누르는 법을 익혔기 때문에 어떤 문제든 당당하게 맞섰다. 언니는 아빠의 말도 자를 수 있지만 나는 그렇게 하지 못한다. 언니가 내게서 물러나 내 손에 잔을 쥐어 주며 말했다. 「고개 들어.」 언니가 자신의 잔을 내 잔에 부딪혔다. 「어린 생명을 저버리면 안 돼.」 언니는 조용히 말하고 잔을 비웠다.

엄마가 말했다. 「새 생명을 위해.」 아빠도 말했다. 「아들이었으면 좋겠다. 그러면 프랭크가 좋아 죽을 텐데.」 그러더니 나를 보고 말했다. 「티시, 내가 프랭크한테 이 소식을 전해도 되겠니?」

「네, 그러세요.」

「지금 바로 가서 전할까?」 아빠가 웃으며 말했다.

「전화부터 하는 게 좋을걸. 그분은 집에 잘 없잖아.」
엄마가 말했다.

「그 집 딸들한테는 제가 말하고 싶네요.」 언니가 말했다.

엄마가 웃었다. 「여보, 그 집에 전화해서 모두 우리 집으로 오라고 하는 건 어떨까? 토요일이고, 그렇게 늦은 시간도 아니고, 브랜디도 남았으니까. 생각해 보니까 그게 제일 좋은 방법 같은걸.」

「그래도 괜찮겠니, 티시?」 아빠가 물었다.

「어차피 해야 하는 일이에요.」 내가 말했다.

아빠는 나를 잠깐 보다가 일어나서 거실의 전화기로 갔다. 부엌에도 벽 전화가 있지만 아빠의 얼굴에는 할 일이 생겼을 때, 우리가 비켜나 주기를 바랄 때의 엄격한 미소가 있었다.

다이얼 돌리는 소리가 들렸다. 집 안에 들리는 소리는 그것뿐이었다. 그런 뒤 저편에서 벨이 울리는 소리가 들렸다. 아빠가 목을 가다듬었다.

「헌트 부인? 아, 안녕하세요, 부인. 조지프 리버스입니다. 프랭크가 집에 있나요? 통화를 하고 싶은데요. 고맙습니다.」

엄마가 흠 하고 소리를 내고 언니에게 윙크했다.

「안녕! 잘 있었어? 나야, 조. 그래, 뭐 그냥저냥 잘 지내지. 그런데 말이야, 아, 그래, 티시가 오늘 면회를 갔었다더군. 잘 있대. 그래. 그런데 말이야, 친구. 우리가 할 이야기가 좀 있어. 그래서 전화한 거야. 전화로는 곤란해. 우리 모두와 상관된 일이야. 그래…… 아, 그런 소리하지 마. 자네 식구 모두 당장 차를 타고 우리 집으로 왔으면 좋겠어. 지금. 맞아. 지금 당장. 뭐? 우리 모두의 일이라니까. 우리도 제대로 옷 입고 있는 사람 없어. 목욕 가운을 두르고 와도 된다고 해. 할망구 같은 소리 하지 마. 나 지금 욕 나오는 걸 참는 중이야. 얼어 죽을. 그만 투덜대고 집사람을 뒷좌석에 밀어 넣고 운전해서 와. 중요한 일이야. 오는 길에 맥주도 사 와. 오면 돈 줄게. 그래, 어서 전화 끊고 오라니까. 자네 식구 모두, 당장 와. 끊어.」

아빠가 웃으며 돌아왔다.

「헌트 부인이 옷을 갈아입겠대.」아빠가 말하고 앉았다. 그러더니 나를 건너다보고 씩 웃었다. 멋진 미소였다.「이리 오렴, 티시. 아빠 무릎에 앉아라.」

공주가 된 것만 같았다. 아빠는 나를 무릎에 앉히더

니 이마에 입을 맞추고 내 머리카락 속에 손가락을 넣어서 처음에는 거칠게, 이어서 부드럽게 문질렀다. 「너는 착한 아이야, 클레멘타인. 아빠는 네가 자랑스럽다. 명심하렴.」

「명심 안 하면 제가 먼지 나게 두드려 팰 거예요.」언니가 말했다.

「임신한 여자를 팬다고!」엄마가 소리치더니 코냑을 마셨고, 모두 웃음을 터뜨렸다. 아빠의 가슴이 웃을 때마다 흔들렸다. 나는 어깨뼈 사이로 아빠의 가슴이 오르락내리락하는 걸 느꼈다. 그 웃음에는 우리에게 닥친 거대한 불행도 억누르지 못한 격렬한 기쁨과 깊은 안도가 들어 있었다. 나는 아빠의 딸이었다. 나는 사랑하는 사람이 있고, 사랑받고 있고, 아빠는 내 사랑으로 인해 해방되고 인증되었다. 배 속의 아이는 아빠의 아이이기도 했다. 조지프가 없다면 티시도 없었을 테니까. 그때 우리 가족의 웃음은 기적에 대한 불가항력의 반응이었다. 아기는 우리의 아기였고, 우리에게 다가오고 있었다. 아빠의 큰 손이 내 배를 따뜻하게 감싸 주었다. 우리에게 닥친 거대한 불행 가운데서도, 아이는 무사히 태어나리라는 약속을 받았다. 사랑이 우리를 재료 삼아

아이를 만들어 보냈다. 그것이 우리를 어디로 데려갈지는 아무도 몰랐다. 하지만 이제 아빠는 마음의 준비를 갖추었다. 이 손자는 그의 딸들보다 더 중대한 의미를 지닌 그의 소산이었다. 이 아이가 태어날 때까지 누구도 아이의 생명을 앗아갈 수 없을 것이다. 아이도 그것을 느끼는 듯했다. 그때까지 아무런 움직임이 없던 아이가 아빠의 손을 향해 뛰어오르고, 내 갈비뼈에 발길질하는 것 같았다. 내 안에서 어떤 노래를 하더니 갑자기 지독한 입덧이 닥쳤고, 나는 아빠의 어깨에 고개를 떨구었다. 아빠가 나를 안았다. 토할 것 같은 느낌은 고요 속에 지나갔다.

샤론이 미소 띤 얼굴로 이 모든 것을 지켜보았다. 그리고 한쪽 발을 앞뒤로 흔들며 앞날을 생각했다. 그러고는 다시 한번 언니에게 윙크를 했다.

「우리도 헌트 부인을 위해 옷을 입어야 하지 않나요?」 언니가 일어나면서 말했고, 우리는 다시 웃었다.

「친절하게 대해야 해.」 아빠가 말했다.

「그럴 거예요.」 언니가 말했다. 「당연히 친절하게 대하죠. 부모님이 우리를 제대로 키우셨잖아요. 그저 옷을 안 사주셨을 뿐이죠.」 언니가 엄마에게 말했다. 「하지만 그 집 모녀들은 정말로 옷이 많아요! 그 사람들하고는 경쟁도 할 수 없어요.」 언니가 한탄하듯 말하고 앉았다.

「나는 양복점을 하지 않았으니까.」 아빠가 말하고 나를 보며 웃었다.

포니와 나의 첫 섹스는 이상했다. 그게 이상했던 이유는 우리 둘 다 그 일이 곧 일어날 것을 알았기 때문이다. 아니, 그런 표현은 정확하지 않다. 그게 일어날 줄 몰랐다. 그 일은 갑자기 일어났다. 그런데 지나고 보니 그 일은 이미 우리 옆에 우리를 기다리고 있었다. 우리는 그 순간을 보지 못했다. 하지만 그 순간은 멀리서부터 와서 기다리고 있었다. 더없이 자유롭게 카드놀이도 하고, 벼락도 던지고, 허리도 펴고 하면서 우리가 학교에서 돌아와 약속을 지키기를 끈질기게 기다리고 있었다.

나는 포니의 머리에 물을 부었고, 욕조 안에서 포니의 등을 문질렀다. 그때가 벌써 아득한 옛날 같다. 그의 성기를 본 기억은 나지 않지만 당연히 보았을 것이다. 우리는 병원 놀이를 해본 적이 없다. 약간 소름 끼치는 그 놀이를 다른 남자애들하고는 해보았다. 포니도 다른 여자애들, 남자애들과 해보았을 것이다. 우리가 서로의 몸에 약간이라도 호기심을 보였던 기억은 없다. 언젠가 우리에게 관계의 순간이 올 거라는 것을 알았기 때문이다. 포니는 나를 깊이 사랑했다. 우리는 서로가 깊이 필요했다. 우리는 서로의 일부였다. 서로의 살로 만들어진 살이었고, 서로를 너무도 당연히 여긴 나머지 육체를 생각하지 않았다. 그에게는 다리가 있고, 내게도 다리가 있었다. 우리가 아는 것이 그것뿐은 아니었지만, 우리가 사용한 것은 그것이 전부였다. 우리는 그걸로 계단을 오르내리며 언제나 서로에게 향했다.

서로가 부끄러워한 일이 없었던 것은 아니다. 나는 아주 오랫동안 가슴이 납작했다. 사실 이제야 아기 때문에 가슴이라고 할 만한 게 생겨나는 중이지만 엉덩이는 아직도 밋밋하다. 포니는 나를 너무도 좋아해서 나를 사랑한다는 생각을 하지 못했다. 나도 포니가 너무 좋아서 다른 남자애들은 보이지도 않았다. 그것이 무슨 의미인지는 몰랐다. 하지만 예정된 시간은 이미 그 의미를 알고 길에서 우리를 엿보며 기다리고 있었다.

포니가 스물한 살이고 내가 열여덟 살이던 어느 날 밤, 포니가 내게 키스했다. 그의 성기가 일어서서 내 몸에 닿자 그는 얼른 몸을 뗐다. 나는 인사를 하고 계단을 달려 올라갔고, 그는 달려 내려갔다. 그날 밤 나는 잠을 이루지 못했다. 무슨 일인가 일어났다. 그는 이삼 주 동안 나를 보러 오지 않았다. 그동안 포니는 나중에 우리 엄마에게 준 그 조각상 작업을 했다.

포니가 엄마에게 조각상을 준 날은 토요일이었다. 그가 엄마에게 선물한 뒤 우리 둘은 밖으로 나가 길을 걸었다. 오랜만에 그를 만난 기쁨에 눈물이 나올 것 같았다. 모든 것이 달라져 있었다. 나는 생전 처음 보는 거리를 걸었다. 주위의 얼굴들도 낯설었다. 우리를 감싼 침묵은 사방에서 울리는 음악 같았다. 나는 아마 그때 평생 처음으로 행복했고, 내가 행복하다는 것을 알았다. 포니는 내 손을 잡았다. 오래전, 그의 어머니가 우리를 교회에 데리고 간 그 일요일 같았다.

포니는 이제 가르마가 없었다. 머리 전체가 북슬북슬했다. 파란 양복도 없었다. 양복 자체가 없었다. 그는 검정색과 빨간색이 섞인 낡은 점퍼를 입고 낡은 회색 코듀로이 바지를 입었다. 무거운 구두는 가죽이 까져 있었다. 열심히 일한 냄새가 풍겼다.

포니는 내가 살면서 본 가장 아름다운 사람이었다.

그는 휘고 길쭉한 다리로 느릿느릿 걸었다. 우리는 계속 손을 잡고 계단을 내려가서 지하철을 탔다. 붐비는 지하철 안에서 그는 팔을 둘러 나를 보호했다. 불현듯 고개를 들어 그의 얼굴을 보았다. 누구도 이걸 설명할 방법이 없다. 나도 그런 시도를 하지 말아야 한다. 하지만 그의 얼굴은 이 세상보다 더 크다. 그의 눈은 태양보다 더 깊고, 사막보다 더 넓다. 시간이 시작된 뒤 일어난 모든 일이 그의 얼굴에 있었다. 그가 웃었다. 가벼운 미소였다. 그의 이가 보였다. 그가 내 입에 침을 뱉은 날 내가 본 이 빠진 자리가 정확히 보였다. 지하철이 흔들렸고, 그는 나를 바짝 붙들었고, 이어 내가 들은 적 없는 한숨을 조용히 삼켰다.

타인에게 육체가 있다는 사실을 처음 깨달을 때는 놀라게 된다. 그에게 육체가 있다는 깨달음은 그를 타인으로 만든다. 그것은 자신에게도 육체가 있다는 뜻이다. 우리는 영원히 그것과 함께 살아야 하고, 그것은 우리 인생의 언어를 풀이해 준다.

내가 그때까지도 동정이라는 깨달음은 정말로 놀라웠다. 정말로 동정이었다. 어떻게 그런지, 왜 그런지 갑자기 의문이 들었다. 하지만 그것은 내가 인생을 포니와 함께 보내리라는 걸 알았기 때문이다. 내 인생이 그것과 다른 길을 갈 거라는 생각이 머릿속에 들어온 적조차 없었다. 그걸 보면 나는 동정일 뿐 아니라 여전히 어린애이기도 했다.

우리는 지하철을 타고 그리니치빌리지의 셰리든 광장까지 가서 내렸다. 그리고 웨스트 4번 스트리트에서 동쪽 방향으로 걸었다. 길은 토요일이라 붐볐고 사람들 무게로 비틀거렸다. 대부분 젊은이였고, 어쨌거나 젊어야 했다. 그러나 내게는 별로 젊어 보이지 않았다. 이유는 알 수 없었지만 그때 나는 그들이 무서웠다. 아마도 나보다 훨씬 많은 걸 알아서일 거라고 생각했다. 그것은 사실이었지만 한편 — 그것을 이제야 조금씩 깨닫고 있다 — 사실이 아니었다. 그들은 모든 걸 갖추었다. 걸음걸이, 소리, 웃음, 후줄근한 옷까지. 그 옷은 그들로서는 짐작도 못 하는 가난을 복제한 것이었다. (반면 그들의 가난이란 내게는 말할 수 없이 아득한 것이었다.) 다양한 흑인과 백인들이 섞여 있었지만, 어느 쪽이 어느 쪽을 따라하는 것인지 알 수 없을 정도로 비슷하게 느껴졌다. 그들은 몹시 자유로운 나머지 아무것도 믿지 않았지만, 그들이 몰랐던 것은 그 환상이 그들의 유일한 진실이라는 것, 실제로 그들은 남들이 시키는 대로 하고 있다는 것이었다.

포니가 나를 바라보았다. 시간이 6시를 지나 7시를 향해 갔다.

「괜찮아?」 그가 물었다.

「응. 너는?」

「여기서 식사할까? 다시 할렘으로 돌아갈까? 아니면 영화를 볼 수도 있고 와인, 마리화나, 맥주, 커피를 할 수도 있어. 마음이 결정될 때까지 조금 더 걸을 수도 있고.」 그가 다정하게 웃으며 내 손을 잡고 흔들었다.

행복했지만 불편하기도 했다. 이전까지는 그와 함께 일 때 불편했던 적이 없었다.

「먼저 공원으로 가자.」 내가 말했다. 어쩐 일인지 좀 더 바깥에 있고 싶었다.

「좋아.」 그는 계속 특이한 미소를 짓고 있었다. 방금 자신에게 멋진 일이 일어났는데, 세상에 그 일을 아는 건 자신뿐이라는 의미의 미소였다. 그는 곧 누군가에게 그것을 이야기할 테고, 그 대상은 내가 분명했다.

우리는 붐비는 6번 애비뉴를 건넜다. 온갖 사람들이 토요일 밤을 즐기러 나와 있었다. 하지만 우리를 보는 사람은 없었다. 우리가 함께 있고, 둘 다 흑인이기 때문이었다. 나중에 내가 혼자서 그 길들을 걸을 때는 사정이 변했다. 사람들도 달랐고, 나도 더 이상 어린애가 아니었다.

「이쪽으로 가자.」그가 말했다. 우리는 블리커 스트리트 방향으로 6번 애비뉴를 걸었다. 블리커 스트리트에 접어들자 포니가 잠시 샌리모 아파트의 커다란 유리창 안을 들여다보았다. 그가 그곳에 아는 사람은 아무도 없었다. 건물 전체가 지치고 생기 없어 보였다. 가기 싫은 저녁 모임에 가기 위해 면도를 하고 옷을 차려입어야 하는 사람 같았다. 희미한 불빛 속의 사람들은 혹독한 전쟁을 치르고 온 퇴역병들 같았다. 우리는 계속 걸었다. 거리는 이제 흑백을 막론한 많은 젊은이들과 경찰들로 바글거렸다. 포니는 고개를 약간 높이 들고 내 손을 꽉 잡았다. 붐비는 커피숍 앞 인도에 많은 젊은이들이 있었다. 뮤직 박스에서 어리사 프랭클린의 「댓츠 라이프That's Life」가 흘러나왔다. 이상했다. 여느 장소들처럼 모두가 거리를 걷고 이야기했지만, 분위기는 왠지 가시 돋친 것 같았다. 진짜 같지만 진짜가 아닌 것을 볼 때 소름 끼치는 느낌이 드는 것처럼 무엇인가 냉혹하고 섬뜩한 것이 있었다. 어떻게 보면 할렘과 똑같았다. 할렘에서는 현관 앞 계단에 조금 더 나이 든 남녀가 앉아 있을 뿐이다. 어린아이들이 동네를 뛰어다니고, 자동차들이 천천히 혼돈을 뚫고 지나가고, 경찰차가 모퉁이에 서 있고, 그 안에 경찰관 두 명이 앉아 있고, 다른 경찰들은 으쓱거리며 인도를 순찰한다. 어떤 면에서 이곳은 할렘과 비슷했지만, 무엇이 빠지거나 들어가 있었다. 그것이 무엇인지는 몰랐다. 하지만 그 모습은 두려움을 안겼다. 여기서는 조심해서 걸어야 했다. 모두 눈이 멀었기 때문이다. 사람들과 부딪히자 포니가 내 어깨를 감쌌다. 우리는 미네타 태번 식당을 지나 미네타 레인을 건넜다. 그러고는 신문 판매 가판이 있는 그 다음 모퉁이를 지나서 대각선 방향의 워싱턴 스퀘어 공원에 들어갔다. 그 공원은 뉴욕 대학의 웅장한 신축 건물들과 동쪽과 북쪽의 고층 신축 아파트들 그림자 속에 웅크리고 있는 것 같았다. 우리는 램프 빛 속에서 체스를 두는 수 세대에 걸친 남자들 앞을 지나고, 개와 산책하는 사람들을 지나고, 밝은 빛깔 머리와 몸에 붙는 바지 차림의 청년들을 지났다. 그들은 포니를 힐끔 보고 나에게 아쉬운 눈길을 던졌다. 우리는 아치가 마주 보이는, 물 없는 석조 분수 가장자리에 앉았다. 사방에 사람이 가득했지만, 가시가 돋쳤다는 섬뜩한 느낌은 가시지 않았다.

「가끔 이 공원에서 잤어. 잘한 일은 아니지만.」포니가 말하고 담배를 피워 물었다. 「한 대 줄까?」

「지금은 아냐.」아까는 밖에 있고 싶었지만 이제는 사람들을 피해, 공원을 떠나 어딘가에 들어가고 싶었다. 「왜 공원에서 잤어?」

「시간이 늦었고, 식구들을 깨우기 싫어서. 돈도 없었고.」

「우리 집에 오면 되잖아.」

「너네 식구들도 깨우기 싫었어.」그는 담배를 다시 주머니에 넣었다. 「하지만 지금은 여기 방이 있어. 나중에 네가 보고 싶다면 보여 줄게.」그가 나를 보았다. 「너 춥고 피곤해 보인다. 뭐 먹을 걸 사다 줄까?」

「응, 돈 있어?」

「응. 잔돈을 좀 챙겨 왔어. 가자.」

우리는 그날 아주 많이 걸었다. 포니는 그리니치 서쪽으로 길을 인도했고, 거기서 여자 구치소를 지나 작은 스페인 레스토랑으로 갔다. 포니는 그 식당의 웨이터를 전부 알았고, 그들도 모두 포니를 알았다. 그들은 거리에서 봤던 사람들과 달랐다. 그들의 미소는 편안함을 주었다. 토요일이지만 조금 이른 시간이었고, 그들은 뒤쪽의 작은 테이블로 우리를 안내했다. 사람들의 눈길을 막아 주기 위해서가 아니라 그저 우리가 반가워서 최대한 오래 머물게 하려는 것 같았다.

나는 레스토랑 경험이 별로 없었지만 포니는 많았다. 스페인어도 약간 할 줄 알았다. 보아 하니 웨이터들이 나를 두고 그를 놀리고 있었다. 그가 웨이터 페드로시토 — 가장 어린 사람이라는 뜻의 이름이었다 — 에게 나를 인사시킬 때, 동네 아이들이 우리를 로미오와 줄리엣이라고 불렀던 일이 떠올랐다. 사람들은 예전에도 우리를 놀렸지만, 지금과는 달랐다.

이따금 일을 쉬고 오후 면회와 6시 면회를 모두 갈 수 있는 날이면 나는 센터 스트리트에서 그리니치까지 자주 걸었다. 식당 안쪽에 들어가 앉으면, 사람들은 내가 무엇인가를 먹도록 말없이 챙겨 주었다. 루이지토 — 그는 스페인에서 온 지 얼마 안 됐고 영어를 거의 못했다 — 는 내가 손대지 않아 차갑게 식어 버린 오믈렛을 치우고 따끈한 음식을 새로 내오기를 여러 번 거듭하며 말했다.「세뇨리타(아가씨)? 포르 파보르(제발). 그도 무차초(사내아이)도 당신의 힘이 필요해요. 당신이 굶으면 그는 나를 원망할 거예요. 우리는 그의 친구예요. 그는 우리를 믿어요. 당신도 우리를 믿어 줘요.」그는 레드 와인을 따라 주었다.「와인은 좋아요. 천천히.」나는 와인으로 입술을 축였다. 그는 미소를 짓고, 내가 음식을 먹기 시작할 때까지 움직이지 않았다. 그런 뒤 〈사내애일 거예요〉라고 말하고는 빙긋 웃으며 떠났다. 그들은 고통스러운 많은 날을 견디도록 도와주었다. 뉴욕에서 만난 사람들 중 그들처럼 친절한 사람은 없었다. 그들은 기꺼이 도움을 베풀었다. 어려운 일이 생겼을 때, 내가 몸이 힘들고, 조지프와 프랭크와 샤론과 어네스틴이 모두 바쁠 때, 그들은 툼스 근처에서 심부름을 해주고, 너무도 자연스러운 일이라는 듯 — 사실 그들에게는 그랬다 — 나를 레스토랑에 데려갔다가 6시 면회 시각에 맞추어 다시 태워다 주고는 했다. 그들을 결코 잊지 않을 것이다. 그들도 알았다.

하지만 그 토요일 밤에 우리는 앞날을 몰랐다. 포니도 몰랐다. 그저 행복했다. 나는 거지 같은 법에 어긋난다는 걸 알았지만 마르가리타를 마셨다. 그리고 스물한 살이라 법적으로 술을 마셔도 되는 포니는 위스키를 마셨다. 그는 손이 컸다. 그가 내 두 손을 잡아 자기 손을 감쌌다. 「나중에 무엇인가를 보여 주고 싶어.」 그가 말했다. 나는 누구의 손이 떨리는지, 누가 누구의 손을 잡은 건지 알 수 없었다. 「좋아.」 내가 말했다. 그가 주문한 파에야가 나오자 우리는 손을 풀었고, 포니가 우아하게 내 앞에 접시를 놓아 주었다. 「이번엔 네 차례야.」 그가 말했고, 우리는 웃으며 식사를 했다. 와인도 마셨다. 촛불도 있었다. 다른 사람들이 우리를 이상하게 쳐다보았지만 포니가 〈우리는 여기 주인들을 알아〉라고 말했고, 우리는 다시 웃었다. 우리는 안전했다.

나의 세계 바깥에서 포니를 본 적이 없었다. 그가 아버지, 어머니, 누나들과 함께 있는 모습을 보았고, 우리 식구들과 함께 있는 모습을 보았다. 하지만 그가 〈나〉와 함께 있는 모습은 제대로 본 적이 없었다. 그러니까 레스토랑을 떠나는 순간, 모든 웨이터와 웃으며 스페인어와 영어를 섞어 이야기하는 이 순간까지. 포니의 얼굴은 내가 모르던 방식으로 밝아졌고, 그와 그들의 웃음은 진솔하고 호탕했다. 이제껏 그만의 세계에 있는 그를 본 적이 없었다. 포니가 〈나〉와 함께 있는 모습을 제대로 본 것도 아마 이때일 것이다. 그가 나에게서 고개를 돌린 채 웃고 있었지만 내 손을 잡고 있었기 때문이다. 그는 타인이었지만, 나와 결합되어 있었다. 그가 다른 남자들과 함께 있는 모습을 그때 처음 보았다. 남자 간의 사랑과 존경도 그때 처음 보았다.

그 뒤 나는 그 일에 대해 생각해 보았다. 여자들이 그런 것을 처음 볼 때는 — 나는 아직 여자라고 하기 어려웠지만 — 무엇보다 그 남자를 사랑할 때이다. 다른 방식으로는 볼 수 없다. 그것은 아주 큰 깨달음을 주기도 한다. 그리고 이 망가진 세상에서는 많은 여자들이, 어쩌면 대부분의 여자들이 남자들간의 따뜻함과 에너지 속에서 위협을 느낀다. 자신이 배제된 느낌을 받기 때문이다. 하지만 여자들이 실제로 느끼는 것은 직접 해독할 수도 없고, 그래서 다룰 수도 없는 언어를 마주한 느낌인 것이다. 아무리 그걸 문제 삼아도 실제로는 배제된 게 아니라 오히려 스스로 갇힌 것이라는 사실을 알게 될 뿐이라서 당황하게 된다. 오직 남자만이 여자의 얼굴에서 지난날의 소녀를 볼 수 있다. 그것은 특정 남자에게만, 그것도 끈질기게 바라볼 때만 드러나는 비밀이다. 하지만 남자들은 여자를 대할 때를 빼면 서로에게 비밀이 없다. 그들은 여자와 같은 방식으로 성장하지 않는다. 그것은 훨씬 더 힘들고 시간도 많이 걸리며, 여자 없이는 이루어지지 않는다. 이것은 여자에게 두려운 수수께끼이자, 여자들의 가장 깊은 스트레스의 열쇠다. 여자는 지켜보고 알려 주는 역할을 하지만 남자는 이끌어야 한다. 남자는 언제나 여자보다 동료에게 더 관심을 기울이는 것처럼 보인다. 하지만 남자들은 서로를 그렇게 떠들썩하게 받아들이는 행동으로 여자의 침묵과 비밀, 남자의 진실을 품어 주고 놓아 주는 침묵과 비밀을 상대할 힘을 얻는다. 나는 그런 불만 — 아득한 공포를 감추는 불만 — 은 여자들이 매일, 매시간 남자들의 상상에 좌우되기 때문이라고 본다. 여자는 그렇게 여자가 된다. 하지만 남자는 스스로의 상상 속에 존재하기에 여자에게 휘둘리지 않는다. 어쨌건 이 망가진 세상에서 여자가 남자보다 상상력이 뛰어나다고 여겨지는 건 우스꽝스러운 일이다. 그것은 남자들의 생각일 뿐 현실과는 정반대이다. 실제로 여자는 남자의 현실과 씨름하느라 상상에 할애할 시간도 없고 그럴 필요도 없다. 자신의 상상력을 믿는 남자가 여성적이고 유약하다는 생각은 이 점에서 큰 착각이다. (실제로 남자들이 믿는 것은 오직 상상뿐이다.) 이걸로 이 나라의 많은 것을 이해할 수 있다. 왜냐면 돈을 버는 것만이 목적이라면 상상력은 아무 필요가 없기 때문이다. 아예 여자도 남자도 필요가 없다.

「안녕히 가세요, 세뇨리타!」 식당 주인이 소리쳤다. 포니와 나는 다시 거리로 나가서 걸었다.

「내 방에 가자. 여기서 가까워.」 포니가 말했다.

시간은 이제 10시를 넘어 11시를 향해 갔다.

「좋아.」 내가 말했다.

나는 그때는 그리니치빌리지를 몰랐다. 이제는 안다. 처음엔 모든 게 놀라웠다. 우리가 걷는 길은 6번 애비뉴보다 훨씬 어둡고 조용했다. 강이 가까웠고, 길에는 우리뿐이었다. 그 길을 혼자 걸으면 무서울 것 같았다.

집에 전화를 해야 할 것 같다고 포니에게 말할까 하다가 말았다.

그의 방은 뱅크 스트리트의 어느 건물 지하에 있었다. 우리는 검은색의 야트막한 금속 난간 앞에 섰다. 난간에는 스파이크가 박혀 있었다. 포니가 조용히 지하실 현관을 열었다. 계단 네 칸을 내려가서 왼쪽으로 돌자 문이 보였다. 오른쪽에 창문 두 개가 있었다. 포니가 자물쇠에 열쇠를 꽂자 문이 안쪽으로 열렸다. 머리 위에 희미한 노란색 빛이 있었다. 포니는 나를 먼저 들여보내고 따라 들어와 문을 닫은 뒤 몇 걸음 앞장서서 어둡고 좁은 복도를 걸어갔다. 그리고 다시 어떤 방의 문을 열고 불을 켰다.

그 방은 작고 낮았으며, 창문들은 지하실 현관을 마주 보고 있었다. 벽난로도 있었다. 작은 부엌과 욕실도 있었다. 샤워기는 있었지만 욕조는 없었다. 방에는 나무 스툴 하나와 쿠션 스툴 두 개, 큰 나무 테이블과 작은 테이블이 있었다. 작은 테이블에는 두 개의 빈 맥주 캔이 있었고, 큰 테이블에는 연장들이 있었다. 사방에 원목이 있어서 방 안 가득 나무 냄새가 났다. 안쪽 모퉁이 맨바닥에 매트리스가 있고, 그 위에 멕시코풍 숄이 덮여 있었다. 포니가 그린 연필 스케치들이 벽에 붙어 있고, 프랭크가 찍은 사진도 한 장 있었다.

우리는 이 방에서 많은 시간을, 인생을 함께하게 되었다.

언니가 초인종 소리에 답하러 나갔고, 이어 헌트 부인이 가장 먼저 들어왔다. 부인은 언뜻 아주 세련되어 보이는 옷을 입고 있었다. 갈색 천은 새틴처럼 반짝거렸고, 특이하게도 무릎과 팔꿈치, 허리에 흰색 레이스 술이 달렸다. 거기에 석탄 양동이를 뒤집은 것처럼 생긴 모자를 써서 단단한 이마가 더 단단해 보였다.

헌트 부인은 높은 구두를 신었는데, 체중이 불어 있었다. 살찌지 않으려고 노력했지만 잘되지 않았던 모양이다. 부인은 성령의 힘에도 불구하고 겁을 먹었다. 웃으며 들어왔지만, 성령의 눈길과 거울에 대한 자신의 불안한 기억 중 무엇 앞에서 농락당할지 감을 잡지 못했다. 부인이 들어와서 손을 내미는 모습, 그 미소, 자비를 청하지만 자신은 줄 수는 없다는 뜻의 미소는 놀라웠다. 그 부인은 내가 한 번도 본 적 없는 유의 여자였다. 포니가 그녀의 배 속에 있었다. 그녀가 그를 낳았다.

뒤이어 포니의 누나들이 왔다. 그들은 헌트 부인과 또 달랐다. 어네스틴이 친절하고 활기차게 (「이렇게 모두 만날 방법은 긴급 정상 회의 소집뿐이네요! 어서 들어오세요!」) 헌트 부인을 샤론에게 보냈고, 샤론은 다시 예의 바른 태도로 부인을 조지프에게 보냈다. 부인은 아빠가 내게 팔을 두른 모습에, 아빠의 미소에 질겁한 것 같았다. 하지만 부인은 언제나 질겁한 상태라는 생각도 들었다.

두 자매는 포니의 누나들이었지만, 나는 그렇게 여긴 적이 없다. 아니, 사실 그건 아니다. 포니의 누나가 아니었다면 나는 눈곱만큼도 신경 쓰지 않았을 것이다. 그들이 포니의 누나라서, 그럼에도 그들이 포니를 좋아하지 않아서 나는 그들이 싫었다. 그들은 나를 싫어하지 않았다. 그리고 아무도 싫어하지 않았다. 바로 그게 문제였다. 그들은 우리 거실에 들어오면서 보이지 않는 구애자들에게 보내는 듯한 미소를 지었다. 스물일곱의 에이드리엔과 스물네 살의 실라는 선교사들의 가르침대로 변변치 못한 내게 각별히 다정한 표정을 지었지만, 그들이 본 것은 자신들의 허리를 잡은 아빠의 크고 검은 손이었다. 물론 아빠가 잡은 것은 내 허리였지만, 그들은 자기 허리가 잡힌 것처럼 느꼈다. 그들은 손의 색깔, 위치, 모양을 못마땅하게 여겨야 할지 말지 몰랐다. 하지만 그 손길의 강력함만큼은 분명히 마음에 들어하지 않았다. 에이드리엔은 나이에 맞지 않게 너무 어린 옷차림이었고, 반대로 실라는 너무 노숙해 보였다. 그 뒤로 프랭크가 들어왔고, 아빠는 나를 잡은 손을 약간 늦추었다. 우리는 잡담을 하며 거실로 갔다.

헌트 씨는 피곤해 보였지만 미소는 여전했다. 그가 에이드리엔 옆의 소파에 앉아서 말했다. 「오늘 우리 잘난 아들 면회를 갔다고?」

「네. 포니는 잘 있어요. 인사 전해 달래요.」

「괴로운 일은 없다니? 내가 이렇게 묻는 건, 나한테는 하지 않을 말을 너한테는 할 것 같아서야.」

「그건 애인들끼리의 비밀이죠.」 에이드리엔이 말하고 다리를 꼰 뒤 미소를 지었다.

나는 에이드리엔을 상대할 이유가 없었다. 적어도 아직은. 나를 계속 바라보는 헌트 부인도 마찬가지였다.

나는 말했다. 「물론 힘들어해요. 당연하죠. 하지만 포니는 강해요. 거기서 책도 많이 읽고 공부도 해요.」 나는 에이드리엔을 보았다. 「괜찮을 거예요. 하지만 우리는 포니를 빼내야 해요.」

프랭크가 무엇인가 말하려고 할 때 실라가 끼어들었다. 「남들이 책 읽고 공부할 때 그렇게 했다면 거기 들어갈 일이 없었을 거야.」

내가 입을 열려고 했지만 아빠가 얼른 말했다. 「프랭크, 맥주 사 왔어? 아니면 우리 집에 진도 있고 위스키도 있고 브랜디도 있어.」 그가 웃었다. 「하지만 선더버

드[5]는 없어.」 그리고 헌트 부인을 돌아보았다. 「숙녀 분들도 괜찮으시죠?」

헌트 부인이 미소 지었다. 「괜찮냐고요? 우리가 괜찮건 말건 프랭크는 신경 안 써요. 그냥 자기 하고 싶은 대로 할 거예요. 다른 사람들은 생각하지 않아요.」

「헌트 부인.」 샤론이 말했다. 「뭘 드릴까요? 차도 있고 커피와 아이스크림도 있어요. 코카콜라도 있고요.」

「세븐업도 있어요.」 언니가 말했다. 「아이스크림 소다 비슷한 걸 만들어 드릴 수도 있어요. 실라, 좀 도와줄래? 엄마는 앉아 계세요. 우리가 만들어 올게요.」

언니는 실라를 데리고 부엌으로 갔다.

엄마가 헌트 부인 옆에 앉았다.

「시간이 이렇게 빨리 가다니. 이 일이 벌어지고 거의 처음 만나는 거잖아요.」 엄마가 말했다.

「말도 말아요. 좋은 변호사를 찾느라고 브롱크스를 얼마나 쑤시고 다녔는지 몰라요. 예전 직장 사람들을 통해서요. 그중 한 명이 지금 시의원이라서 모르는 사람이 없는 데다 힘도 쓸 수 있어요. 그 사람이 말하면 사람들이 들으니까요. 하지만 그러느라 내 시간을 다 날

5 저렴하고 도수 높은 와인.

렸고, 의사는 조심하지 않으면 약한 심장에 무리가 온다고 주의하라네요. 아들이 얼마나 자유를 원하든 엄마를 원하든, 신경 쓰지 않는 게 좋다고요. 하지만 상관하지 않아요. 내 일은 걱정할 필요가 없어요. 주님이 붙잡아 주시니까요. 나는 그저 주님이 아들을 빛으로 인도해 주시길 기도할 뿐이에요. 날마다 밤낮으로 기도하는 건 그것뿐이에요. 어쩌면 주님이 이런 일을 통해서 아들이 죄를 깨닫고 예수님 앞에 나오게 하려고 그러시는 것일 수도 있다고 생각해요」

「그럴지도 모르죠. 주님은 우리가 알 수 없는 방식으로 일하시니까요.」 샤론이 말했다.

「맞아요!」 헌트 부인이 말했다. 「때로 우리를 시험하실지는 몰라도 주님이 자녀를 버리는 일은 없어요.」

「어네스틴이 찾은 변호사 헤이워드 씨는 어떻게 생각하세요?」 샤론이 물었다.

「아직 못 만나 봤어요. 다운타운에 갈 시간이 없었어요. 하지만 프랭크는 만났어요.」

「어떻게 생각하세요, 프랭크?」 샤론이 물었다.

프랭크가 어깨를 으쓱했다. 「그냥 로스쿨에 가서 자격증을 딴 백인 애송이죠. 무슨 뜻인지 아실 겁니다. 쥐좆만큼도 의미 없어요.」

「프랭크, 당신, 여자분하고 이야기하고 있잖아.」헌트 부인이 말했다.

「나도 알아, 반가운 일이지. 하지만 말했다시피 쥐좆만큼도 의미 없어요. 그 사람하고 계속 같이 가는 게 좋을지 어떨지도 모르겠어요. 하지만 백인 애송이 치고는 그럭저럭 괜찮아요. 지금은 배가 고프니만큼 그렇게 쓰레기는 아니에요. 나중에 배가 부르면 어떻게 될지 모르지만.」그는 조지프에게 말했다. 「나는 우리 아들 인생을 그런 백인 샌님 손에 맡기고 싶지 않아. 차라리 끓는 물에 산 채로 들어가겠어. 포니는 내 외아들이란 말이야. 하지만 우리는 모두 백인들 손아귀에 있고, 백인한테 알랑거리는 한심한 흑인도 많지.」

「내가 계속 말하지만, 그런 부정적인 태도가 위험한거야!」헌트 부인이 소리쳤다. 「당신은 너무 미움이 많아! 남을 미워하면 남들도 당신을 미워해! 당신이 그렇게 말하는 걸 들을 때마다 가슴이 미어지고 아들 생각에 몸이 떨려. 그 애를 감옥에서 꺼내 줄 수 있는 건 하느님의 사랑뿐이야. 그러니까 프랭크, 아들을 사랑한다면 제발 그런 미움을 버려. 그 미움이 당신 아들에게 떨어져서 그 애를 죽일 거야.」

「프랭크는 누가 미워서 그러는 게 아니에요, 헌트 부인.」 샤론이 말했다. 「그냥 이 나라의 현실을 말하는 거죠. 화가 나는 게 당연해요.」

「나는 하느님을 믿어요. 그분이 나를 돌봐 주시는 걸요.」 헌트 부인이 말했다.

「난 몰라.」 프랭크가 말했다. 「아들을 감옥에 보낸 아비가 어떻게 해야 하는지 하느님은 뭐래? 당신의 그 하느님은 제 아들을 십자가에 못 박았어. 속으로 아마 잘 죽었다고 했을 거야. 하지만 나는 안 그래. 길에 나가서 처음 만나는 백인 경찰에게 입 맞추는 일은 절대 할 수 없어. 하지만 내 아들이 그 지옥 구덩이에서 나와서 자유를 찾는 날에는 나는 사랑이 넘치는 개새끼가 될 거야. 내 아들 머리를 두 손으로 잡고 그 눈을 다시 볼 수 있다면 사랑이 철철 넘치는 사람이 될 거라니까!」 그가 소파에서 일어나 아내에게 걸어갔다. 「그렇게 되지 않으면 몇 놈의 머리통을 날릴 거야. 당신이 옛날부터 서방질하는 그 예수라는 새끼에 대해 한마디라도 더 하면 당신 머리부터 날리겠어. 당신은 아들을 돌볼 시간에 그 백인 유대인 새끼하고 붙어먹었어.」

헌트 부인이 두 손으로 얼굴을 감쌌고, 프랭크는 천천히 자기 자리로 돌아가서 앉았다.

에이드리엔이 그에게 무슨 말인가 하려다가 말았다. 나는 아빠 옆의 쿠션 스툴에 앉아 있었다. 에이드리엔이 말했다. 「리버스 씨, 오늘 저희를 부른 이유가 무엇인가요? 저희 부모님이 싸우는 모습을 보려고 부르신 건 아닐 테죠.」

「그러면 안 되나요?」 내가 말했다. 「오늘은 토요일이에요. 지루해지면 사람들은 별일을 다 해요. 어쩌면 재미있는 일이 좀 필요해서 연락한 건지도 모르죠.」

「네가 그렇게까지 못될 수는 있겠지만, 그렇게까지 멍청하다고는 보지 않아.」 그녀가 말했다.

「포니가 감옥에 가고 나서 나는 언니를 두 번도 못 봤어요.」 내가 말했다. 「툼스에서는 한 번도 못 봤고요. 포니는 한 번 봤다고 말하더군요. 아주 급히 떠났다고요. 언니 직장에는 동생 이야기 한마디도 안 했죠? 거기서 빈곤 퇴치 운동을 하는 화이트칼라 포주들, 매춘부들, 창녀들한테요. 지금은 그 소파에 앉아서 자기가 엘리자베스 테일러보다 더 섬세하다고 생각하죠? 그리고 어딘가에서 백인 혼혈 얼간이가 언니를 기다릴 텐데 동생 때문에 시간을 뺏겨서 짜증 나죠?」헌트 부인이 나를 사납게 노려보았다. 프랭크는 쓴웃음을 짓고 고개를 숙였다. 에이드리엔은 멀리서 나를 보며 동생의 이름 위에 큼직한 검은 엑스를 하나 더 그었다. 그리고 마침내 내가 예상했던 것처럼 담배에 불을 붙였다. 그녀는 연기를 조심스럽게 공중으로 뿜었고, 다시는 자신보다 열등한 자들 틈에 끼지 않겠다고 조용히 결심하는 것 같았다.

어네스틴과 실라가 돌아왔다. 실라는 약간 불안해 보였고, 어네스틴은 딱딱하지만 만족한 표정이었다. 어네스틴이 헌트 부인에게 아이스크림을 건네고 에이드리엔에게는 콜라, 조지프에게는 맥주, 프랭크에게는 진과 세븐업 칵테일, 실라에게는 콜라, 샤론에게는 진과 세븐업 칵테일, 내게는 브랜디를 주고 자신은 하이볼을 들었다. 「자, 건배해요.」언니가 유쾌하게 말하고 앉자 다른 사람들도 모두 앉았다.

그때 이상한 침묵이 흘렀고, 모두가 나를 바라보았다. 나를 향한 헌트 부인의 눈길에서 어느 때보다 강력한 악의와 두려움이 느껴졌다. 그녀가 아이스크림 숟가락을 잡은 채 몸을 앞으로 내밀었다. 실라는 겁먹은 것 같았다. 에이드리엔이 비웃음을 담아 입술을 일그러뜨리더니 무엇인가 말하려고 몸을 내밀었지만, 프랭크가 단호한 손길로 막았다. 그녀는 다시 몸을 뒤로 당겼다. 프랭크가 몸을 앞으로 내밀었다.

내가 소식을 전할 사람은 어쨌건 그였다. 그래서 그를 바라보면서 말했다. 「제가 이 회의를 소집했어요. 아빠한테 아저씨네 식구를 모두 불러서 오늘 제가 포니에게 전한 소식을 말씀드리자고 했어요. 포니는 아빠가 될 거예요. 제가 포니의 아이를 가졌어요.」

나를 보던 프랭크의 눈이 우리 아빠에게로 이동했다. 그러더니 두 남자는 의자에, 소파에 가만히 앉은 채로 우리에게서 멀어졌다. 그들은 함께 이상한 여행을 했다. 여행을 하는 프랭크의 얼굴은 고통스러웠다. 그는 여행 속에서 돌멩이들을 주워 들었다가 내려놓았다가 했다. 눈앞의 풍경이 점점 넓어져서 그가 꿈에도 본 적 없는 지평선 너머로까지 갔다. 프랭크가 여전히 아빠와 동행인 채로 돌아왔을 때, 그의 얼굴은 평온해 보였다. 「자네와 같이 나가서 술을 좀 마시고 싶은걸.」 그가 조지프에게 말했다. 그리고 거의 포니 같은 얼굴로 미소 짓고 말했다. 「티시, 좋은 소식이구나. 나는 기쁘다.」

「그 아기는 누가 키울 건데?」 헌트 부인이 물었다.

「아기의 부모죠.」 내가 말했다.

헌트 부인이 나를 바라보았다.

「성령은 아닐 거야.」 프랭크가 말했다.

헌트 부인이 프랭크를 노려보다가 일어나서 내게 걸어왔다. 느린 걸음이었고 숨을 참는 것 같았다. 나도 일어나서 역시 숨을 참고 거실 가운데로 갔다.

「너는 그 음행을 사랑이라고 말하는 모양인데 내 생각은 달라.」 부인이 말했다. 「나는 전부터 네가 내 아들을 망칠 줄 알았어. 네 안에는 악마가 있어. 처음부터 알았어. 하느님이 오래전에 알려 주셨어. 성령은 네 배 속의 아이를 시들게 하실 테지만 내 아들은 용서받을 거야. 내가 기도하니까.」

부인은 그토록 어리석고 당당했다. 그것이 부인의 간증이었다. 프랭크가 껄껄 웃더니 부인을 손등으로 때렸고 부인은 바닥에 쓰러졌다. 모자가 뒤통수로 밀려났고, 치마는 무릎 위로 올라갔다. 그 앞에 프랭크가 서 있었다. 부인은 아무 소리도 내지 않았다. 프랭크도 마찬가지였다.

「심장이 약하신데!」 샤론이 나직이 말했다. 프랭크는

다시 웃었다.

그가 말했다. 「별문제 없이 잘 뛸 겁니다. 그걸 심장이라고 부르고 싶지 않습니다.」 그리고 아빠에게 돌아섰다. 「조, 여자들 일은 여자들에게 맡기고 우리는 같이 나가세.」 아빠가 망설이자 다시 말했다. 「제발, 조.」

「같이 나가, 여보.」 샤론이 말했다.

실라는 자기 어머니 옆에 무릎을 꿇고 앉았다. 에이드리엔은 담배를 재떨이에 비벼 끄고 일어섰다. 어네스틴이 욕실에서 소독용 알코올을 가지고 와서 실라 옆에 앉았다. 언니는 솜에 알코올을 묻혀서 헌트 부인의 관자놀이와 이마에 문질렀고, 조심스레 모자를 벗겨서 실라에게 건넸다.

「나가요, 조. 나가 주는 게 좋겠어요.」 샤론이 말했다.

두 남자가 나가고, 문이 닫히면서 이제 거실에 남은 여섯 여자는 잠시일지라도 서로를 상대해야 했다. 헌트 부인이 천천히 일어나서 자기 의자로 돌아갔다. 부인이 입을 열기 전에 내가 먼저 말했다. 「말씀이 너무 심하셨어요. 제 평생 그렇게 심한 말은 처음이네요.」

「어머니를 때리다니. 심장이 약한 분을.」 에이드리엔이 말했다.

「심장이 아니라 머리가 문제 아니에요?」샤론이 말했다. 이어 헌트 부인에게 말했다. 「성령이 부인의 총기를 흐린 것 같아요. 지금 저주를 내린 아이가 당신의 손주라는 거 몰라요? 나는 손주를 얻기 위해서라면 약한 심장 정도는 기꺼이 떼어서 지옥에 가져다 바칠 사람도 여럿 알아요. 차를 드릴까요? 브랜디를 드리고 싶지만, 그러기에는 너무 경건하신 분 같아서.」

「우리 어머니의 믿음을 조롱하지 마세요.」실라가 말했다.

「웃기지 마.」어네스틴이 말했다. 「너도 광신도 어머니를 창피해하잖아. 물론 그걸 비웃지는 않지. 그저 어머니한테 〈영혼〉이 있어서 그런 거라고 말해. 사람들이 그게 전염병이라고 생각지 않도록. 그리고 네가 착한 여자라고 생각하도록. 넌 정말 역겨워.」

「난 네가 역겨워.」에이드리엔이 말했다. 「우리 어머니 말이 바람직하지 않았을지는 몰라도 너무 당황스러운 소식인 건 맞잖아! 그리고 어머니는 정말로 영혼이 있어! 너희 더러운 깜둥이들은 뭐가 있는데? 우리 어머니가 물어본 건 하나야.」그녀는 손을 들어 어네스틴이 끼어드는 것을 막았다. 「어머니는 누가 아기를 키울 거

111

냐고 물었어. 누가 키울 거야? 티시는 배운 것도 없고, 가진 것도 없어. 포니도 마찬가지야. 그 애가 평생 아무 짝에도 쓸모없었다는 건 너도 알아. 누가 이 아기를 키울 거야?」

「내가 키워요.」 내가 말했다. 「그러니 더러운 입 다물어요. 계속 그렇게 떠들면 가만 두지 않겠어요.」

에이드리엔이 허리에 손을 얹자 어네스틴이 끼어들어서 상냥하게 말했다. 「에이드리엔? 내가 얘기 좀 할까요?」 어네스틴이 한 손을 에이드리엔의 뺨에 가볍게 댔다. 에이드리엔은 부들부들 떨었지만 움직이지는 않았다. 어네스틴은 손을 그대로 댄 채 가볍게 움직였다. 「아, 당신의 아름다운 자태를 처음 본 날부터 나는 이 목젖에 꽂혔어. 꿈도 꿨어. 무슨 말인지 알아? 사람이 무엇인가에 꽂힐 때 있잖아? 당신은 사람에게도 물건에도 꽂혀 본 적 없지? 자기 목젖이 움직이는 걸 본 적 없지? 나는 봤어. 지금도 보고 있어. 너무 근사해서 손가락이나 이로 떼어 내든지, 아니면 복숭아 씨처럼 발라 내고 싶어. 정말로 아름다우니까. 내 말 무슨 뜻인지 알아요? 내 동생을 건드리면 나는 곧바로 그렇게 한다는 뜻이에요.」 말을 마친 언니는 에이드리엔에게서 물러섰다. 「그러니까 티시에게 손대면, 나를 묶은 사슬을 풀어 놓는 꼴이 될 거야.」

「오지 않는 게 좋을 줄 알았어. 진작 알았어.」 실라가 말했다.

어네스틴이 실라를 계속 노려보자 실라는 결국 시선을 들어 올렸다. 그러자 어네스틴이 웃으면서 말했다. 「내가 정말 못마땅한가 보네, 실라. 네가 그런 말까지 할 수 있을 줄 몰랐어.」

공중에 혐오가 숨 막히도록 가득 찼다. 어떤 막막한 일이 일어났지만 그것은 그 방에서 일어나는 것처럼 보이는 일과는 아무 상관없었다. 나는 갑자기 그의 누나들이 불쌍해졌지만 어네스틴은 달랐다. 언니는 한 손은 허리에 대고, 한 손은 옆에 늘어뜨린 채 서서 눈만 움직였다. 언니는 회색 바지와 낡은 블라우스 차림이었고, 부스스한 머리에 화장도 하지 않았다. 얼굴에는 미소를 머금었다. 실라는 숨 쉬는 것도 서 있는 것도 힘들어 보였고, 어머니에게 가고 싶은 것 같았다. 그녀의 어머니는 의자에 가만히 앉아 있었다. 엉덩이가 큰 에이드리엔은 흰색 블라우스와 넓은 주름이 잡힌 검은색 치마, 짧고 꼭 끼는 검은 재킷을 입고 낮은 구두를 신었다. 머리는 앞가르마를 타서 목덜미에 하얀 리본으로 묶었다. 두 손은 이제 허리를 떠났다. 백인 혼혈임을 내세우기에는 조금 검은 편인 피부가 어둡고 얼룩덜룩해졌다. 이마는 기름에 덮인 것 같았다. 눈도 피부처럼 어두워졌고, 피부는 수분을 거부하고 화장을 밀어냈다. 그녀가 실제로는 별로 미인이 아니고, 시간이 지나면 얼굴도 몸도 거칠고 둔해질 것이라는 게 보였다.

「가자, 입이 거친 사람들의 집에서 나가자.」에이드리엔이 제법 위엄 있는 모습을 보이며 실라에게 말했다.

자매는 어머니에게 갔다. 나는 갑자기 그들의 어머니가 그들의 순결을 증명하는 목격자이자 보호자라는 걸 깨달았다.

헌트 부인은 기이할 만큼 평온한 모습으로 일어섰다.

「따님들을 이렇게 키우신 것이 기쁨이 되기를 바랍니다, 리버스 부인.」

샤론도 평온했지만 약간 당혹해하기도 했다. 엄마는 아무 말도 하지 않고 헌트 부인을 바라보기만 했다. 헌트 부인이 덧붙였다. 「내 딸들은 집에 군식구들을 데리고 오지는 않을 거예요.」

「하지만 티시가 가진 아이는 당신 손주예요.」샤론이

잠시 후 말했다. 「이해가 안 되네요. 당신들 손주라고요. 아이가 어떻게 생겨났는지가 무슨 상관인가요? 무슨 일이 있었든 아이는 아무 상관 없어요. 우리도 마찬가지고요!」

「그 아이는.」 헌트 부인이 말하고 나를 잠시 보더니 문 앞으로 갔다. 샤론의 눈은 내내 부인을 좇았다. 「그 아이는─」

나는 헌트 부인이 가는 길을 막지 않았다. 엄마는 몽유병 환자처럼 문을 열어 주러 갔다. 하지만 내가 먼저 가서 문을 등지고 섰다. 에이드리엔과 실라는 헌트 부인 뒤에 섰다.

샤론과 어네스틴은 가만히 있었다.

「그 아이는 내 배 속에 있어요.」 내가 말했다. 「내 배를 무릎으로 차서 아이를 죽여 보세요. 아니면 그 하이힐로 밟든지요. 이 아이를 낳는 게 싫죠? 그럼 지금 죽여요.」 나는 부인의 눈을 보았다. 「아이를 죽이려고 한 게 처음도 아닐 거잖아요.」 나는 그녀의 뒤집힌 석탄 양동이 같은 모자를 잡았다. 그리고 에이드리엔과 실라를 보았다. 「첫 두 아이는 그럭저럭 잘 키우셨네요.」 그런 뒤 나는 문을 열었지만 비키지는 않았다. 「이번에 다시

해봐요. 포니의 아이에게. 해봐요.」

「비켜 주겠니?」에이드리엔이 최대한 차가운 목소리로 말했다.

「티시.」샤론이 말했지만 움직이지는 않았다.

언니가 와서 나를 엄마에게 보냈다. 「이리 오세요.」 언니는 그들을 안내하고 엘리베이터의 버튼을 눌렀다. 언니의 감정은 이제 분노 단계를 지나 있었다. 엘리베이터가 오고 그들이 타자, 언니는 한쪽 어깨로 문이 닫히는 것을 막고 말했다. 「걱정 말아요. 아기한테 당신들 이야기는 안 할게요. 인간이 얼마나 추악해질 수 있는지 말해 줄 방법이 없겠네요!」그리고 내가 한번도 들은 적 없는 목소리로 헌트 부인에게 말했다. 「부인의 자궁 속 다음번 산물에 축복을 보낼게요. 그것이 자궁암이기를 진심으로 바랍니다.」그리고 포니의 누나들에게 말했다. 「앞으로 이 집 근처에 오면 죽여 버릴 거야. 이 아이는 너희들 아이가 아냐. 방금 너희 입으로 그렇게 말했어. 앞으로 아이가 노는 놀이터 근처라도 지나가는 게 보이면 살아서 암에 걸리는 일도 없을 거야. 나는 티시와 달라. 잊지 마. 티시는 착하지만 난 아니야. 우리 아버지와 어머니도 착하지만 난 달라. 에이드리엔이 왜

남자 맛을 못 보는지 난 알아. 말해 줄까? 실라에 대해
서도 말해 줄 수 있어. 실라가 자동차에서, 극장에서 손
수건으로 감싸서 자위시켜 주던 놈들 이야기 듣고 싶
어?」실라는 울음을 터뜨렸고, 헌트 부인은 엘리베이터
문을 닫으려고 했다. 어네스틴은 한쪽 어깨로 문이 닫
히는 것을 막은 채 웃었고, 목소리가 다시 바뀌었다.
「당신들은 내 동생 배 속에 든 아기를 저주했어. 다시는
내 눈에 띄지 말고 그리스도의 신부로 살아. 얼치기 혼
혈 신부로!」그러고는 헌트 부인의 얼굴에 침을 뱉고 엘
리베이터 문을 놓았다. 그런 뒤 내려가는 엘리베이터에
대고 소리쳤다. 「당신은 자기 피와 살을 저주했어. 더러
운 여자! 성령에게 그렇게 전해. 만약 그자가 싫어하면
내가 욕하더라며 내 근처에 오지 말라고 해.」

어네스틴은 눈물 범벅이 되어 집으로 돌아왔다. 그리
고 테이블에 가서 술을 따르고 담배에 불을 붙였다. 언
니는 떨고 있었다.

엄마는 이 모든 일이 벌어지는 동안 아무 말도 하지
않았다. 언니가 나를 엄마에게 보냈지만, 엄마는 내게
손을 대지 않았다. 엄마는 훨씬 더 큰일을 했다. 나를 진
정시키는 것이었다. 내게 손 하나 대지 않고.

「자, 남자들은 시간이 조금 더 지나야 돌아올 거야. 티시도 쉬어야 하니까 모두 자자.」 엄마가 말했다.

나는 두 사람이 남자들도 나도 없는 둘만의 시간을 보내려고 나를 방으로 보낸다는 것을 알았다. 엄마와 언니는 포니의 가족이 그에게 눈곱만큼도 신경 쓰지 않고, 포니를 도울 생각도 전혀 없다는 사실을 직시해야 했다. 이제 우리가 그의 가족, 그의 유일한 가족이었다. 모든 게 우리에게 달려 있었다.

나는 천천히 방으로 가서 침대에 잠시 앉았다. 너무 피곤해서 울 수도 없었고, 아무것도 느낄 수 없었다. 언니가 앞에 나서서 모든 걸 다 받아 냈다고도 할 수 있었다. 언니는 아이가 무사히 여행을 마치고 건강하게 도착하기를 바랐기 때문이다. 그러니까 나는 잠을 자야 했다.

옷을 벗고 침대 위에 웅크렸다. 그리고 포니와 함께 침대에 들면 그를 향해 누울 때처럼 돌아누웠다. 나는 그의 품으로 파고들고, 그는 나를 안았다. 이번에도 그의 존재가 너무 생생해서 울 수 없었다. 내가 울면 그가 너무 고통스러울 것이다. 그래서 그의 품에서 그의 이름을 부르며 천장에 어룽거리는 가로등 불빛을 보았다.

엄마와 언니가 부엌에서 카드놀이를 하는 척하는 소리가 희미하게 들렸다.

그날 밤, 뱅크 스트리트의 방에서 포니는 바닥의 매트리스에서 멕시코풍 숄을 집어 들어 내 머리와 어깨에 둘러 주었다. 그가 미소를 지으며 뒤로 물러서서 말했다. 「이럴 수가. 스페인 할렘에 장미 한 송이가 피었네.」 그리고 다시 미소를 지었다. 「다음 주에 장미를 사서 머리에 꽂아 줄게.」 그가 웃음을 멈추자, 약간 날선 침묵이 방 안을 채우고 내 귀도 채웠다. 이 세상에 우리 빼고는 아무것도 없는 것 같았다. 두렵지 않았다. 그것은 공포보다 깊었다. 그에게서 눈을 뗄 수도, 움직일 수도 없었다. 그러나 아직 기쁨은 아니었다. 그것은 경이였다.

그가 움직이지 않고 말했다. 「우리는 이제 어른이지?」

나는 고개를 끄덕였다.

그가 말했다. 「너는 언제나 내 여자였고.」

나는 다시 고개를 끄덕였다.

「그리고 너도 알다시피 나는 언제나 네 남자야, 그렇지?」 그는 여전히 꼼짝 않고 나를 눈으로 붙든 채 말했다.

나는 말했다. 「그런 식으로는 생각해 본 적 없어.」

그가 말했다. 「지금 생각해 봐, 티시.」

「내가 널 사랑한다는 것만 알아.」 말하고 나자 울음이 터졌다. 숄이 무겁고 더워서 벗고 싶었지만 그럴 수 없었다.

그러자 그가 움직였다. 그는 달라진 얼굴로 내게 다가와서 숄을 벗기고 모퉁이에 던졌다. 그는 나를 안고 내 눈물에 키스하고 이어 입술에 키스했다. 그러자 우리 둘 다 이전까지 모르던 것을 알게 되었다.

「나도 널 사랑해.」 그가 말했다. 「하지만 그렇다고 울지는 않을 거야.」 그가 웃어서 나도 웃었다. 그런 뒤 그는 다시 더 뜨겁게 키스하고 웃음을 멈췄다. 「너하고 결혼하고 싶어.」 그의 말에 내가 놀란 표정을 지었던 모양이다. 그가 얼른 말을 덧붙였다. 「그래, 맞아. 나는 네 남자, 너는 내 여자야. 너한테 보여 주고 싶은 게 있어.」

그가 내 손을 잡고 작업 테이블로 갔다.

「여기 내 인생이 있어. 내 진짜 인생이.」 그가 말하고 나무토막 하나를 집어 들었다. 주먹 두 개 정도 크기였다. 거기에는 눈 비슷한 것과 코 비슷한 것이 새겨져 있

었다. 나머지는 아직 나무토막일 뿐이었지만, 어쩐지
숨 쉬는 듯한 느낌도 들었다. 「이게 멋진 작품이 될 수
도 있어.」 그가 말하고 조용히 내려놓았다. 「하지만 이
미 틀렸는지도 몰라.」 그러고는 다른 나무토막을 집어
들었다. 남자 허벅지만 한 크기였다. 그 안에는 여자의
몸통이 갇혀 있었다. 「아직 이 여자에 대해서 아무것도
몰라.」 그가 말을 마치고 그것을 조용히 내려놓았다. 그
는 내 어깨에 팔을 두르고 나와 단단히 붙어 있었지만
또 아득하게 멀리 있었다. 그는 가벼운 미소를 지으며
나를 바라보더니 말했다. 「나는 다른 여자들이나 따라
다니며 너를 힘들게 할 그런 놈이 아니야. 마리화나는
좀 하지만 주삿바늘은 쓴 적 없고 아주 고지식해. 하지
만 —」 그가 말을 멈추고 조용히, 강렬한 눈빛으로 나를
바라보았다. 내가 이전까지 알지 못했던 강렬함이었다.
그 강렬함 속에서 그의 사랑이 급류처럼, 불길처럼 움
직였고 이성과 논증을 초월한 그 사랑은 인생에 어떤
일이 닥쳐도 변할 수 없었다. 나는 그의 여자고, 그는 나
의 남자였다. 내가 이 천명에 도전한다면 아주 불행한
여자, 어쩌면 죽은 여자가 될 수도 있었다.

　「하지만.」 그가 말하고 내게서 몸을 뗐다. 그의 두꺼

운 손이 공기를 빚으려는 것 같았다. 「나는 나무와 돌과 함께 살아. 이 지하실에 돌을 가져다 놓고 여기서 일해. 그리고 이제 제대로 일할 수 있는 다락방을 찾고 있어. 내가 하고 싶은 말은 티시, 너한테 해줄 수 있는 게 별로 없다는 거야. 나는 돈도 없고, 직업도 변변치 않아. 그저 돈을 벌기 위해 닥치는 대로 일할 뿐이야. 나는 다른 사람들에게 승낙을 구하지 않으니까. 이건 너도 계속 일해야 한다는 뜻이고, 네가 집에 오면 나는 아마도 인상을 쓴 채로 돌과 나무를 깎고 있을 거라는 뜻이기도 해. 어쩌면 네가 옆에 있는 걸 모르는 것 같다고 느낄 수도 있어. 하지만 절대 그런 생각은 하면 안 돼. 너는 언제나 내 곁에 있고, 너 없이 나는 아무것도 할 수 없으니까. 끌을 내려놓으면 언제나 네게 갈 거야. 언제나. 나는 네가 필요해. 널 사랑해.」 그가 웃었다. 「그래도 괜찮겠어, 티시?」

「당연히 괜찮지.」 내가 말했다. 더 하고 싶은 말이 있었지만 목구멍이 열리지 않았다.

그가 내 손을 잡고 바닥에 깔린 매트리스로 이끌었다. 그리고 내 옆에 앉았다가 이내 나를 눕혔다. 내 머리가 그의 무릎에 놓였다. 이제 내 얼굴은 포니의 얼굴 아래 있었다. 나는 그의 두려움을 감지했다. 그는 딱딱하게 일어난 성기가 바지를 찔러 내 뺨에 닿는 것도 알았다. 포니는 내가 그것을 느끼기를 원하면서도 두려워했다. 그는 내 얼굴 곳곳과 목에 키스했고, 내 가슴을 드러낸 뒤 거기 이와 혀를 댔으며, 두 손으로 내 온몸을 만졌다. 그가 무슨 일을 하는지 알았지만, 한편으로는 전혀 몰랐다. 나는 그의 손안에 있었다. 그가 내 귀에 대고 이름을 부르는 소리가 천둥처럼 들렸다. 나는 그의 손안에 있었다. 나는 달라지고 있었고, 내가 할 수 있는 일은 그에게 매달리는 것뿐이었다. 정신을 차리고 보니 나 역시 그에게 키스하고 있었다. 내 안의 모든 것이 깨지고 변하고 뒤집혀서 그에게 움직여 갔다. 그의 두 팔이 나를 잡지 않았다면 나는 아래로 뒤로 떨어져서 그대로 죽었을 것이다. 내 생명이 나를 붙들고 있었다. 내 생명이 나에 대한 권리를 주장했다. 나는 그의 숨소리를 처음인 듯 듣고 느꼈다. 그의 숨결이 내 안에서 나오는 것 같았다. 그가 내 다리를 벌렸다. 아니, 내가 벌렸는지도 모른다. 그는 내 다리 사이에 키스했다. 내 옷을 모두 벗기고 온몸에 키스를 퍼부은 뒤 숄을 덮어 주고 일어섰다.

숄은 까끌거렸다. 춥고 더웠다. 그는 욕실에 있었다. 물을 내리는 소리가 들렸다. 돌아온 그는 알몸이었다. 그가 숄 안으로 들어와서 길쭉한 몸을 내 위에 얹었다. 그의 길고 검고 두꺼운 성기가 내 배꼽 위에서 고동 쳤다.

그는 내 얼굴을 양손으로 감싸고 키스했다.

「겁내지 마.」 그가 속삭였다. 「무서워할 것 없어. 내가 네 남자라는 것만, 내가 무슨 일로도 네게 상처 주지 않 는다는 것만 생각해. 너는 내게 익숙해져야 해. 그리고 우리에게는 시간이 많아.」

시간은 2시를 지나 3시를 향해 갔다. 그가 내 마음을 읽고 말했다. 「네 부모님은 네가 나하고 있는 걸 아셔. 내가 너를 무사히 지켜 줄 거라는 것도 아시고.」 그가 몸을 아래로 내렸고 그의 성기가 내 질구에 닿았다. 「무 서워할 것 없어. 나를 꽉 붙들어.」 그가 다시 말했다.

나는 고통 속에 그를, 그의 곱슬머리를 붙들었다. 그 것 말고는 달리 붙들 것이 없었다. 그가 신음했는지 내 가 신음했는지 알 수 없었다. 몹시 아프지만 아프지 않 았다. 이상한 이물감이었다. 나도 몰랐던 내 몸 안으로 들어오는 존재. 나는 거의 비명을 지르듯 신음을 토했다. 아프지만 아프지 않았다. 알 수 없는 일이 시작되었다. 내 젖가슴에 얹힌 그의 혀와 이가 아팠다. 내가 그를 밀치고 당기고 싶어 하는 동안 그는 움직이고, 움직이고, 움직였다. 그의 존재를 이렇게 크게 느낀 적은 없었다. 나는 그의 어깨에 대고 소리를 질렀다. 그가 멈췄다. 그는 내 엉덩이 아래에 두 손을 넣고 뒤로 살짝 물러났지만 완전히 물러서지는 않았다. 나는 잠시 허공에 떠 있었다. 그가 곧 나를 끌어당기면서 있는 힘을 다해 밀고 들어왔고, 내 안에서 무엇인가 부서졌다. 솟아나는 비명을 그가 입술과 혀로 질식시켰다. 그의 숨결이 콧속으로 들어왔고, 나는 그의 숨결을 들이마시면서 그의 몸과 함께 움직였다. 이제 나는 완전히 열려 사방에서 그를 느꼈다. 내 안에서 노래가 시작되었고 그의 몸이 신성해졌다. 흔들리며 올라갔다가 내려갔다가 하는 그의 엉덩이, 내 허벅지 안쪽에 있는 그의 허벅지, 내 가슴에 얹힌 그의 가슴, 커지고 단단해져서 맥동하며 나를 다른 곳으로 이끄는 그의 단단한 성기. 나는 웃고 울고 싶었다. 그러더니 완전히 새로운 것이 시작되어 웃고 울며 그의 이름을 불렀다. 그를 더 바짝 끌어안고 그의 모든 것을 받아들이려 몸을 비틀었다. 그는 잠시 멈춰 키스를 퍼부었다. 그의 머리가 내 목과 가슴 전체를 뒤덮었다. 우리는 거의 숨을 쉴 수 없었다. 얼른 다시 숨쉬지 않으면 죽을 것 같았다. 포니가 다시 움직였다. 처음에 그 움직임은 느릿느릿했지만 점점 빨라졌고 나는 무엇인가 다가오는 것을 느꼈다. 나는 절벽의 가장자리를 넘어갔고, 내 안의 모든 것이 그에게로 흘러내렸다. 나는 계속 그의 이름을 불렀고, 그는 내 이름을 거칠게 부르며 맹렬하게 몸을 밀어 넣었다. 그러고는 숨을 헉 삼켰다가 내뱉더니 나를 꼭 붙든 채 떨어져 나갔고, 내 배와 가슴과 턱에 뜨거운 액체를 뿌렸다.

우리는 꼭 붙은 채로 오랫동안 조용히 누워 있었다.

「이렇게 지저분하게 해서 미안해.」 그가 오랜 침묵을 깨고 마침내 부끄러운 듯 말했다. 「하지만 네가 지금 당장 아기를 원하지는 않을 거 같고, 콘돔은 없어서.」

「나도 좀 엉망인 거 같아.」 내가 말했다. 「처음이었는데, 피가 나와야 되는 거 아닌가?」

우리는 나직하게 속삭였다. 그가 약간 웃었다. 「출혈이 있긴 했어. 한번 볼까?」

「이렇게 같이 누워 있는 게 좋아.」

「나도 그래.」 그러더니 아이처럼 말했다. 「어때, 티시? 그러니까 나하고 이렇게 사랑을 나누는 거, 좋아?」

내가 말했다. 「내 입으로 좋다고 말하는 걸 듣고 싶어서 그러지?」

「맞아. 그러니까?」

「그러니까 뭐?」

「그냥 말해 봐.」 그가 키스했다.

내가 말했다. 「트럭에 치인 거랑 조금 비슷해.」 그가 다시 웃었다. 「하지만 나한테 일어난 가장 아름다운 일이었어.」

「나도 그래.」 그가 말했다. 거의 남의 말을 하듯 의아함이 담긴 목소리였다. 「전에는 누구도 나를 이렇게 사랑하지 않았어.」

「너 여자 많았어?」

「별로. 네가 걱정할 만한 사람은 하나도 없어.」

「내가 아는 사람도 있어?」

그가 웃었다. 「같이 길을 걸으면서 한 명 한 명 지목해 보여 줄까? 그건 별로 좋은 일이 아니지. 그리고 이제 우리가 서로를 더 알게 됐으니까 바람직한 일도 아니고.」 그는 나를 바짝 끌어안고 내 가슴에 손을 얹었다. 「너한테는 아주 야성적인 부분이 있어. 내가 다른 여자들을 쫓아다닐 시간이 있다 해도, 그럴 에너지는 없을 거야. 나는 아마 비타민을 먹어야 할지도 몰라.」

「무슨 헛소리야?」

「그게 왜 헛소리야? 나는 건강에 대해 말했을 뿐이야. 너는 건강에 관심 없어? 게다가 비타민은 겉이 초콜릿으로 감싸져 있어.」

「말도 안 돼. 너 미쳤어?」

「맞아.」 그가 흔쾌히 인정했다. 「난 너한테 미쳤어. 우리가 저지른 난장판이 굳어 버리기 전에 피해 상황을 점검해 보자.」

그가 불을 켰고 우리는 서로의 몸과 침대를 내려다보았다.

우리는 과연 엉망이었다. 그의 몸과 침대와 내 몸에 피가 상당히 많았다. 어쨌건 내게는 많아 보였지만 그렇다고 질겁하지는 않았다. 오히려 뿌듯하고 행복했다. 그의 정액과 내 피가 천천히 내 몸을 타고 흘렀다. 그의 정액은 그에게도 내게도 있었다. 침침한 빛 속에서 검은 두 몸을 흐르는 액체들은 기이한 도유(塗油)[6] 같았다. 어떤 부족의 의식을 치른 것 같았다. 포니의 몸은

---

6 사람의 몸에 신성한 기름을 붓는 종교 의식.

수수께끼였다. 애인의 몸이란 아무리 익숙해져도 그런 법이다. 그 외피는 인생 최대의 수수께끼를 품고 계속 변화한다. 나는 그의 두꺼운 가슴팍, 납작한 배, 배꼽, 꼬불꼬불한 검은 머리, 늘어진 성기를 보았다. 그는 포경을 하지 않았다. 그의 호리호리한 몸을 만지고 그의 가슴에 키스했다. 짠맛이 났고, 낯설고 강렬한 향료 맛도 났다. 어쩌면 내가 좋아하게 될 맛이었다. 그는 한 손은 내 손에, 다른 손은 내 어깨에 올린 채로 나를 안고 말했다. 「이제 일어나자. 동이 트기 전에 너를 데려다줘야 해.」

시간은 4시 반을 지나 있었다.

「그래.」 우리는 일어나서 샤워를 하러 갔다. 나는 그의 몸을 씻기고 그는 내 몸을 씻겼다. 우리는 아이들처럼 많이 웃었다. 그는 내가 자꾸 그를 만지면 집에 못 갈 수도 있다고, 그러면 우리 아빠가 화를 낼지도 모르지만 어쨌건 자기는 할 말이 있고, 그 말을 당장 하고 싶다고 했다.

포니가 나를 집에 데려다준 것은 7시였다. 할렘으로 가는 길 내내 그는 사람 없는 지하철에서 나를 꼭 안아주었다. 일요일 아침이었다. 우리는 손을 잡고 동네를 걸었다. 교회에 가는 사람들도 아직 일어나지 않았다. 아직 잠들지 않은 소수의 사람들은 우리도, 누구도, 무엇도 내다보지 않았다.

우리는 집 앞에 도착했다. 포니가 거기서 떠날 줄 알고 작별 키스를 하기 위해 돌아섰지만 그가 내 손을 잡고 말했다. 「들어가자.」 우리는 함께 계단을 올라갔고, 포니가 문을 두드렸다.

언니가 문을 열었다. 머리를 묶고, 낡은 녹색 목욕 가운을 입은 채였다. 언니는 사악한 표정으로 나와 포니를 번갈아 보고, 다시 나를 보았다. 그리고 자기도 모르게 빙긋 웃었다.

「커피 시간에 잘 맞춰 왔군.」 언니는 우리를 위해 뒤로 물러섰다.

「우리는 ―」 내가 입을 열었지만 포니가 내 말을 자르고 〈안녕하세요〉 하고 말했다. 예사롭지 않은 목소리에 언니는 정신이 번쩍 든 표정으로 그를 보았다. 「이렇게 늦어서 죄송합니다. 아저씨 안에 계신가요? 드릴 말씀이 있어서요.」

그는 아직도 내 손을 잡고 있었다.

「안으로 들어오지 그래?」 언니가 말했다.

「우리는 ─」내가 다시 입을 열었다. 아무 핑계라도 대고 싶었다.

「결혼하고 싶습니다.」포니가 말했다.

「그러면 정말로 들어와서 커피를 한잔해야겠네.」언니가 말하고 우리 등 뒤로 문을 닫았다.

샤론이 부엌에 나왔는데 어쩐 일인지 언니보다 더 단정한 차림이었다. 바지와 스웨터를 입고, 한 갈래로 땋은 머리는 정수리에 큰 핀으로 찔러 놓았다.

「너희 지금까지 어디 있었던 거니?」엄마가 물었다. 「그렇게밖에 행동하지 못하겠니? 경찰에 전화하려고 했어.」

하지만 실제로 엄마는 포니와 내가 부엌에 함께 앉은 모습에 안도하고 있었다. 여기에는 중대한 의미가 있었고, 엄마도 그걸 알았다. 내가 혼자 집에 왔다면 상황은 달랐을 테고, 엄마는 다른 곤경에 빠졌을 것이다.

「죄송합니다, 리버스 부인.」포니가 말했다. 「다 제 잘 못이에요. 몇 주 만에 티시를 만났더니 할 이야기가 많았어요. 제가 할 이야기가요. 그러다 보니 ─」그가 손짓하며 말했다. 「집에 못 보냈어요.」

「이야기하느라?」샤론이 물었다.

그는 움찔하지 않았다. 눈을 내리깔지도 않았다. 「저희는 결혼하고 싶습니다. 그래서 늦도록 집에 안 보냈던 거예요.」 그가 말했고, 우리는 서로를 보았다. 포니가 다시 말했다. 「저는 티시를 사랑해요. 그래서 오랫동안 떠나 있기까지 했어요. 심지어 ──」 그가 나를 잠깐 보았다. 「다른 여자들도 만나 보고, 온갖 일을 해봤죠. 티시를 잊으려고요.」 그는 다시 나를 보았다가 눈길을 내렸다. 「바보 같은 짓이었어요. 저는 티시 말고 아무도 사랑하지 않았어요. 그러다가 어쩌면 티시가 떠나고 다른 사람이 티시를 데려갈지도 모른다는 생각이 들었고, 겁이 나서 돌아오게 되었어요.」 그는 웃으려고 했다. 「아주 급하게 돌아왔죠. 이제 다시는 떠날 일이 없으면 좋겠어요.」 포니가 계속해서 말했다. 「아시겠지만 티시는 옛날부터 제 여자였어요. 저는 나쁜 남자가 아니에요. 그것도 아시죠. 그리고 리버스 가는 제 유일한 가족이에요.」

「그렇다면서 왜 갑자기 나를 리버스 부인이라고 부르는 거니?」 샤론이 불만스런 목소리로 말하고 나를 보았다. 「그리고 우리 아가씨는 자기가 이제 겨우 열여덟 살이라는 걸 알았으면 좋겠구나.」

「그런 말은 하나마나예요.」언니가 말하고 커피를 따랐다. 「사람들은 언니가 먼저 결혼하는 법이라고 하겠지만, 우리 집은 격식에 얽매이는 일이 없으니까요.」

「너는 이 일을 어떻게 생각하니?」샤론이 언니에게 물었다.

「저요? 이 말썽꾸러기를 치워 버릴 수 있으면 좋죠. 전 티시를 참을 수가 없거든요. 다른 사람들은 티시의 뭘 좋아하는 건지 모르겠어요. 정말로요.」언니는 식탁에 앉아서 웃었다. 「설탕을 좀 넣어, 포니. 그러는 게 좋을 거야. 내 달달한 동생하고 인생을 엮으려면 말이지.」

샤론은 부엌 문 앞에 가서 소리쳤다. 「조! 여기 와봐! 번개가 떨어졌어! 어서 와봐, 농담이 아냐.」

포니가 내 손을 잡았다.

조지프가 부엌에 들어왔다. 슬리퍼, 낡은 코르덴 바지, 티셔츠 차림이었다. 이제 보니 우리 식구들 중 잠을 잔 사람은 아무도 없는 것 같았다. 조지프는 먼저 나를 보았다. 다른 사람은 보지 않았다. 그는 분노와 안도에 동시에 싸여서, 절제하는 목소리로 말했다. 「지금 이 시간에 집에 오는 게 무슨 의미인지 설명해 주었으면 좋겠구나. 집을 나가고 싶으면 나가. 하지만 네가 이 집 식구인 한은 가족을 존중해야 해. 알겠어?」

그런 뒤 그가 포니를 보자, 포니는 내 손을 떨구고 허리를 폈다.

포니가 말했다. 「리버스 씨, 티시를 혼내지 마세요. 다 제 잘못이에요. 제가 집에 보내지 않았어요. 티시하고 이야기하고 싶어서요. 제가 티시에게 청혼했어요. 그래서 그렇게 오래 있었던 거예요. 저희는 결혼하고 싶어요. 그 말씀을 드리려고 왔어요. 리버스 씨는 티시의 아버지고, 티시를 사랑하시죠. 그러니까 제가 티시를 사랑하는 것도 아실 거예요. 제가 평생토록 티시를 사랑한 것도 아시죠. 만약 제가 티시를 사랑하지 않으면 지금 여기 있지 않을 거예요. 그냥 집에 데려다주고 달아났겠죠. 저를 두드려 패고 싶으신 마음은 알지만, 저는 티시를 사랑해요. 드릴 말씀은 그것뿐이에요.」

조지프가 그를 보았다.

「너 몇 살이냐?」

「스물한 살입니다.」

「스물한 살이 결혼하기에 적당한 나이라고 생각하냐?」

「그건 모르겠습니다. 하지만 자기가 누구를 사랑하는

지는 아는 나이죠.」

「정말 그렇게 생각해?」

포니가 허리를 폈다. 「그렇다는 걸 압니다.」

「애를 어떻게 먹여 살릴 거냐?」

「리버스 씨는 어떻게 하셨나요?」

여자들은 이제 대화의 바깥에 있었고, 우리도 그걸 알았다. 어네스틴이 조지프에게 커피를 따라서 그의 앞으로 밀어 보냈다.

「직장은 있어?」

「낮에는 이삿짐 회사에서 일하고 밤에는 조각을 해요. 저는 조각가예요. 쉬운 길이 아닌 거 알지만, 저는 정말로 예술가예요. 그리고 좋은 예술가가 될 거예요. 어쩌면 위대한 예술가가 될지도 모르고요.」 두 사람은 다시 서로를 보았다.

조지프가 시선을 돌리지 않고 커피를 들더니 맛도 보지 않고 가볍게 삼켰다.

「가만, 정리 좀 해보자. 네가 우리 딸에게 청혼을 했어. 그리고 우리 아이가 수락을 —」

「했어요.」 포니가 말했다.

「그래서 너는 내 허락을 받으려고 여기 왔고?」

「네, 두 분의 허락을요.」포니가 말했다.

「그런데 네 인생은 미래가 없고 ─」

「네, 그건 맞아요.」포니가 말했다.

두 남자가 다시 서로를 보았다. 조지프가 커피를 내려놓았다. 포니는 커피에 손대지 않았다.

「지금 내 집에서 뭘 하자는 거지?」조지프가 물었다.

포니가 떠는 게 느껴졌다. 그도 어쩔 수 없었다. 그가 내 어깨에 손을 가볍게 댔다가 뗐다. 「딸아이에게 물어봐야겠다. 만약 티시가 더 이상 나를 사랑하지 않는다고 말하면 나는 너희 일에 참견하지 않고 물러서마.」

조지프는 포니를 강렬하게 응시했다. 긴 응시는 의구심에서 체념한 애정, 인정으로 넘어갔다. 그는 포니를 때려눕히고 싶고, 끌어안고 싶은 것 같았다.

그러더니 조지프가 나를 보았다.

「포니를 사랑하냐? 쟤하고 결혼하고 싶어?」

「네, 아빠.」내 목소리가 그렇게 이상하게 들릴 줄 나도 몰랐다. 나는 다시 말했다. 「저는 아빠를 많이 닮았고, 엄마도 많이 닮았어요. 언제나 아닌 건 아니라고 하고, 그런 건 그렇다고 하죠. 포니는 부모님의 허락을 받으려고 여기 왔고, 저는 포니의 그런 점이 좋아요. 저는 아빠를 사랑하기 때문에 허락을 받고 싶지만, 제가 결혼하는 사람은 아빠가 아니죠. 결혼은 포니하고 할 거예요.」

조지프가 자리에 앉았다.

「언제?」

「함께 생계를 꾸릴 수 있게 되면 바로요.」 포니가 말했다.

조지프가 말했다. 「포니, 방에서 따로 이야기 좀 해야겠다.」

두 사람이 부엌에서 나갔다. 우리는 아무 말도 하지 않았다. 할 말이 없었다. 엄마가 잠시 후에 말했다. 「너 정말로 포니를 사랑하는 거지, 티시? 진심이지?」

「왜 그런 걸 물으세요?」 내가 말했다.

「왜냐면 엄마는 네가 록펠러 주지사랑 결혼하기를 내심 바랐거든.」 어네스틴이 말했다.

엄마는 잠시 언니를 바라보다가 웃음을 터뜨렸다. 언니는 뜬금없지만 진실과 가까운 말을 한 것이다. 말 그대로는 아닐지라도 진실이었다. 안전에 대한 꿈은 질긴 법이다. 내가 말했다. 「그 백인 쭈그렁탱이는 너무 늙었어요.」

샤론이 다시 웃었다. 「그 사람 생각은 다를걸. 하지만 그 사람이 널 보는 눈길은 내가 감당할 수 없을 거야. 그러니까 그 이야기는 그만하자. 그래, 포니하고 결혼한다고. 좋아.」 엄마가 잠시 말을 멈추었고, 그 순간 엄마는 우리 엄마 샤론이 아닌 다른 사람이 되었다. 하지만 그 사람도 결국 우리 엄마 샤론이었다. 「기쁜 일인 것 같아.」 엄마가 뒤로 기대서서 팔짱을 끼고 먼 곳을 보면서 말했다. 「그래. 그 애는 진짜 남자야.」

「아직 남자는 아니에요.」 어네스틴이 말했다. 「하지만 남자가 되겠죠. 그래서 엄마가 그렇게 눈물을 참고 앉아 계신 거예요. 막내딸이 여자가 될 거라서.」

「그만해.」 샤론이 말했다. 「너도 누군가와 결혼하기를 바란다. 그러면 내가 죽도록 잔소리할 수 있을 텐데. 네가 나한테 그러는 게 아니라.」

「제가 떠나도 엄마는 그리워하시겠지만 ―」 어네스틴이 조용히 말했다. 「전 결혼할 것 같지 않아요. 결혼을 안 하는 사람도 있어요.」 언니는 일어나서 방을 살짝 돌다가 다시 자리에 앉았다. 다른 방에서 포니와 조지프가 말하는 소리가 들렸지만 내용은 알 수 없었다. 우리는 애써 귀를 기울이지도 않았다. 때로 남자들은 참견하지 말고 놔두어야 한다. 특히 그들이 딱히 원하지도 않는 방에 함께 틀어박힌 이유가 바깥에 있는 여자들에 대한 책임감 때문이라는 것을 안다면.

「그래. 이해해.」 샤론이 침착하게 앉아서 말했다.

「유일한 문제는 사람이 때로 누군가에게 소속되고 싶어 한다는 거죠.」 어네스틴이 말했다.

「하지만 누군가에게 소속되는 건 겁나는 일이야.」 나도 내가 이런 말을 할 줄은 몰랐다.

그러나 이렇게 말하고 나자 그게 진실이라는 걸 비로소 깨달았다.

「어느 쪽이 더 좋은지는 모르는 일이지.」 어네스틴이 말하고 웃었다.

조지프와 포니가 나왔다.

「너희 둘 다 미친 게 분명해. 하지만 내가 어떻게 할 수 있는 일이 아니지.」 조지프가 말하고 포니를 보며 미소 지었다. 다정했지만 망설임이 남은 미소였다. 아빠는 이어 나를 보았다. 「하지만 포니가 옳아. 언젠가는 누군가 와서 너를 데려갈 거야. 그 일이 이렇게 일찍 일어날 줄 몰랐을 뿐이지. 어쨌거나 포니 말은 사실이야. 너희는 어린 시절부터 함께였어. 그리고 이제 둘 다 어린애가 아니지.」 아빠가 포니의 손을 잡고 내 앞으로 오더니 내 손을 잡아 일으켜 세웠다. 그리고 내 손을 포니의 손에 쥐어 주고 말했다. 「서로를 잘 챙겨라. 이게 얼마나 중요한 말인지 알게 될 거다.」

포니의 눈에 눈물이 그렁그렁했다. 그가 아빠에게 입을 맞추었다. 그리고 내 손을 놓고 문 앞으로 갔다. 「집에 가야겠어요. 가서 아버지한테 말하겠어요.」 그러더니 전과 달라진 얼굴로 나를 바라보고, 멀찌감치서 키스를 보내며 말했다. 「아버지도 좋아하실 거야.」 포니는 문을 열고 조지프에게 말했다. 「오늘 저녁 6시 무렵에 다시 올게요.」

「그래, 알았다.」 조지프가 말했다. 이제 미소가 만면을 덮었다.

포니가 문을 나섰다. 우리는 이삼일 뒤인 화요일인가 수요일에 다시 다운타운에 갔고, 진지하게 다락방을 찾기 시작했다.

그것이 결국 엄청난 모험으로 이어졌다.

월요일, 헤이워드 씨는 약속대로 사무실에 있었다. 나는 엄마와 함께 7시 15분 무렵에 그곳에 도착했다.

헤이워드 씨는 서른일곱 정도로 보였고, 눈동자는 부드러운 갈색이었으며, 숱이 적은 머리도 갈색이었다. 키가 크고 덩치도 컸다. 친절해 보이는 사람이었지만 이야기 나누기가 그렇게 편하지는 않았다. 하지만 그걸 헤이워드 씨 탓으로 돌리는 건 공정하지 않다. 요즘 나는 누구를 만나도 불편하니 변호사도 편할 리 없다.

우리가 들어가자 헤이워드 씨가 일어섰다. 그리고 엄마를 큰 의자로, 나를 작은 의자로 안내한 뒤 책상으로 돌아가 앉았다.

「안녕하세요, 리버스 부인. 티시, 포니를 만났나요?」

「네. 6시에요.」

「어떻게 지내나요?」

나는 이 질문이 항상 바보 같다고 느낀다. 감옥에서 나오고 싶어 몸부림치는 남자가 어떻게 지내겠는가? 하지만 다른 관점으로 보면 중요한 질문이었다. 우선 그것은 내게 닥친 문제였다. 그리고 헤이워드 씨에게는 포니가 〈어떻게 지내는지〉 아는 것이 매우 중요하고, 사건 해결에도 도움이 될 수 있었다. 그런데도 나는 헤이워드 씨에게 포니의 일을 말해야 하는 게 불만스러웠다. 그가 진작에 많은 걸 알고 있어야 한다는 생각이 들었다. 어쩌면 내가 너무 삐딱하게 보는 건지도 몰랐다.

「말씀드리자면, 거기 있는 걸 싫어하지만 어떻게든 무너지지 않으려고 애쓰고 있어요.」

「언제 그 애가 나올 수 있나요?」 엄마가 물었다.

헤이워드 씨는 엄마에게서 내게 시선을 옮기고 미소 지었다. 낚심이라도 걷어차인 듯 고통스러운 미소였다. 그가 말했다. 「두 분이 잘 아시겠지만 이 사건은 쉽지 않습니다.」

「그래서 언니가 변호사님께 부탁을 드린 거예요.」 내가 말했다.

「어네스틴의 판단이 잘못됐다고 생각하시나요?」 그가 여전히 미소 띤 얼굴로 시가에 불을 붙이며 말했다.

「아뇨, 그렇게 말하고 싶지는 않아요.」 내가 말했다.

지금 그 말을 꺼낸 건 잘못 같았다. 다른 변호사를 찾아보는 것은 두려운 일이다. 새 변호사가 더 나쁠 가능성도 높다.

「우리는 늘 포니와 함께 있는 걸 좋아했어요.」 엄마가 말했다. 「포니가 돌아왔으면 좋겠어요.」

「그 심정은 이해합니다.」 그가 말했다. 「최대한 빨리 석방되도록 노력하고 있습니다. 그런데 아시겠지만 가장 큰 어려움은 로저스 부인이 증언 번복을 거절한 거죠. 거기다 지금 그분이 사라졌고요.」

「사라졌다고요? 어떻게 사라질 수가 있죠?」 내가 소리쳤다.

「티시.」 그가 말했다. 「이 도시는 크고, 이 나라도 커요. 바깥에는 더 큰 세상이 있고요. 사람들이 사라지는 일은 흔해요. 멀리 갔을 것 같지는 않아요. 그럴 만한 돈이 없을 테니까요. 하지만 남편과 함께 푸에르토리코로 돌아갔을 수는 있습니다. 어쨌건 로저스 부인을 찾으려면 특별 조사원이 필요합니다.」

「그러면 돈이 필요하겠군요.」 엄마가 말했다.

「안타깝게도 그렇습니다.」 헤이워드 씨가 말하고 시가를 눈앞에 든 채 나를 바라보았다. 기묘하고, 관망적이고, 놀라울 만큼 슬픔이 어린 표정이었다.

나는 서 있다가 자리에 앉아서 말했다. 「망할 년, 더러운 년.」

「돈이 얼마나 필요한가요?」 엄마가 물었다.

「최대한 낮게 잡아 보겠습니다.」 헤이워드 씨가 소년처럼 수줍은 미소를 띠고 말했다. 「하지만 특별 조사원은 말 그대로 특별하고 그 사람들도 그걸 잘 압니다. 운이 따라 주면 며칠 또는 몇 주 만에 찾을 수도 있겠지만, 그렇지 않다면 ─」그가 어깨를 으쓱했다. 「어쨌건 지금은 운이 따라 주기를 기대해 보죠.」그리고 다시 미소를 지었다.

「푸에르토리코라.」엄마가 무겁게 말했다.

「정말로 거기로 돌아갔는지 어쩐지는 모릅니다.」헤이워드 씨가 말했다. 「하지만 그럴 가능성이 높아요. 우편물 전송 주소도 남기지 않고 남편하고 같이 오처드 스트리트의 아파트에서 최근에 사라졌으니까요. 다른 친척들하고는 연락이 닿지 않았고, 그 사람들도 어쨌건 우리에게 별로 협조적이지 않았죠.」

「그러면 그 여자가 한 말의 신빙성이 떨어지지 않나요?」내가 물었다. 「그렇게 사라져 버리면요. 그 여자가 사건의 핵심 목격자인데요.」

「맞아요. 하지만 그분은 강간 후유증에 시달리는 불쌍한 푸에르토리코 여자입니다. 그러니 이런 행동이 전혀 이해할 수 없는 것은 아니에요. 제 말 이해하시겠죠?」그가 내게 강렬한 눈길을 던지더니 달라진 목소리로 말했다. 「그리고 로저스 부인이 이 사건에서 유일한 핵심 증인은 아닙니다. 벨 경관을 잊으신 것 같은데, 그 사람의 증언이 강간범 특정에 결정적인 역할을 했습니다. 포니가 범죄 현장에서 달아나는 걸 보았다고 증언했죠. 전에도 말씀드렸다시피, 저는 로저스 부인이 한 증언은 결국 그 사람의 말이라고 생각합니다.」

「그 사람이 범죄 현장에서 포니를 보았다면 왜 거기서 바로 체포하지 않고 나중에 집에 와서 잡아간 거죠?」

「티시, 티시.」 엄마가 내 말을 제지하고 헤이워드 씨에게 말했다. 「그러면 변호사님 말씀은 벨 경관이 그 여자한테 그렇게 말하라고 시켰다는 건가요? 그런 뜻인가요?」

「네, 그렇습니다.」 헤이워드 씨가 말했다.

나는 헤이워드 씨를 보고, 그의 사무실을 둘러보았다. 사무실이 있는 곳은 다운타운 중심부인 브로드웨이 근처였다. 트리니티 교회와도 가까웠다. 사무실은 매끈하고 반들거리는 검은 나무로 장식되어 있었다. 넓은 책상에는 전화기 두 대가 있었다. 전화기의 버튼 하나가 깜박거렸지만 헤이워드 씨는 그것을 무시하고 나를 보았다. 벽에는 트로피들과 여러 자격증이 나란히 걸렸고, 헤이워드 씨 아버지의 사진도 함께 있었다. 책상 위에는 액자 두 개가 있었다. 하나는 웃고 있는 그의 아내

였고, 또 하나는 어린 두 아들이었다. 이 방과 나 사이에
는 아무런 연결점이 없었다.

하지만 나는 여기 있다.

「사건의 진실을 밝힐 방법이 없다는 건가요?」 내가
말했다.

「아뇨, 그렇지는 않습니다.」 그가 시가에 다시 불을
붙였다. 「사건의 진실은 중요하지 않습니다. 중요한 건
누가 이기느냐입니다.」

시가 연기가 방을 채웠고, 그가 조심스럽게 말했다.
「그렇다고 제가 진실을 의심하는 건 아닙니다. 포니의
무죄를 믿지 않았다면 사건을 맡지 않았을 거예요. 저
는 벨 경관을 조금 압니다. 인종 차별주의자에 거짓말
쟁이죠. 그 사람 앞에서 대놓고 말한 적도 있습니다. 그
러니 다른 사람들한테 제가 그러더라고 말씀하셔도 좋
아요. 사건을 맡은 지방 검사에 대해서도 좀 압니다. 그
사람은 더 나쁘죠. 티시하고 포니는 뱅크 스트리트의
방에 함께 있었다고 했어요. 친구 대니얼 카티하고 함
께요. 하지만 티시의 증언은 짐작하시겠지만 아무런 영
향을 못 미칩니다. 대니얼 카티도 체포되어서 지금 독
방에 있고요. 저는 그 친구를 만날 수가 없어요.」 그는

일어나서 창가로 갔다. 「그자들이 하는 일은 완전히 불법이에요. 하지만 대니얼은 아시다시피 전과가 있죠. 그 사람들은 분명히 대니얼에게 진술 번복을 종용할 거예요. 짐작해 보자면 로저스 부인이 사라진 것도 그래서인 것 같습니다.」 그는 다시 책상으로 돌아가 앉아서 나를 올려다보았다. 「일을 최대한 쉽게 만들어 보겠지만 그래도 여전히 힘든 사건이기는 합니다.」

「돈은 언제까지 해드려야 할까요?」 엄마가 물었다.

「로저스 부인을 찾는 일은 이미 시작했어요.」 그가 말했다. 「돈은 마련되는 대로 주시기 바랍니다. 저는 대니얼 카티를 면회하려고 노력하겠지만 검찰은 수단과 방법을 가리지 않고 저를 방해할 겁니다.」

「그래서 우리가 시간을 벌려고 하는 거죠.」 엄마가 말했다.

「그렇습니다.」 그가 말했다.

〈시간.〉 그 말이 교회 종소리처럼 뎅 하고 울렸다. 포니는 감옥에서 〈시간〉을 살았다. 우리 아기는 6개월이라는 〈시간〉이 지나면 세상에 나올 것이다. 시간 속의 한 지점에서 나는 포니와 만났다. 시간 속의 한 지점에서 우리는 사랑했다. 지금은 그 시간을 잃었지만 시간의 손아귀에 사로잡힌 채 사랑했다.

시간 속의 한 지점에서 포니는 감방 안을 서성거렸고, 머리는 더 곱슬곱슬하게 자랐다. 시간 속의 한 지점에서 그는 면도가 하고 싶어 턱을 쓰다듬었고, 시간 속의 한 지점에서 목욕이 하고 싶어 겨드랑이를 긁었다. 그리고 시간 속의 한 지점에서, 시간의 공모 아래, 시간 속에서 누명 쓴 일을 생각하며 주변을 둘러보았다. 지난날 그는 삶을 두려워했다. 이제는 시간 속의 한 지점에서 올 죽음을 두려워했다. 그는 매일 아침 티시를 눈꺼풀에 얹은 채 깼고, 매일 밤 티시를 배꼽에 얹고 괴로워하며 잠들었다. 이제 그는 시간 속에서 수많은 남자의 고함과 악취와 아름다움과 공포에 둘러싸여 살았다. 눈 깜박할 새 지옥으로 떨어졌다.

시간을 버는 일은 불가능했다. 시간이 용인하는 화폐는 생명뿐이다. 나는 헤이워드 씨 의자의 가죽 팔걸이에 앉아서 넓은 창 밖으로 브로드웨이를 내려다보다가 울음을 터뜨렸다.

「티시.」 헤이워드 씨가 안타까운 목소리로 말했다.

엄마가 와서 나를 안았다.

「이러지 마. 이러면 다 같이 힘들어져.」 엄마가 말했다.

하지만 멈출 수가 없었다. 로저스 부인을 절대 찾지 못할 것 같았다. 벨도 증언을 번복하지 않을 것이다. 반대로 대니얼은 두드려 맞고 결국 증언을 번복하리라. 그러면 포니는 감옥에서 썩을 것이다. 거기서 죽을 것이다. 그리고 나는, 나는 포니 없이 살 수 없다.

「티시.」 엄마가 말했다. 「너는 이제 여자야. 여자가 되어야 해. 지금 힘들지만 잘 생각해 보면 새로울 것도 없는 일이야. 우리가 포기하지 않으면 늘 이렇게 힘들어. 하지만 포기할 수 없어. 포니를 석방시켜야 하니까. 그걸 위해서 무슨 일이든 해야 돼. 알아듣겠니? 이런 더러운 꼴은 이미 이력 난 일이야. 다른 방식으로 생각하면 너만 병나. 그리고 너도 알다시피 지금은 아프면 안 되고. 나라가 아이를 죽이는 건 어쩔 수 없다 해도 네가 아이를 죽게 할 수는 없어. 그러니까 기운 내. 우리가 포니를 석방시킬 거야.」

엄마가 내게서 떨어졌다. 나는 눈물을 닦았고, 엄마는 헤이워드 씨를 돌아보았다.

「여자의 푸에르토리코 주소는 모르시는 거죠?」

「아뇨. 압니다.」 그는 주소를 종이에 적어서 엄마에게 건넸다. 「이번 주에 그리로 사람을 보낼 겁니다.」

엄마는 종이를 접어서 가방에 넣었다.

「대니얼은 언제쯤 만날 수 있나요?」

「내일 보러 갈 생각입니다. 물론 아주 난리를 피워야 겠지만요.」 그가 말했다.

「그래도 하실 수만 있다면.」 엄마가 말했다.

엄마가 다시 내 곁으로 왔다.

「식구들하고 생각을 모아서 방법을 찾아보고, 내일 아침 일찍 어네스틴에게 전화하라고 할게요. 괜찮은 가요?」

「좋습니다. 어네스틴에게 인사 전해 주세요.」 그가 시 가를 내려놓고 내 어깨에 두툼한 손을 얹고 말했다. 「티 시, 버텨요. 흔들리지 말아요. 우리가 이길 거고, 포니는 자유를 찾을 거예요. 물론 쉽지는 않겠지만, 지금 보이 는 것만큼 난공불락은 아닐 겁니다.」

「그럼요.」 엄마가 말했다.

헤이워드 씨가 말했다. 「포니를 보러 가면 늘 티시 일 을 가장 먼저 물어요. 그러면 나는 항상 티시는 잘 있지, 하고 말해요. 포니는 그 말이 거짓말인지 아닌지 보려 고 내 얼굴을 살펴요. 티시, 나는 거짓말을 잘 못해요. 내일 포니를 보러 갈 건데 뭐라고 말할까요?」

내가 말했다. 「저는 잘 있다고 전해 주세요.」

「미소도 주면 같이 전할게요. 포니가 좋아할 겁니다.」

나는 미소 지었고, 그도 미소 지었다. 그러자 정말로 인간적인 무엇이 우리 사이에 처음으로 일어났다. 그가 내 어깨를 놓고 엄마에게 갔다. 「어네스틴에게 10시 무렵에 전화 달라고 해주세요. 가능하면 더 일찍요. 그때를 지나면 6시 전에는 연락이 안 될 수도 있습니다.」

「네, 그렇게 전할게요. 고맙습니다, 헤이워드 씨.」

「〈씨〉는 빼고 부르셔도 좋습니다.」

「좋아요, 헤이워드. 그럼 내게도 편하게 샤론이라고 불러요.」

「그러죠. 이런 일로 만났지만 친구가 되기를 바랍니다.」

「그럴 거예요. 다시 한번 감사합니다. 안녕히 계세요.」 엄마가 말했다.

「안녕히 가세요. 내가 한 말 잊지 말아요, 티시.」

「네, 그럴게요. 포니에게 인사 전해 주세요.」

「좋아요. 착한 아가씨.」 그는 전에 없이 소년 같은 미소를 지었다. 그러고는 문을 열어 주고 말했다. 「안녕히 가세요.」

우리가 말했다. 「안녕히 계세요.」

포니는 어느 일요일 오후에 7번 애비뉴를 걷다가 대니얼을 만났다. 학창 시절 이후 처음 보는 것이었다.

대니얼은 그동안 나아진 게 없었다. 여전히 크고, 검고, 요란했다. 그리고 나이 스물셋에 — 그는 포니보다 두어 살 많았다 — 이미 사람들과 인연이 거의 끊겨 있었다. 어쨌건 그들은 길에서 서로를 붙잡고 놀라고 반가워한 뒤, 큰 소리로 웃으며 머리도 때리고 어깨도 때렸다. 그들은 어린애들로 돌아갔다. 포니는 술을 좋아하지 않는데도 가까운 바에 함께 가서 맥주 두 잔을 시켰다.

「그래! 어떻게 지내?」 누가 그 질문을 했는지, 누가 먼저 그걸 물었는지 모른다. 하지만 그들이 어떤 얼굴이었을지는 상상이 된다.

「왜 그걸 물어?」

「왜냐면 누가 에베레스트산을 오르는 이유에 대해 한 말처럼, 네가 거기 있으니까.」

「어디?」

「그러지 말고, 어떻게 지내?」

「나는 가먼트 센터에서 유대인 사장의 노예로 일해. 수레를 끌고 엘리베이터로 올라갔다 내려갔다 하는 일이야.」

「식구들은?」

「아버지는 얼마 전에 돌아가셨고, 아직 엄마랑 같이 살아. 엄마는 정맥류 때문에 고생하시지.」 말을 마친 대니얼은 맥주잔을 들여다보았다.

「이제 뭐 할 거야? 그러니까 지금 말이야.」

「지금?」

「그러니까 약속이 있으면 가고, 아니면 나랑 노는 거 어때? 지금.」

「약속 없어.」

포니는 맥주를 삼키고 돈을 냈다. 「가자. 내 방에 맥주가 있어. 너 티시 기억해?」

「티시?」

「그래, 티시. 말라깽이 티시. 내 여자친구.」

「말라깽이 티시?」

「응, 아직도 내 여자친구야. 우리는 결혼할 거야. 가자, 내 방을 보여 줄게. 티시가 먹을 걸 만들어 줄 거야. 집에 맥주가 있어.」

포니는 돈을 쓸 형편이 안 되는데도 대니얼을 택시에 밀어 넣고 뱅크 스트리트로 달려갔다. 그곳에서는 아무것도 모르는 내가 기다리고 있었다. 포니는 정말로 기뻐했다. 사실 나는 포니의 눈빛을 통해 대니얼을 다시 보게 되었다. 그가 지난 세월 동안 나아진 게 없었던 건 아니었다. 얼마나 힘들게 살았는지 보였다. 내가 특별히 예리해서가 아니라 포니를 사랑하기 때문에 보이는 것이었다. 사람을 눈멀게 하는 건 사랑과 공포가 아니다. 눈멀게 하는 건 무관심이다. 나는 포니의 얼굴에서 그가 과거의 늪지에서 친구를 기적처럼 건져 낸 기쁨을 보았고, 그래서 대니얼에게 무관심할 수 없었다.

그 때문에 장을 봐야 해서 그들을 두고 나갔다. 우리는 축음기를 가지고 있었다. 내가 나갈 때 포니는 「컴페어드 투 왓Compared To What」을 틀었고, 대니얼은 바닥에 쭈그리고 앉아 맥주를 마시고 있었다.

「그래서 정말 결혼할 거야?」 대니얼이 부러움과 놀림 섞인 목소리로 물었다.

「응, 같이 살 집을 찾고 있어. 다락방을 구할 거야. 그런 데가 저렴하기도 하고 내가 티시를 괴롭히지 않고 작업할 수 있으니까. 혼자 살기에도 좁은 이 방에서 둘이 사는 건 말도 안 되지. 내 작품은 여기하고 지하실에 다 있어.」그는 이렇게 말하면서 담배를 말았다. 맞은편에 쪼그려 앉은 대니얼과 함께 피우기 위해서였다. 「이스트사이드에는 빈 다락방이 많아. 나 같은 미친놈 말고는 아무도 그런 방을 안 찾거든. 화재에 취약하고, 어떤 집은 화장실도 없어. 그래서 구하기가 그렇게 어렵지 않아.」그는 담배에 불을 붙여 한 모금 빨고 대니얼에게 건넸다. 「하지만 이 나라는 깜둥이를 좋아하지 않아. 깜둥이보다는 문둥이가 우선순위일 걸.」이번에는 대니얼이 담배를 빨고 포니에게 다시 건넸다. *지치고 늙은 여자들이 개에게 키스를 하네!* 축음기가 노래했다. 포니도 담배를 빨고 맥주를 마신 뒤 다시 담배를 건넸다. 「어쩔 때는 티시하고 같이 집을 구하러 다니고 어쩔 때는 티시 혼자 다니고, 또 어쩔 때는 나 혼자 다녀. 하지만 항상 똑같아.」그는 자리에서 일어났다. 「이제는 더 이상 티시를 혼자 다니게 하지 않을 거야. 지난주에 집을 구했다고 생각했거든. 집주인 놈이 세를 주겠다고 했는데, 흑인 여자가 혼자 다운타운에 다락방을 구하니까 어떻게 해볼 수 있겠다고 생각한 거야. 아예 티시가 자기한테 그런 제안을 했다고 생각한 거야. 티시는 아주 기뻐하면서 집을 구했다고 내게 말했지.」 그는 다시 자리에 앉았다. 「그래서 함께 그 집에 갔는데, 그놈이 날 보고선 자기가 착각했다고, 30분 후에 루마니아에서 친척들이 올 건데 그 사람들한테 방을 줘야 해서 우리한테 못 주겠다는 거야. 개소리지. 그자에게 개소리도 참 잘한다고 했더니 경찰을 부르겠다고 하더군.」 그는 대니얼에게서 담배를 받았다. 「어떻게든 돈을 모아서 이 개 같은 나라를 떠나야겠어.」

「어떻게?」

「아직은 몰라. 티시는 헤엄을 못 쳐.」 포니가 말하면서 대니얼에게 다시 담배를 건넸고 그들은 큰소리로 웃었다.

「네가 먼저 가 있을 수도 있지.」 대니얼이 침착하게 말했다.

담배와 축음기 소리가 끝났다.

「아니. 그런 건 싫어.」 포니가 말했고, 대니얼은 그를 보았다. 「그건 너무 겁나.」

「뭐가 겁나?」 대니얼이 물었지만, 그는 이미 질문의 답을 알았다.

「그냥 겁나.」 포니가 오랜 침묵 후에 말했다.

「티시한테 무슨 일이 생길까 봐?」대니얼이 물었다.

다시 한번 긴 침묵이 흘렀다. 포니가 창밖을 내다보았고, 대니얼은 포니의 등을 바라보았다.

「맞아.」포니가 마침내 말했다. 「서로가 없을 때 우리 두 사람에게 무슨 일이 생길지 겁이 나. 티시는 아직 아이 같아. 사람을 너무 잘 믿어. 그 조그만 엉덩이를 흔들면서 길을 가다가 어떤 놈팡이가 달려들면 깜짝 놀란다니까. 내 눈에는 보이는 걸 그 애는 못 봐.」다시 이어지는 침묵 속에서 대니얼이 그를 보았고, 포니가 말했다. 「이상한 놈처럼 보일지 모르겠지만, 내가 이 인생에 가진 건 두 가지야. 나무와 돌이 하나고, 다른 하나는 티시야. 이걸 잃으면 나는 아무것도 없어. 그건 확실해.」포니는 고개를 돌려 대니얼을 바라보았다. 「내 안에 있는 것들은 내가 넣은 게 아니라서 어떻게 할 수가 없어.」

대니얼은 매트리스 위로 가서 벽에 기댔다. 「이상한 놈으로 보이지 않아. 오히려 운 좋아 보인다. 나한테는 그런 거 없으니까. 맥주 하나 더 마셔도 될까?」

「그럼.」포니가 맥주 두 캔을 더 꺼내 왔다. 대니얼이 그중 하나를 받아 길게 한 모금을 들이켜고 말했다. 「나 얼마 전에 감방에서 나왔어. 2년 살았지.」

포니는 말없이 고개를 돌려서 그를 바라보았다.

대니얼도 말없이 맥주만 좀 더 마셨다.

「놈들 말로는 내가 차를 훔쳤대. 젠장, 난 운전도 할 줄 몰라. 그걸 증명하려고 변호사를 썼는데 ─ 그자는 결국 놈들의 변호사였어. 시청 소속이었거든 ─ 소용없었어. 놈들이 나를 체포했을 때 나는 차에 있지도 않았어. 하지만 마리화나를 가지고 있었지. 자정 무렵, 그들이 우리 집 현관 앞에서 날 체포했어. 그러고는 유치장에 가두더니 이튿날 아침에 다른 용의자들하고 같이 줄을 세웠고, 누가 와서 보더니 내가 차를 훔쳤다는 거야. 나는 보지도 못한 차를. 어쨌건 마리화나가 있었고 잡혔으니 혐의를 인정하면 형량을 낮춰 주겠다고 했어. 혐의를 인정하지 않으면 최대한 무거운 형을 때릴 거라는 거야.」 그는 다시 맥주를 삼켰다. 「난 혼자였어. 아무도 없었어. 그래서 혐의를 인정하고 2년 형을 받았지!」 그가 몸을 앞으로 기울이고 포니를 바라보았다. 「그때는 그게 마리화나로 받는 벌보다 가벼운 건 줄 알았어.」 그는 뒤로 기대서 웃고 맥주를 마신 뒤 포니를 올려다보았다. 「그런데 아니었어. 내가 놈들의 농간에 넘어갔던 거야. 너무 겁을 먹고 멍청해서. 후회막심이지.」 그는 잠시 가만히 있다가 말했다. 「2년이라니!」

「농락당했군.」 포니가 말했다.

「그래.」 대니얼이 말했다. 그 직전까지 흐르던 침묵은 그들이 아는 침묵 가운데 가장 시끄럽고 길었다.

내가 돌아왔을 때, 그들은 약간 취한 상태였다. 나는 아무 말도 하지 않고 좁은 부엌에서 최대한 조용히 움직였다. 포니가 잠깐 부엌으로 와 뒤에서 나를 끌어안고 목덜미에 입을 맞췄다. 그리고 대니얼에게 돌아갔다.

「나온 지는 얼마나 돼?」

「석 달쯤.」 대니얼이 매트리스에서 일어나 창가로 갔다. 「정말 힘들었어. 엄청나게. 지금도 힘들어. 내가 무슨 잘못을 해서 잡힌 거라면 괜찮았을 거야. 하지만 나는 아무 짓도 안 했어. 그냥 놈들이 나를 가지고 장난친 거야. 그럴 힘이 있으니까. 겨우 2년으로 끝난 건 그나마 운이 좋았던 거지. 놈들은 무엇이건 멋대로 할 수 있으니까. 무엇이건 말야. 개새끼들. 감방에서 말콤 X 같은 사람들이 하는 말을 알아듣게 됐어. 백인은 악마야. 인간이 아니야. 내가 본 어떤 것들은 죽을 때까지 절대로 잊지 못할 거야.」

포니가 대니얼의 목에 한 손을 댔다. 대니얼이 몸을 떨었다. 그가 눈물을 흘렸다.

「이해해.」 포니가 부드럽게 말했다. 「하지만 그 일로 너무 괴로워하지는 마. 지금은 나왔잖아. 그 일은 끝났고, 넌 젊어.」

「네 말 무슨 뜻인지 알아. 고마워. 하지만 네가 모르는 그게 정말 최악이야. 뭐냐면, 놈들은 사람을 완전히 겁쟁이로 만들어. 겁먹고 쪼그라들게 해.」

포니는 아무 말 없이 대니얼의 목에 손을 대고 가만히 서 있었다.

내가 부엌에서 소리쳤다. 「두 사람 배고파?」

「응, 배고파. 빨리 가져와!」 포니가 큰 소리로 말했다.

대니얼은 눈물을 닦고 부엌 앞에 와서 웃어 보였다.

「만나서 반가워, 티시. 옛날처럼 여전히 말랐네.」

「그런 말 하지 마. 내가 마른 건 가난해서야.」

「왜 부자 남편을 고르지 않았어? 앞으로도 살찔 일은 없겠네.」

「있잖아, 대니얼. 마른 사람은 더 빨리 움직일 수 있고, 비좁은 곳에 들어갔다가도 쉽게 나올 수 있어. 무슨 말인지 알 거야.」

160

「뭔가 잘 아는 것 같은 말투네. 포니한테 배운 거야?」

「포니한테 배운 것도 있지만, 나 원래 똑똑해. 몰랐어?」

「티시, 내가 너를 제대로 볼 시간이 없었나 봐.」

「그런 사람이 너무 많아서 나무랄 수도 없을 정도야. 내가 너무 뛰어나서 가끔 내 몸을 꼬집으며 스스로를 가라앉힌다니까.」

대니얼이 웃었다. 「그거 보고 싶은데? 어디를?」

포니가 말했다. 「티시가 너무 뛰어나니 가끔씩 머리를 눌러 줘야 해.」

「포니가 널 때릴 정도란 말이야?」

「아! 어쩌겠어? 내 인생은 절망뿐이지만, 나는 상관없어.[7]」

우리는 갑자기 노래를 시작했다.

그가 나를 품에 안을 때,

세상은 밝아지네.

내가 떠난다고 말해도

무슨 상관인가

언젠가 나는

7 바브라 스트라이샌드의 노래 「마이 맨My Man」의 한 구절.

기어서 돌아올 텐데

　내 남자가 어떻게 되어도

　나는 그의 것이니,

　영원토록!

　우리는 함께 웃었다. 대니얼이 생각에 잠기더니 어떤 기억이 떠오른 듯 말했다. 「불쌍한 빌리. 놈들이 빌리도 지독하게 때렸어.」

　「하루하루 그냥 살아야 돼.」 포니가 말했다. 「그런 기억을 품고 살면 망가져서 아무것도 할 수 없어.」

　「밥 먹자.」 내가 말했다.

　나는 포니가 좋아하는 음식들을 준비했다. 갈비와 콘브레드와 쌀밥, 그레이비 소스, 완두. 포니는 축음기에 마빈 게이의 「왓츠 고잉 온What's Going On」을 나직하게 틀었다.

　「티시는 살이 안 찔지도 몰라.」 대니얼이 말했다. 「하지만 넌 분명히 찔 거야. 내가 종종 와도 괜찮을까? 지금 시간쯤?」

　「그럼.」 포니가 유쾌하게 말하고 내게 윙크했다. 「티시가 예쁠 건 없을지 몰라도 요리는 좀 해.」

「내가 쓰임새가 있다니 기쁘기 그지없군.」 내가 포니에게 말했고, 포니는 다시 윙크하고 갈비를 뜯기 시작했다.

포니는 갈비를 뜯으면서 나를 보았다. 우리는 완전한 침묵 속에서 근육 하나 움직이지 않고 웃었다. 우리는 많은 이유로 웃었다. 우리는 아무도 우리를 건드릴 수 없는 곳에 함께 있었다. 대니얼에게 푸짐한 음식을 대접할 수 있는 것도 기뻤다. 대니얼은 우리가 웃는 줄도 모르고 평화롭게 먹었지만 우리에게 멋진 일이 일어났다는 것은 감지했다. 그것은 이 세상에 멋진 일들이 일어나고, 그에게도 멋진 일이 일어날 거라는 뜻이었다. 사람에게 그런 느낌을 주는 건 좋은 일이다.

대니얼과는 자정까지 함께 있었다. 그는 거리로 나가는 것을 조금 두려워했고, 그걸 알아차린 포니가 지하철역까지 데려다주었다. 대니얼은 어머니를 버릴 수 없었지만, 한편으로는 자유로운 인생을 경험하고 싶었다. 그는 인생의 가능성과 자유를 겁냈고, 덫에 걸린 상태로 버둥거렸다. 포니는 대니얼보다 어리지만 친구가 그런 상태에서 벗어나도록 마치 형처럼 도와주고 싶어 했다. 주님이 다니엘을 풀어 주시지 않았나? 그러니 다른 사람들도 풀어 주시지 않겠는가?[8] 노래는 오래되었지만, 질문은 그대로 남았다. 대니얼은 그날 밤 지하철까지 가는 길과 그 뒤의 많은 길을 포니와 함께 걸으며 감옥에서 겪은 일을 이야기해 주었다. 때로 대니얼이 집에 오면 나도 이야기를 들었지만, 때로 그와 포니 둘만 시간을 보냈다. 때로 대니얼은 이야기를 하면서 울었고, 때로 포니가 그를 안아 주었다. 때로 내가 안아 주기도 했다. 대니얼이 그 이야기를 힘들고 고통스럽게 꺼내는 것을 보면, 그것은 마치 심하게 뒤틀린 차가운 금속인 듯했다. 깊은 곳에서 그것을 꺼내다 보면 살과 피가 함께 딸려 나오는 것 같았다. 그는 치료받고 싶은 사람처럼 그것을 떼어 냈다.

「처음에는 어떻게 된 일인지 몰라. 알 길이 없어. 사람들이 와서 나를 현관 앞에서 일으켜 세우고 수색했어. 나중에 생각해 봐도 이유를 몰랐어. 나는 늘 그 계단에 앉아 있었어. 친구들이랑 같이. 사람들은 언제나 그 앞을 지나다녔지. 그래서 내가 마리화나를 하는지는 몰랐어도, 다른 놈들이 한다는 건 분명히 알았던 거야. 모

8 흑인 영가 「사자 굴의 다니엘Daniel in the lions' den」의 가사.

를 수가 없어. 아이들이 몸을 긁고 졸고 하는 걸 다 봤으니까. 그걸 파고든 것 같아. 나중에 생각해 보니까 그 새끼들은 정말 그걸 파고든 게 맞아. 그리고 본부에 가서 보고한 거야. 다 잘되고 있다고. 우리는 프랑스 연락책이 일대를 돌며 약을 전달할 때 도와주었고, 깜둥이들은 약을 하고 뻗었어. 하지만 그날 밤은 혼자 있다가 집으로 들어가려고 했어. 그런데 놈들이 차를 세우고 소리를 지르더니 나를 집 안에 밀어 넣고 수색했어. 그게 어떤지 너도 알 거야.」

나는 몰랐지만 포니는 고개를 끄덕였다. 얼굴은 조용하고 눈빛은 어두웠다.

「바로 전에 마리화나를 해서 그게 뒷주머니에 남아 있었어. 놈들이 그걸 꺼내고 엉덩이를 토닥이더군. 한 놈이 그걸 다른 놈에게 주었고, 그 다른 놈이 내게 수갑을 채워서 차에 밀어 넣었어. 그렇게 될 줄은 몰랐어. 아마 좀 취해 있어서 생각할 정신도 없었던 것 같아. 하지만 차가 출발하자 엄마한테 소리를 지르고 싶어졌어. 그러고는 겁이 났지. 엄마는 혼자서 아무것도 못하거든. 또 나를 걱정할 테고, 내가 어디 있는지 아무도 모를 테니까! 놈들은 경찰서로 가서 나를 마약 혐의로 입건

시키고 소지품을 전부 빼앗았어. 전화를 한 통 해도 되겠냐고 물어보려니, 전화할 사람이 엄마밖에 없는 거야. 그런데 그 밤중에 엄마가 전화를 받겠어? 나는 엄마가 그냥 내가 늦게 들어오나 보다 생각하며 잠들었기만을 바랐지. 아침에 일어나서 내가 없는 것을 알아차리기 전까지 나는 내가 뭔가를 알아내길 바랐어. 놈들은 나를 다른 남자 네댓 명이 있는 작은 감방에 넣었어. 놈들은 꾸벅꾸벅 졸면서 방귀만 뀌어 댔고, 나는 가만히 앉아서 정신을 차리려고 애썼어. 내가 뭘 할 수 있었겠어. 전화할 사람도 없는데. 만약 있다면 유대인 사장 정도였어. 괜찮은 사람이지만 이런 일을 이해할 리가 없잖아. 엄마한테 전화해 줄 사람을 찾아야 했어. 사정을 이해하고, 엄마를 달래 주고, 무엇인가 해줄 수 있는 사람. 하지만 아무도 떠오르지 않았어.

아침이 되자 놈들이 우리를 호송차에 태웠어. 바워리에서 체포된 거 같은 백인 새끼가 한 명 있었어. 이놈이 제몸에 토악질을 해놓고 바닥을 보면서 노래를 했어. 노래도 제대로 못했고, 악취가 진동했지. 나는 마약을 안 한 게 다행이라고 느꼈어. 다른 남자 하나는 신음을 하더니 두 팔로 자기를 안고, 빨래판에 물이 흐르듯이 땀을 흘렸어. 나보다 겨우 몇 살 어린 것 같아서 경찰을 불러 도와주고 싶었지만 그럴 수 없었어. 이 사람을 태운 경찰들은 분명히 이 친구가 아프다는 걸 알았을 거야. 그 남자는 거기 있으면 안 됐어. 그리고 진짜로 아직 어렸어. 하지만 그자를 태운 개새끼들은 그 일을 하면서 바지를 입은 채로 질질 쌌지. 이 나라의 백인 새끼 중에 깜둥이 신음 소리 없이 좆을 세울 수 있는 놈은 하나도 없을 거야.

우리는 이동했어. 여전히 전화할 사람이 생각나지 않았어. 똥을 싸고 싶었고 죽고도 싶었지만, 그 무엇도 할 수 없었어. 놈들이 준비가 되면 똥을 싸게 해줄 거라고 생각하고 최대한 참았어. 그리고 놈들이 언제라도 나를 죽일 수 있고 그게 오늘일 수도 있으니 죽고 싶어 하는 건 어리석은 일이라고 생각했지. 똥도 못 누고. 그때 다시 엄마가 생각났어. 그때쯤이면 엄마가 걱정하고 있을 게 분명했으니까.」

때로 포니가 그를 안았고, 때로 내가 안았다. 때로 그는 우리를 등지고 창가에 서 있었다.

「너희에게 그 이상은 말할 수 없어. 누구에게도 말할 수 없는 더러운 일이 엄청 많아. 처음에는 마리화나로 잡아가더니 자동차 절도죄도 덮어씌웠어. 내가 본 적도 없는 자동차를. 그냥 그날 자동차 절도범이 필요했던 것 같아. 누구 차인지라도 알았다면 좋았을 거야. 어쨌건 흑인의 차는 아니었으면 좋겠어.」

대니얼은 때로 웃었고, 때로 눈물을 닦았다. 우리는 함께 먹고 마셨다. 대니얼은 이름 붙이기 어려운 어떤 것을 극복하려고 애썼고, 사람이 할 수 있는 최대한의 노력을 기울였다. 나는 때로 그를 안았고, 때로 포니를 안았다. 그에게는 우리뿐이었다.

화요일, 그러니까 헤이워드 씨를 만난 다음 날 나는 6시 면회를 가서 포니를 만났다. 포니가 그토록 화가 난 모습은 처음이었다.

「로저스 부인을 어떻게 할 거야? 그 여자가 대체 어디로 간 거냐고?」

「몰라. 하지만 찾아낼 거야.」

「어떻게 찾아낸다는 거야?」

「푸에르토리코로 사람을 보냈어. 그 여자가 거기로 간 거 같거든.」

「만약 칠레나 중국이나 아르헨티나로 갔다면?」

「포니, 그러지 마. 어떻게 그렇게 멀리 가?」

「그 여자에게 어디든 갈 수 있는 돈을 줬을 거야.」

「누가?」

「검찰이지 누구야!」

「포니.」

「내 말 안 믿어? 놈들이 그런 일을 못할 것 같아?」

「그렇지 않을 거라고 생각해.」

「그 여자를 찾는 돈은 어디서 나?」

「우리 모두 일을 하고 있어.」

「그래. 우리 아빠는 가먼트 센터에서 일하고, 너는 백화점에서 일하고, 너네 아빠는 부두에서 일하시지.」

「포니, 내 말 들어 봐.」

「뭘 들어? 그 얼어 죽을 변호사하고 뭘 하는 거야? 그 사람은 내 일에 쥐뿔도 신경 안 써. 누구 일도 신경 안 써! 넌 내가 여기서 죽으면 좋겠어? 여기가 어떤지 알잖아. 여기서 나한테 무슨 일이 벌어지는지?」

「포니, 포니. 포니.」

「미안해. 너 때문에 그러는 거 아니야. 미안해. 사랑해, 티시. 미안해.」

「사랑해, 포니. 사랑해.」

「아기는 어때?」

「점점 커지고 있어. 다음 달부터는 겉으로 표가 날 거야.」

우리는 서로를 바라보았다.

「날 여기서 꺼내 줘. 제발, 부탁이야.」

「약속할게. 정말이야. 믿어 줘.」

「울지 마. 소리쳐서 미안해. 너한테 소리친 게 아냐, 티시.」

「알아.」

「울지 마. 제발 울지 마. 아기한테 안 좋아.」

「그래.」

「웃어 줘, 티시.」

「어때?」

「그보다 더 잘할 수 있어.」

「이건?」

「좋아, 키스해 줘.」

나는 유리에 키스했다. 그도 유리에 키스했다.

「아직도 날 사랑해?」

「언제나 널 사랑해, 포니.」

「사랑해. 네 곁에 있고 싶어. 네 모든 걸 느끼고 싶어.

우리가 함께 누렸던 모든 것, 우리가 함께했던 모든 일
이 그리워. 산책하고 이야기하고 섹스하던 일. 아, 제발
나를 꺼내 줘.」

「그럴게. 그러니까 버텨.」

「버틸게. 또 보자.」

「또 올게.」

포니는 간수를 따라 상상할 수 없는 지옥으로 돌아갔
고, 나는 무릎과 팔꿈치를 떨면서 다시 사하라 사막을
건너려고 일어섰다.

그날 밤, 밤새도록 여러 개의 꿈을 꾸었다. 끔찍한 악
몽들이었다. 포니가 트럭을 운전하는 꿈도 있었다. 포
니는 고속도로에서 큰 트럭을 과속해서 몰며 나를 찾았
다. 하지만 그는 나를 보지 못했다. 내가 트럭 뒤에서 포
니를 불렀지만 모터 소리가 너무 컸다. 고속도로에서
두 개의 도로가 뻗어 나갔는데 양쪽이 똑같아 보였다.
고속도로는 바다 위 절벽의 가장자리에 나 있었다. 뻗
어 나간 도로 하나는 우리 집의 차고 앞으로 이어졌지
만, 다른 도로 하나는 절벽 끝으로 이어져서 결국 바다
로 떨어지는 길이었다. 포니의 트럭은 너무 빨랐다! 나

는 목이 터져라 그를 불렀고, 그가 트럭을 돌릴 때 소리를 지르다가 깨어났다.

불이 켜진 방에서 엄마가 나를 내려다보고 있었다. 엄마의 표정은 뭐라 설명할 수 없었다. 엄마는 찬물에 적신 수건으로 내 이마와 목을 닦아 주고, 고개를 숙여 입을 맞추었다.

엄마가 허리를 펴고 나를 가만히 바라보았다.

「지금 내가 너한테 별 도움이 못 되는 거 알아. 방법이 있다면 어떻게든 도와주련만. 하지만 고통에 대해서는 조금 알아. 고통은 언젠가 끝난다는 거. 끝나고 나면 더 좋아진다는 거짓말은 하지 않을게. 더 나빠지기도 하니까. 너무 고통받은 나머지 다시는 고통을 겪지 않는 곳으로 가기도 하지. 그건 더 나쁜 일이야.」

엄마는 내 두 손을 잡고 힘을 꽉 주었다. 「명심하렴. 어떤 일이 해결되려면 먼저 그걸 해결하려고 마음을 먹어야 해. 우리가 사랑한 많은 사람들, 우리의 많은 남자들이 감옥에서 죽었지만 전부 그렇게 된 건 아냐. 그걸 명심해. 티시, 지금 이 침대에 너 혼자 누워 있는 게 아냐. 네 심장 아래 아기가 있고 우리는 모두, 포니까지, 네가 아기를 안전하고 건강하게 낳아 줄 거라 믿어. 그런 일을 할 수 있는 사람은 너뿐이야. 넌 강해. 네 힘을 믿으렴.」

「네, 엄마.」 힘이 없었다. 어디에선가 힘을 찾아야 했다.

「괜찮니? 다시 잘 수 있겠어?」

「네.」

「바보처럼 들릴지 모르겠지만 명심해. 널 여기까지 데려온 건 사랑이야. 지금까지 사랑을 믿었다면 이제 와서 겁먹지 마.」

엄마는 내게 다시 입을 맞추고 불을 끄고 나갔다.

나는 가만히 누워 있었다. 잠은 오지 않고 겁만 났다. 〈나를 여기서 꺼내 줘.〉

예전에 알던 여자들, 하지만 눈여겨보지 않았던 여자들, 보면 겁이 나던 여자들이 떠올랐다. 그 여자들은 자신이 원하는 걸 얻기 위해 자기 몸을 사용했다. 나는 이제 그 여자들에 대한 내 판단이 도덕과 그다지 관련이 없다는 생각이 들었다. (그리고 도덕이라는 말에 대해서도 의문이 들었다.) 내가 그렇게 판단했던 건 그들의 요구가 너무 작아서였다. 나를 그렇게 낮은 가격에 판다는 것은 생각도 할 수 없었다.

하지만 높은 가격이라면? 포니를 위해서라면?

그런 뒤 나는 설핏 잠들었다가 깼다. 평생 그토록 피곤한 것은 처음이었다. 온몸이 아팠다. 시계를 보니 몸이 아프다고 전화하지 않는다면 바로 일어나서 출근해야 하는 시간이었다. 그런 전화를 할 수는 없었다.

옷을 입고 부엌으로 나가 엄마와 함께 차를 마셨다. 조지프와 어네스틴은 이미 집을 나선 뒤였다. 엄마와 나는 완전한 침묵 속에 차를 마셨다. 머릿속에서 무엇인가 계속 돌아가서 아무 말도 할 수 없었다.

밖으로 나가 8시 조금 넘은 아침 거리를 걷기 시작했다. 이 거리는 텅 빌 때가 없다. 길모퉁이의 늙고 눈먼 흑인 앞을 지났다. 나는 그 사람을 평생토록 보며 다녔을 것이다. 하지만 오늘에서야 처음으로 그 사람의 인생이 궁금해졌다. 약에 찌든 어린애들 네 명이 모퉁이에 서서 이야기하고 있었다. 몇몇 여자들이 급하게 출근하고 있었다. 나는 그들의 얼굴을 읽어 보려고 했다. 어떤 여자들은 이제야 일을 마치고 애비뉴에서 빠져나와 가구 딸린 셋방으로 돌아갔다. 샛길에는 쓰레기가 잔뜩 쌓였고, 큰길가 주택 현관 앞에도 쓰레기가 가득했다. 만약 매춘을 한다면, 여기서는 시도하지 않는 게 좋을 것 같았다. 여기서 하는 그 일은 청소 일만큼이나 시간이 많이 걸리고, 고통도 훨씬 클 것 같았다. 하지만 진짜로 드는 생각은, 아이가 태어날 때까지는 그 일을 할 수 없지만, 만약 포니가 그때까지도 나오지 못한다면 시도해 봐야 한다는 것이었다. 어쩌면 마음의 준비를 하고 있어야 할지도 몰랐다. 하지만 마음의 더 깊은 곳에 있는 다른 생각을 직면할 용기는 아직 나지 않았다.

마음의 준비를 어떻게 해야 하는가? 나는 계단을 내려간 뒤 게이트를 통과해서 다른 사람들과 함께 지하철 승강장에 섰다. 열차가 오자 인파와 함께 안으로 밀고 들어가서 기둥에 기댔고, 사람들의 숨결과 냄새를 온몸으로 받았다. 식은땀이 이마에 맺혔고, 겨드랑이와 등에도 흘렀다. 마지막 순간까지 일해야 한다고 생각했기 때문에 전에는 신경쓰지 않았던 것들이 걱정되었다. 내가 만약 여기서 기절한다면, 이 많은 사람들은 나와 아기를 그냥 밟고 지나갈 것이다. 〈우리는 모두, 포니까지, 네가 아기를 안전하고 건강하게 낳아 줄 거라 믿어.〉 나는 하얀 기둥을 더 꽉 잡았다. 몸이 으스스 떨렸다.

지하철 안을 둘러보니 책에서 본 노예선 그림과 비슷했다. 물론 노예선에는 신문이 없었다. 그때는 필요 없었으니까. 하지만 공간에 관련해서 (그리고 아마 목적에 관련해서도) 원칙은 똑같았다. 뚱뚱한 남자가 내 얼굴에 핫소스와 치약 냄새를 무겁게 풍겼다. 그가 숨을 쉬는 것도 내 얼굴이 거기 있는 것도 그의 잘못이 아니었다. 그의 몸도 내 몸에 밀착해 있었지만, 그가 나를 강간하려는 것도, 아니, 나를 어떤 식으로든 생각하는 것도 아니었다. 그는 그저, 그것도 희미하게, 직장에서 보낼 또 하루를 생각하고 있을 것이다. 그는 분명히 내게 눈길을 보내지 않았다.

지하철이 만원이면 — 함께 소풍을 간다거나 해서 서로 아는 사람들이 가득 탄 경우가 아니면 — 대체로 늘 침묵이 흐른다. 모든 사람이 여기서 나가는 순간만을 숨을 참고 기다리는 것 같다. 열차가 역에 들어가고, 몇몇 사람들이 하차하려고 사람들을 밀칠 때마다 — 핫소스와 치약 냄새가 나는 남자가 지금 그러는 중이다 — 커다란 한숨이 올라오는 것 같다. 그 소리는 승차하는 사람들에 의해 바로 질식된다. 이제 모자 가방을 든 금발 여자가 내 얼굴에 술 냄새를 풍긴다. 마침내 나는 목적

176

지 역에서 하차해 계단을 오르고 길을 건넜다. 직원 출입문으로 들어가 출근 카드를 찍고, 옷을 갈아입고, 내가 일하는 카운터로 갔다. 매장에는 약간 늦었지만, 출근 카드는 제시간에 찍었다.

허둥지둥 내 자리로 갈 때 마주친 매장 감독인 백인 청년이 얼굴을 찌푸리는 척했다. 그는 괜찮은 사람이다.

내 손등의 냄새를 맡으러 카운터에 오는 사람이 백인 노부인들만 있는 건 아니다. 흑인 남자가 오는 일은 아주 드물지만, 그래도 가끔 오는 사람들은 의도가 더 너그럽고 더 분명하다. 흑인 남자들은 내가 정말로 불쌍한 여동생처럼 보이는 모양이다. 그들은 내가 창녀가 되는 모습을 보고 싶어 하지 않는다. 어떤 흑인 남자는 그냥 내 눈을 보고, 내 목소리를 듣고, 무슨 일인지 보려고 내 앞에 온다. 그들은 내 손등의 냄새를 맡지 않는다. 흑인 남자들은 자기 손을 내밀고, 거기에 향수를 뿌려 주면 그때 코에 대고 냄새를 맡는다. 그들은 굳이 향수를 사러 온 척하지 않는다. 때로 향수를 사기도 하지만 대체로는 사지 않는다. 때로 그들은 코에 댔던 손을 비밀스럽게 말아 쥐고, 기도인지 인사인지 알 수 없는 몸짓을 보이며 떠난다. 하지만 백인 남자는 내 손을 자기

177

코에 대고 계속 붙들고 있는다. 나는 하루 종일 수많은 사람들을 바라보며 머릿속으로 생각을 굴리고 또 굴렸다. 일이 끝났을 때 어네스틴이 나를 데리러 왔다. 그리고 로저스 부인은 푸에르토리코의 산투르세에 있다고, 우리 중 누군가 거기 가야 한다고 말했다.

「헤이워드하고 같이?」

「아니, 헤이워드는 여기서 벨하고 검찰을 상대해야 돼. 헤이워드는 여러 가지 이유로 거기 갈 수가 없어. 잘 못하면 목격자를 협박한다고 고소당해.」

「하지만 진짜 협박하는 사람이 누군데 ─」

「티시.」 우리는 8번 애비뉴를 걸어 콜럼버스 서클 쪽으로 가고 있었다. 「그건 네 아기한테 투표권이 생길 때쯤에야 증명할 수 있을 거야.」

「지하철 타? 아니면 버스?」

「러시아워가 지나갈 때까지 어디 좀 들어가 있자. 엄마 아빠하고 이야기하기 전에 우리 둘이 먼저 이야기를 해야 돼. 두 분은 아직 몰라. 내가 아직 이야기 안 했어.」

나는 어네스틴이 나를 정말로 사랑한다는 것을 깨달았고, 동시에 언니하고 내가 겨우 네 살 차이라는 사실도 새삼스럽게 떠올렸다.

　빅토리아 로저스 부인(결혼 전 이름 빅토리아 마리아 산펠리페 산체스)은 3월 5일 저녁 11시에서 12시 사이에 자신의 집 현관에서 알론조 헌트에게 습격을 받고 지독하고 혐오스런 방식으로 성적 학대를 당했으며, 최악의 변태 행동을 강요당했다.

　나는 그 여자를 본 적이 없다. 내가 아는 건 미국계 아일랜드 엔지니어인 게리 로저스가 6년 전에 푸에르토리코에 갔다가 당시 열여덟 살이던 빅토리아를 만났다는 것뿐이다. 그는 빅토리아와 결혼해서 본토로 이주했다. 하지만 그 뒤로 그의 일은 잘 풀리지 않고 내리막길을 걸었다. 그는 거기 크게 낙심했던 모양인지 세 아이가 태어난 이후 집을 나갔다. 나는 여자와 오처드 스트리트에서 동거하다가 함께 푸에르토리코로 달아난 걸로 보이는 남자에 대해서는 아무것도 모른다. 아이들은 아마 미국에 있는 친척들이 기르는 것 같다. 여자의 〈집〉이란 오처드 스트리트의 집이다. 여자는 4층에 살았다. 강간이 〈현관〉에서 벌어졌다면 1층 계단 밑에서

당했을 것이다. 4층에서 벌어졌을 수도 있지만 그럴 가능성은 희박하다. 4층에는 네 가구가 살았다. 오처드 스트리트는 뱅크 스트리트에서 제법 멀다. 오처드 스트리트는 이스트 강과 가깝고, 뱅크 스트리트는 반대편인 허드슨 강변에 있다. 오처드 스트리트에서 뱅크 스트리트까지 뛰어가는 건 불가능하다. 경찰에게 쫓긴다면 더욱 불가능하다. 하지만 벨은 포니가 〈범죄 현장에서 달아나는 것〉을 보았다고 말했다. 그것은 벨이 비번이었을 때만 가능하다. 그의 〈순찰 구역〉은 이스트사이드가 아니라 웨스트사이드이기 때문이다. 그런데도 벨은 뱅크 스트리트의 집에서 포니를 체포했다. 이런 전개가 개연성이 부족하며 앞뒤가 맞지 않음을 증명하고, 증명하기 위해 돈을 쓰는 것은 고소당한 사람의 몫이었다.

언니와 나는 콜럼버스 서클 근처의 술집에 마지막으로 남은 부스에 앉았다.

언니가 나 혹은 아이들을 다루는 방법 가운데 하나는 묵직한 것을 탁 떨구고 물러나 앉아서 반응을 판단하는 것이다. 그럴 때 언니가 자신의 위치를 잘 파악하려면 그물을 제대로 쳐야 한다.

오늘 하루와 어젯밤을 매춘에 대한 생각과 계산, 그와 관련된 공포 속에 보낸 탓에 나는 강간의 현실이 차츰 보였다.

내가 물었다. 「그 여자가 정말 강간당했다고 생각해?」

「티시. 네 어지러운 머릿속에 무슨 일이 일어나고 있는지 모르겠지만 그런 질문은 하나 마나야. 우리 처지에서 그 여자가 강간당했다는 사실을 바꿀 수는 없어.」 언니는 말을 멈추고 술을 조금 삼켰다. 목소리는 차분했지만 이마는 두려움에 팽팽해졌다. 「내가 볼 때 그 여자는 실제로 강간당했지만 범인이 누구인지 모르는 것 같아. 길에서 마주쳐도 못 알아볼걸. 말도 안 되는 것 같지만 사람 정신이 그래. 그 남자가 다시 강간을 한다면 알아보겠지만, 그러면 그건 더 이상 강간이 아니게 되지. 내 말 무슨 뜻인지 알아?」

「응, 알아. 그 여자는 왜 포니를 지목했을까?」

「사람들이 포니를 강간범이라고 보여 주었고, 그 더러운 사건을 다시 회상하는 것보다는 그냥 그게 맞는다고 하고 넘어가는 게 훨씬 쉬우니까. 그러면 그 여자로서는 재판만 빼면 일이 끝나잖아. 사실 재판도 이제 끝났지. 그 여자한테는.」

「우리한테도?」

「아니.」언니가 나를 차분히 바라보았다. 이상한 말
같을지 몰라도, 나는 언니의 용기가 존경스러웠다. 「우
리한테는 끝나지 않아.」언니는 나를 살피며 조심스럽
게 말했다. 「우리한테는 영원히 안 끝날 수도 있어. 하
지만 지금 그 이야기는 하지 말자. 그건 아주 진지하게,
다른 방식으로 생각해야 돼. 그래서 따로 이야기하려고
너를 여기 데려온 거야.」

「무슨 말을 하려고?」나는 갑자기 겁이 났다.

「내가 볼 때 그 여자는 증언을 번복할 것 같지 않아.
어쨌든 거짓말을 하는 건 아니니까.」

「무슨 말이야? 그 여자가 거짓말을 하는 게 아니라
니? 어떻게 그게 거짓말이 아니야?」

「들어 봐. 물론 그 말은 거짓말이야. 우리는 그게 허
위라는 걸 알아. 하지만 그 여자 입장에서는 거짓말이
아니라는 거야. 그 여자는 포니가 강간범이라고 하면
그 문제로 씨름할 필요가 없어져. 그 여자한테 이건 이
제 끝난 일이야. 증언을 번복하면 그 여자는 미쳐 버릴
거야. 아니면 사람이 바뀌어야겠지. 사람이 미치는 일
은 흔하지만 변하는 일은 아주 드물어.」

「그러면 우리는 어떻게 해야 돼?」

「우리는 검찰의 논고를 반박해야 돼. 그들에게 증명을 요구하는 건 소용없어. 그 사람들은 고발이 증거라고 여기고, 바보 같은 배심원들도 가만히 앉아서 동조할 거야. 그 사람들도 한통속으로 거짓말하는 건 맞지만, 그들 역시 일부러 그러는 건 아냐.」

오래전에 누군가에게 들은 말이 떠올랐다. 포니에게 들었는지도 모른다. 〈바보는 자기가 바보라고 말하지 않는다.〉「우리는 반박할 방법이 없어. 대니얼이 감옥에 있잖아.」

「그래, 하지만 헤이워드가 내일 대니얼을 면회하러 갈 거야.」

「그래 봐야 소용없어. 언니, 대니얼은 어쨌건 증언을 번복할 거야. 분명해.」

「그럴지도 몰라. 하지만 안 그럴 수도 있어. 나한테 또 한 가지 생각이 있어.」

우리 자매는 그 지지분한 바에 앉아 절망을 다스리려 애썼다.

「최악을 가정해야 돼. 로저스 부인은 증언을 번복하지 않을 거야. 대니얼은 번복할 거고. 그러면 벨 경관만 남잖아.」

「그래서 뭐?」

「나한테 그 사람 관련 서류가 있어. 긴 서류야. 그자가 2년 전에 브루클린에서 열두 살짜리 흑인 소년을 살해했다는 내용이야. 그 일 때문에 맨해튼으로 옮겨진 거야. 나는 죽은 소년의 엄마를 알아. 벨의 아내도 아는데, 남편을 아주 싫어해.」

「그 여자가 벨의 증언을 반박할 수는 없어.」

「벨에게 반박할 필요 없어. 그냥 법정에 출석해서 그 사람을 보고만 있으면 돼.」

「언니, 그게 우리한테 무슨 도움이 될지 모르겠어.」

「그럴 거야. 네 생각이 맞을 수도 있어. 하지만 항상 최악의 상황을 염두에 두는 게 좋아. 만약 그런 상황이 닥치면 우리에게는 유일한 검사 측 증인의 신빙성을 깨는 전술이 필요해.」

「어네스틴, 너무 꿈꾸는 거 아냐?」

「꿈꾸는 게 아니라 도박을 하는 거야. 그 두 여자, 백인 여자 한 명과 흑인 여자 한 명을 법정에 불러다 앉히고 헤이워드가 일을 제대로 해내면 반대 심문에서 검찰의 논고를 깰 수도 있어. 티시, 그 논고는 대단하지 않

아. 포니가 백인이었다면 사건 자체가 성립이 안 됐을 거야.」

나는 언니의 말을 이해했다. 언니가 그렇게 추론한 근거도 알았다. 이것은 승산 없는 수였다. 하지만 우리 처지에 남은 것은 그뿐이었다. 만약 가능하기만 하다면, 우리는 여기에 가만히 앉아서 벨의 머리를 날릴 방법을 의논했을 것이다. 그리고 만약 그 일을 해내면 어깨를 으쓱한 뒤 술을 한 잔 더하고 그만이었을 것이다. 사람들은 모른다.

「그래, 좋아. 푸에르토리코는 어떻게 해?」

「그것 때문에 먼저 이야기 좀 하자고 한 거야. 일단 너는 여기 있어야 돼. 네가 없으면 포니가 견디지 못할 테니까. 내가 가는 것도 좋지 않은 것 같아. 헤이워드를 계속 들볶아야 하거든. 남자도 안 돼. 그러니까 아빠도 빼고, 프랭크도 빼면 결국 엄마가 남아.」

「엄마?」

「그래.」

「엄마는 푸에르토리코에 가기 싫어하셔.」

「맞아. 그리고 비행기 타는 것도 싫어하시지. 하지만 네 아기의 아버지가 감옥에 갇혀 있어. 가고 싶어서 가시지는 않겠지만, 가실 거야.」

「가서 엄마가 뭘 할 수 있는데?」

「특별 조사원이 못 하는 일을 하실 수 있어. 로저스 부인을 직접 만날 수도 있고. 그러지 못할 수도 있지만 만약에 만난다면 우리가 좀 유리해질 거야. 그러지 못해도 잃을 건 없으니 우리로서는 최선을 다한 게 돼.」

나는 언니의 이마를 보고 수긍했다.

「대니얼은?」

「말했잖아. 헤이워드가 내일 면회하러 간다고. 어쩌면 오늘 만났을지도 몰라. 오늘 밤에 전화한다고 했어.」

나는 뒤로 기댔다. 「대단한걸.」

「그래. 하지만 상황은 좋지 않아.」

우리는 침묵에 빠졌다. 처음으로 바가 시끄럽다는 걸 깨달았다. 주변을 둘러보니 그곳은 실제로 상당히 거친 곳이었고, 여기 사람들은 언니와 나를 피곤한 매춘부 또는 레즈비언 커플, 아니면 둘 다로 볼 게 분명했다. 상황은 좋지 않았고, 더 나빠질지도 모른다. 분명히 — 그때 시끄러운 장소에서 속삭이는 소리처럼 잘 들리지 않고 거미줄처럼 가볍지만 또렷한 것이 갈비뼈 밑을 때리고 심장에 충격을 주었다 — 더 나빠질 것이다. 하지만 그 가벼운 기척, 발길질, 신호는 좋아질 수도 있다고 말해 주었다. 그렇다. 상황은 나빠질 것이다. 하지만 내 아기, 신비한 물속에서 처음으로 몸을 돌려 자기 존재를 알리고 나를 부르는 아기가 그 순간, 나빠질 상황들이 좋아질 수도 있다고 말했다. 당분간 ─ 영원토록 ─ 아기는 전적으로 내 책임이었다. 아기는 내가 없이는 여기 올 수 없었다. 내가 어떤 의미로는 이미 이 일을 알고 있었을지 모르지만 이제 아기도 그것을 안다. 아기는 자신이 태어나면 상황은 분명히 나빠지겠지만 오히려 좋아질 수 있다고 말해 주었다. 아기는 한동안 물속에 있겠지만 이제 변신을 준비한다. 그러니 나도 준비해야 했다.

내가 말했다. 「좋아. 겁 안 나.」

어네스틴이 미소 짓고 말했다. 「그럼 해보자.」

나중에 알게 됐지만 그때 조지프와 프랭크 역시 바에 있었고, 그들 사이에도 어떤 대화가 오갔다.

조지프에게는 프랭크보다 유리한 점이 있었다. 그는 그것을 이제 겨우 느끼기 시작했지만, 어쨌건 아들이 없다는 것은 유리한 점이었다. 조지프는 원래 아들을 원했다. 그 사실은 나보다 어네스틴에게 훨씬 더 큰 상처가 되었다. 내가 태어났을 때 아빠는 이미 체념하고 있었기 때문이다. 만약 조지프에게 아들이 있었다면 그 아들은 죽거나 감옥에 갔을 것이다. 레녹스 애비뉴의 술집에 마주 앉은 그들은 조지프의 딸들이 몸을 팔지 않는 것이 기적이라는 것을 알았다. 프랭크 집안의 여자들에게 닥친 불행에 대해서는 두 사람 다 원하는 것보다 더, 말할 수 있는 것보다 훨씬 더 많이 알았다.

프랭크는 두 손으로 잔을 움켜쥐고 아래를 보았다. 그에게는 아들이 있었다. 조지프는 맥주를 마시면서 그를 보았다. 그 아들은 이제 조지프의 사위였고, 프랭크는 그의 사돈이었다.

그들은 둘 다 쉰이 다 된 중년 남자였고, 둘 다 곤경에 빠져 있었다.

두 사람 다 그런 모습이 겉으로 드러나지는 않았다. 피부는 조지프가 프랭크보다 훨씬 어두었다. 짙은 검은색 피부에 쌍꺼풀이 희미하고 움푹 들어간 조지프의 눈은 엄격하고 고요했으며, 넓은 이마에는 정맥 한 가닥이 뛰었다. 이마가 너무 넓어서 성당 같은 느낌마저 들었다. 그의 입술은 항상 약간 뒤틀려 있었다. 그를 아는 사람들, 그를 사랑하는 사람들만이 그의 뒤틀린 입술이 웃음인지, 사랑인지, 분노인지 안다. 실마리는 이마에서 뛰는 정맥에 있었다. 입술은 거의 변하지 않고, 눈은 늘 변했다. 조지프가 기쁠 때나 웃을 때면 기적 같은 일이 일어난다. 그때 그는 정말로 — 머리에 흰머리가 나기 시작했는데도 — 열세 살 소년처럼 보인다. 내가 젊은 시절의 아빠를 만나지 않은 게 다행이라고 생각했다. 하지만 다시 생각해 보니 나는 그의 딸이었고, 그 사실에 감탄하며 입을 다물고 말았다.

프랭크는 피부색이 밝은 편이었고 몸집은 호리호리했다. 우리 아빠를 잘생겼다고 말하기는 힘들지만 프랭크는 그런 말을 들을 만했다. 그를 비난하는 말이 아니다. 그 얼굴 때문에 프랭크는 과거에도 그랬고 지금도 큰 대가를 치르고 있다. 사람은 얼굴 생김새에, 그에 대한 자기 생각에 대가를 치르게 되어 있다. 세월이 흐르는 동안 얼굴에는 그 충돌의 기록이 새겨진다. 프랭크는 간신히 그런 충돌을 이겨 냈다. 이마의 주름은 손금처럼 보여도 읽을 수 없다. 프랭크의 백발 섞인 곱슬머리는 풍성했고, 브이 자 모양 이마 선 위에서 격렬하게 물결쳤다. 입술은 조지프처럼 두껍지도 않고, 뒤틀리지도 않은 모양으로 꼭 다물려 있었다. 마치 입술이 사라지기를 바라는 것처럼. 광대뼈는 높고, 크고 검은 눈은 포니처럼 치켜 올라갔다. 포니는 아버지의 눈을 닮았다.

조지프는 그런 것을 자기 딸만큼 알아보지 못했다. 하지만 조지프는 침묵 속에 프랭크를 계속 바라보았고, 프랭크는 결국 시선을 들어야 했다.

「우리가 어떻게 해야 하지?」 프랭크가 물었다.

「우선 가장 중요한 건 서로를 탓하지 않는 거야.」 조지프가 결연하게 말했다. 「스스로를 탓하는 것도 안 돼. 그렇게 안 하면 우리는 망가져 버려서 아들놈을 석방시킬 수 없어. 우리가 망가지면 안 돼. 자네는 무슨 말인지 알아들을 거야.」

「돈은 어떻게 하고?」 프랭크가 가볍게 웃으며 말했다.

「자네 돈 좀 있어?」 조지프가 물었다.

프랭크가 고개를 들었지만, 아무 말도 없이 눈빛으로만 질문했다.

조지프가 다시 물었다. 「돈 좀 있냐고.」

프랭크가 마침내 말했다. 「없어.」

「그럼 왜 지금 그걸 걱정해?」

프랭크가 그를 다시 올려다보았다.

「자네는 아이들을 다 키웠어. 다 먹여 키웠다고. 지금 우리가 돈 걱정을 시작하면 싹 망가져서 아이들을 살리지 못할 거야. 백인 놈들, 그놈들 불알이 쪼그라들고 엉덩이가 썩기를, 그들은 자네가 돈 걱정 하기를 바랄 거야. 그게 놈들이 우리를 가지고 노는 방식이야. 하지만 돈 없이 여기까지 왔다면 앞으로도 그렇게 할 수 있어. 나는 놈들에게 줄 돈은 걱정 안 해. 놈들은 권리가 없어. 우리 돈을 훔쳐 갔잖아. 놈들은 누굴 만나지도 않고 거짓말도 안 하면서 돈을 훔치지. 훔치는 거라면 나도 할 수 있어. 강도질도. 내가 딸들을 어떻게 키웠겠어? 염병할.」

하지만 프랭크는 조지프가 아니었다. 그는 시선을 내리깔고 술잔을 들여다보았다.

「앞으로 어떻게 될 거 같아?」

「우리가 해결해야 돼.」 조지프가 다시 한번 결연하게 말했다.

「말은 쉽지.」 프랭크가 말했다.

「말만 하는 게 아냐.」 조지프가 말했다.

두 사람은 입을 다물었고, 침묵이 오래도록 흘렀다. 뮤직 박스마저 조용했다.

「내가 이 세상에서 가장 사랑하는 게 포니야.」프랭크가 마침내 입을 열었다. 「그래서 부끄러워. 정말로 착하고 사내다운 녀석이었거든. 세상에 겁내는 게 없었지. 자기 엄마 말고는. 그 애는 제 엄마를 이해하지 못했어.」프랭크가 말을 멈추었다. 「내가 어떻게 해야 했는지 모르겠어. 나는 여자가 아니야. 아이에게는 여자만 해줄 수 있는 게 있잖아. 나는 집사람이 그 애를 사랑한다고 생각했어. 뭐, 옛날에는 집사람이 나도 사랑한다고 생각했지.」프랭크는 술을 마시고 웃어 보이려고 했다. 「내가 그 애한테 아비 노릇을 하기나 했는지 모르겠어. 그런데 이제 녀석이 죄도 없이 감옥에 갔고, 나는 그애를 빼낼 방법도 몰라. 정말 대단한 아비지 뭐야!」

「그래, 포니는 분명 그렇게 생각할 거야.」조지프가 말했다. 「그 애는 자네를 사랑하고 존경해. 자네보다 내가 더 잘 알아. 다른 이야기도 해주지. 자네 아들은 내 딸이 품은 아기의 아버지야. 가만히 앉아서 할 수 있는 일은 아무것도 없는 것처럼 굴지 마. 이제 곧 아기가 태어날 거야. 나한테 먼지 나게 두들겨 맞고 싶어?」조지

192

프가 격하게 말했다. 하지만 잠시 후에 미소를 띠고 「알아」 하고 운을 뗀 뒤 조심스럽게 말을 이었다. 「나도 알아. 하지만 더러운 방법이라면 나도 좀 알고, 자네도 알거야. 이 아이들은 우리 아이들이고 우리는 아이들에게 자유를 찾아 줘야 해.」 조지프가 남은 맥주를 마저 마셨다. 「그러니까 술을 다 마시고 들어가. 당장 해야 할 일이 산더미니까.」

프랭크도 술을 마저 마시고 어깨를 폈다. 「자네 말이 맞아, 친구. 해보세.」

포니의 재판 날짜는 계속 바뀌었다. 이 역설적 사실로 나는 헤이워드 씨가 정말로 관심을 기울이고 있다는 걸 알았다. 처음에는 그가 별로 신경 쓰지 않는다고 생각했다. 어네스틴이 그에게 반강제로 ─ 경험도 일부 있었지만 그보다는 직감으로 ─ 사건을 맡기기도 했고, 그도 포니 사건 같은 것을 맡아 본 적이 없었다. 하지만 일단 일에 착수하자 똥 냄새가 심하게 피어올랐고, 그는 그것을 계속 휘저을 수밖에 없었다. 곧 분명해진 것 하나는 고객에게 품은 관심의 정도 ─ 또는 고객에게 진정한 관심을 품었다는 사실 ─ 로 인해서 그가 열쇠와 인장의 수호자들과 맞서게 되었다는 것이다. 그는 이런 일을 예상하지 않았기에 처음에는 당황하고, 그다음에는 겁을 먹고, 또 그다음에는 분노했다. 그러다 곧 자기 앞에 당근과 채찍이 놓였다는 것을 깨달았다. 그는 채찍을 피할 수는 없지만 당근을 추구하지는 않겠다는 걸 마침내 분명히 보여 주었다. 덕분에 헤이워드 씨에게는 고립, 더 나아가 낙인의 효과가 생겼고, 그래서 포니의 위험이 커졌지만 그만큼 그의 책임도 커졌다. 게다가 나는 그를 불신했고, 어네스틴은 그를 들볶았으며, 엄마는 그 앞에서 말을 아꼈다. 조지프는 여전히 그를 대학 나온 흔한 백인 청년 정도로 보았다.

처음에는 자연스럽게 그를 불신했지만, 난 그렇게 사람을 못 믿는 편은 아니다. 시간이 지나면서 서로에게 공포를 감추려고 노력하다 보니 우리는 서로를 점점 더 의지하게 되었다. 달리 방법이 없었다. 또 시간이 지나면서 전투는 점점 사적 성격을 가지게 되어 보은이나 공적 혹은 명예와 상관없어졌다. 흑인 청년이 순진한 푸에르토리코 여자를 강간한 사건은 지저분하고 진부했다. 거기 열광할 게 무엇이 있겠는가? 그래서 동료들도 헤이워드 씨를 조롱하고 피했다. 여기에는 다른 위험들도 따랐는데, 그중에는 자기 연민과 무모함에 빠지는 것도 있었다. 하지만 포니는 너무도 현실적인 존재였고, 헤이워드 씨는 너무도 자부심이 강한 사람이었다.

재판 일정은 이미 꽉 차 있었다. 미국 감옥에 갇힌 모든 사람을 재판하려면 천년은 걸릴 테지만, 낙관적인 미국인은 그래도 틈이 나기를 희망했다. 그러나 공감 능력이나 단순한 지성이라도 지닌 판사는 열대 지방의 눈보라만큼 희귀했다. 검찰의 권력은 추악하고 적개심은 맹렬했다. 그래서 헤이워드 씨는 최대한 조심하면서 사건에 진지하게 관심을 기울일 판사 앞에 포니를 세우려고 많은 노력을 기울였다. 이를 위해 헤이워드 씨는 매력과 인내심을 발휘해야 했고, 돈과 강철로 된 등뼈도 필요했다.

헤이워드 씨는 대니얼을 면회하는 데 성공했지만, 대니얼은 지쳐 있었다. 그가 마약 혐의로 입건되었기 때문에 헤이워드 씨는 그의 석방을 주선할 수 없었다. 대니얼의 변호사가 되지 않고는 면회할 수도 없었다. 그는 대니얼에게 이 사실을 전했지만, 대니얼은 겁을 먹고 피해 버렸다. 헤이워드는 대니얼에게 약이 투여되기도 했다는 의심을 품었고, 그를 증인석에 세우는 것이 좋을지 판단을 내리지 못했다.

우리의 처지는 이러했다. 엄마는 내 옷의 품을 넓히기 시작했고, 나는 재킷과 바지 차림으로 출근했다. 앞으로 오래 일할 수 없다는 것은 분명했다. 나는 포니를 최대한 자주 보러 가야 했다. 조지프는 추가 근무에 휴일 근무까지 했으며, 프랭크도 마찬가지였다. 어네스틴은 파트타임으로 돈 많고 괴팍한 젊은 여배우의 개인 비서 일을 시작해서 아이들하고 보내는 시간을 줄여야 했다. 여배우를 통해서 줄을 잡아 보려는 계획이었다. 조지프는 냉철하고 계획적으로 부두에서 물건을 훔쳤고, 프랭크도 가먼트 센터에서 훔친 물건을 할렘이나 브루클린에서 팔았다. 그들은 이것을 말하지 않았지만 우리는 알았다. 그들이 말하지 않은 이유는 일이 잘못되었을 때 우리가 공범이 되는 것을 막기 위해서였다. 우리는 그들의 침묵을 깨지 않았다. 그건 안 될 일이었다. 이 민주주의의 지옥에서 자손을 구하기 위해서라면 이 남자들은 기꺼이 감옥에 가고, 돼지들의 집을 날리고, 도시도 날릴 것이다.

이제 샤론은 푸에르토리코 여행을 준비해야 했기에 우선 헤이워드 씨에게 가서 설명을 들었다.

　「로저스 부인의 집이 정확히 산투르세는 아니에요. 그 약간 바깥쪽, 그러니까 한때는 교외라고도 불렸겠지만 지금은 슬럼가라고 불리는 곳보다 훨씬 끔찍한 곳입니다. 푸에르토리코에서는 그런 곳을 〈파벨라*favella*〉라고 할 겁니다. 저는 푸에르토리코에 한 번 가봤고, 파벨라의 상태가 어떤지는 굳이 말씀드리지 않겠습니다. 부인도 돌아오시면 그곳에 대해 별로 말씀하시고 싶지 않을 겁니다.」

　헤이워드 씨가 멍하면서도 강렬한 눈길로 엄마를 보면서 글씨가 타이핑된 종이를 건넸다. 「이게 주소입니다만 그곳에 도착하면 〈주소〉라는 게 의미가 없다는 걸 알게 되실 겁니다. 그냥 〈동네〉라고 말하는 게 더 맞을 거예요.」

　샤론은 헐렁한 베이지색 베레모를 쓰고서 그것을 바라보았다.

　「전화는 없습니다.」 헤이워드 씨가 말했다. 「전화는 별로 필요도 없습니다. 차라리 조명탄을 쏘는 게 낫지요. 찾기는 어렵지 않을 테니 부인의 감을 믿으십시오.」

그들은 서로를 바라보았다.

「그리고 또 말씀드려야 할 것은 ―」 헤이워드 씨가 고통스런 미소를 짓고 말했다. 「로저스 부인이 지금 어떤 이름으로 살고 있는지 확실하지 않다는 겁니다. 결혼 전 성은 산체스였습니다만, 그건 미국의 〈존스〉나 〈스미스〉만큼 흔한 성이죠. 결혼 후에는 로저스였지만 그건 아마 여권에만 남아 있을 겁니다. 지금 로저스 부인과 사실혼 관계인 남자의 이름은 ―」 그는 다른 종이를 내려다본 뒤 엄마를 보고 또 나를 보았다. 「피에트로 토마시노 알바레스입니다.」

그는 샤론에게 그 종이를 건넸다. 「이걸 가져가세요.」 헤이워드 씨가 말했다. 「도움이 되길 바랍니다. 로저스 부인은 지금 이 모습일 겁니다. 지난주에 찍은 사진이니까요.」

그는 샤론에게 사진을 주었다. 여권보다 약간 더 큰 크기였다.

나는 그 여자를 본 적이 없다. 일어서서 샤론의 어깨 너머로 사진을 보았다. 금발이었다. 푸에르토리코 사람들이 금발인가? 여자는 카메라를 보고 경직된 미소를 짓고 있었지만 눈에는 생기가 돌았다. 눈동자와 눈썹은 검은색이고, 까무잡잡한 어깨는 맨살을 드러내고 있었다.

「나이트클럽에서 찍은 건가요?」 샤론이 묻자 헤이워드 씨가 〈네〉 하고 대답했다. 두 사람은 서로를 보았다. 「거기서 일하나요?」 샤론이 물었다.

「아뇨. 피에트로가 거기서 일합니다.」 헤이워드 씨가 말했다.

나는 엄마의 어깨 너머로 사진을 계속 보았다. 불구대천 원수의 얼굴이었다.

엄마는 사진을 뒤집어서 무릎에 놓았다.

「피에트로라는 남자는 몇 살인가요?」

「스물두 살 정도예요.」 헤이워드 씨가 말했다.

〈하느님이 일어서시네! 질풍 속에! 그분이 모두의 마음을 어지럽히네!〉 하는 노래의 가사처럼 사무실에 침묵이 흘렀다. 엄마가 고개를 숙이고 생각에 잠겼다.

「스물두 살이라.」 엄마가 천천히 말했다.

「네. 하지만 세부 정보는 알려진 것과 전혀 다를 수도 있습니다.」 헤이워드 씨가 말했다.

「제가 정확히 뭘 해야 하나요?」 샤론이 물었다.

「저를 도와주시는 거죠.」 헤이워드 씨가 대답했다.

「그러면 —」샤론이 가방을 열고 지갑을 꺼내서 이름이 적힌 쪽지를 넣은 뒤 지갑을 다시 가방 깊숙이 넣고 닫았다. 「내일 떠날게요. 떠나기 전에 전화를 드리거나 다른 사람에게 연락드리도록 시킬게요. 제가 어디에 있는지 아실 수 있도록요.」

엄마와 헤이워드 씨가 일어섰고, 우리는 문 앞으로 갔다.

「포니 사진이 있으신가요?」그가 물었다.

「저한테 있어요.」내가 말했다.

나는 가방을 열고 지갑을 꺼냈다. 사진이 두 장 있었다. 하나는 나와 포니가 뱅크 스트리트의 집 난간에 기대고 선 것이었다. 그는 셔츠 단추를 배꼽 부분까지 연 채 내게 팔을 둘렀고, 우리는 웃고 있었다. 또 다른 사진은 포니 혼자 집 안에서 축음기 앞에 앉아 있는, 무겁지만 평화로운 모습이었다. 그것은 내가 가장 좋아하는 사진이었다.

엄마가 사진을 받아서 헤이워드 씨에게 건넸고, 그가 잠시 살펴본 뒤 엄마에게 돌려주었다.

「이게 다니?」엄마가 물었다.

「네.」

엄마는 포니의 독사진만 돌려주고, 포니와 내가 같이 찍은 사진은 지갑에 넣었다. 그리고 지갑을 가방에 넣으면서 말했다. 「이거면 될 거야. 내 딸이 함께 찍혔고, 내 딸은 강간당하지 않았으니까.」 엄마는 헤이워드 씨와 악수했다. 「잘되게 빌어 주세요. 이 늙은 아줌마가 좋은 소식을 가져오기를요.」

엄마가 문을 향해 돌아설 때 헤이워드 씨가 엄마를 불러 세웠다.

「부인께서 푸에르토리코로 가신다는 이야기를 듣고 몇 주 동안 겪던 우울이 많이 가셨습니다. 또 하나 말씀 드릴 것은 검찰이 헌트 가와 계속 연락을 한다는 거예요. 그러니까 그 집 세 모녀하고요. 그분들은 포니가 어릴 때부터 형편없는 아이였다고 말하는 것 같습니다.」

헤이워드 씨가 말을 멈추고 우리를 차분히 바라보았다.

「만약 검찰 쪽에서 점잖은 흑인 여성 세 분을 증언대에 세워서 그들의 아들이자 동생이 어려서부터 위험한 반사회적인 인물이었다고 증언한다면 우리에게는 큰 타격이 될 겁니다.」

그는 말을 멈추고 창을 향해 돌아섰다.

「하지만 갈릴레오 산티니는 멍청한 사람이 아니에요. 그들을 증인으로 부르지 않는 게 훨씬 더 효과적일 겁니다. 그 사람들 말은 반대 심문할 수 없으니까요. 산티니는 그저 배심원들에게 이 신앙심 깊은 여성들이 수치와 슬픔에 빠져 있다는 것만 보여 주면 됩니다. 아버지는 술꾼이고 아들에게 나쁜 모범을 보인 장본인이라고 폄하하면 그만이죠. 특히 그분이 산티니의 머리를 날리겠다고 공개적으로 협박까지 했으니까요.」

그는 다시 돌아서서 우리를 가만히 바라보았다.

「제가 부인과 리버스 씨를 증인으로 부를 것 같습니다. 지금 우리가 처한 상황은 이렇습니다.」

「모르는 것보다는 아는 게 언제나 낫죠.」 샤론이 말했다.

헤이워드 씨가 샤론의 어깨를 살짝 잡았다. 「그러니 좋은 소식을 가져오시기 바랍니다.」

나는 속으로 그 집 누나들과 어머니는 내가 해결해야겠다고 생각했다. 하지만 겉으로는 「고맙습니다, 헤이워드 씨. 안녕히 계세요」 하고만 말했다.

샤론이 말했다. 「네, 알겠어요. 안녕히 계세요.」 우리는 복도를 지나 엘리베이터로 갔다.

나는 아기를 임신한 날이 언제인지 안다. 그날은 우리가 마침내 다락방을 구한 날이었다. 레비라는 이름의 집주인은 괜찮은 사람이었다. 까무잡잡한 피부와 곱슬머리의 명랑한 얼굴이었고, 브롱크스 출신에 나이는 서른셋 정도로 보였다. 그의 눈은 크고 강렬했고, 우리를 마음에 들어했다. 그는 서로 사랑하는 사람들을 좋아했다. 다락방은 커낼 스트리트 근처였고, 상태도 아주 좋고 넓었다. 거리 쪽으로 큰 창문 두 개가 났고, 뒤쪽 창문 두 개는 난간을 두른 옥상으로 이어졌다. 포니가 작업할 방도 있었고, 창문을 다 열면 여름에 열사병으로 죽을 일은 없어 보였다. 우리는 옥상이 너무나 마음에 들었다. 거기서 식사도 할 수 있고, 술도 마실 수 있고, 원한다면 저녁나절에 서로를 끌어안고 앉아 있을 수도 있었다. 레비가 말했다. 「이불을 가지고 올라가서 자도 돼요.」 그러더니 포니를 보고 웃었다. 「거기서 아기를 만들어요. 내가 그렇게 태어났거든요.」 레비에 대한 가장 뚜렷한 기억은 그가 우리 둘 누구도 어색하게 만들지 않았다는 것이다. 우리는 모두 웃었고 그가 말했다. 「두 사람은 아주 예쁜 아기들을 낳겠는걸. 내 말 믿어요. 세상이 그 아기들을 기다리고 있어요.」

그는 보증금으로 한 달치 집세만을 요구했고, 나는 일주일쯤 뒤에 그에게 돈을 건넸다. 그리고 포니가 곤경에 빠지자 그는 아주 이상하고도 아름다운 일을 했다. 나에게 전화해서 원한다면 언제라도 돈을 다시 가져가라고 한 것이다. 그러면서 방을 다른 사람에게 주지 않겠다고 했다. 「그럴 수 없어요. 망할 놈들 같으니. 다락방은 남자 친구가 감옥에서 나올 때까지 비워 둘 겁니다. 거짓말 아니에요.」 그리고 자기 전화번호를 주면서 도움이 필요하면 언제라도 연락하라고 했다. 「난 두 사람이 여기서 아기를 낳았으면 좋겠어요. 내가 그런 웃기는 고집이 있어요.」

레비는 우리에게 약간 복잡한 자물쇠와 열쇠를 보여 주며 설명했다. 우리 다락방은 3층인가 4층을 올라간 꼭대기 층이었다. 계단은 가팔랐다. 자물쇠가 이중이라서 열쇠를 여러 개 써야 했다. 그리고 계단 꼭대기에 문이 있어서 건물의 다른 층들과 차단되었다.

「불이 나면 어떻게 하나요?」 포니가 물었다.

「아, 잊었네.」 레비가 말하고 문을 다시 열었고, 우리는 다락방으로 돌아갔다. 그는 우리를 옥상으로 데리고 가서 난간이 설치된 가장자리로 갔다. 옥상 오른쪽 끝의 난간이 열리면서 철 계단이 나왔다. 그 계단은 안뜰로 이어졌다. 안뜰은 사방이 벽으로 막혀 있어서 여기로 내려오면 뭘 할 수 있을지 의아하기는 했다. 약간 함정 같았다. 어쨌거나 적어도 불타는 건물에서 뛰어내릴 필요는 없었다. 땅에 닿으면 화염 속에 무너지는 벽에 깔리지 않기만을 바라야 했다.

「네, 알겠어요.」 포니가 말하며 내 팔꿈치를 가볍게 잡고 다시 옥상으로 돌아왔다. 우리는 의식을 치르듯 문을 여러 개 잠그고 다시 내려왔다. 레비가 말했다. 「이웃은 신경 안 써도 돼요. 대여섯 시 이후에는 아무도 없을 테니까. 이 지역에는 모두 쓰러져 가는 영세한 공장뿐이에요.」

거리로 나오자 그는 건물 현관을 잠그고 여는 법을 일러 주었다.

「알겠어요?」 그가 포니에게 물었다.

「네, 알겠어요.」 포니가 말했다.

「내가 밀크셰이크를 한 잔 사주지.」

우리는 모퉁이 상점에서 밀크셰이크 세 잔을 사 같이 마셨고, 레비는 악수를 한 뒤 떠났다. 집에 가면 아내와 아이들 — 한 살과 세 살 반이 된 아들들 — 이 있다고

했다. 그는 떠나기 전에 말했다. 「이웃은 걱정할 거 없
지만 경찰은 조심해야 돼요. 그놈들은 아주 악독해요.」

인생의 안타까운 수수께끼 중 하나는 경고의 의미를
나중에야 깨닫는다는 것이다. 그때는 이미 늦는다.

레비는 떠났고 나는 포니와 손을 잡고 밝고 넓고 붐비
는 거리를 지나 그리니치빌리지의 집으로 돌아갔다. 우
리는 쉬지 않고 이야기를 하며 웃고 또 웃었다. 휴스턴
스트리트를 건너고 6번 애비뉴 ― 아메리카 애비뉴! ―
를 걸었지만, 거기 나부끼는 온갖 깃발은 우리 눈에 보
이지 않았다. 나는 블리커 스트리트의 가게 한 곳에서
토마토를 사고 싶었다. 우리는 아메리카 애비뉴를 건너
서 서쪽 방향으로 블리커 스트리트를 따라 걸어갔다. 포
니는 내 허리에 손을 얹고 있었다. 우리는 채소 가게 앞
에 섰다. 나는 물건을 살펴보았다.

포니는 장보기를 싫어했다. 그는 〈잠깐 담배 좀 사올
게〉 하고 길모퉁이를 돌아 사라졌다.

나는 토마토를 고르며 약간 콧노래도 흥얼거렸다. 그
런 뒤 고개를 들고 저울이 어디 있는지, 또 토마토의 무
게를 달고 가격을 알려 줄 직원은 없는지 찾아보았다.

내가 별로 똑똑하지 않다는 포니의 말은 맞았다. 엉

덩이에 누군가의 손이 닿았을 때 포니일 거라고 생각했다. 하지만 포니는 사람들 앞에서 그런 짓을 하지 않는다는 걸 퍼뜩 깨달았다.

양손에 토마토 여섯 개를 든 채 뒤를 돌아보니 체구가 작고 지저분한 이탈리아 출신 어린 건달이 서 있었다.

「나는 토마토를 좋아하는 여자가 좋더라.」 그가 말하고 입술을 핥으며 씩 웃었다.

두 가지 생각이 동시에 들었다. 아니, 세 가지였다. 이 거리는 번잡하다는 것, 포니가 곧 돌아온다는 것, 이 녀석 얼굴에 토마토를 던지고 싶다는 것. 하지만 아무도 우리에게 신경 쓰지 않았고, 포니가 싸움에 휘말리는 것은 싫었다. 그리고 저쪽에서 백인 경찰이 천천히 걸어오고 있었다.

나는 내가 흑인이고 거리에는 백인이 가득하다는 걸 깨닫고는 토마토를 든 채 돌아서서 가게로 들어갔다. 그리고 저울에 토마토를 올려놓고, 그것을 달아 줄 사람을 찾았다. 포니가 모퉁이를 돌아서 오기 전에 돈을 내고 이 가게를 나가고 싶었다. 경찰은 이제 길 건너편에 있었고, 놈은 나를 따라 가게 안까지 들어왔다.

「토마토 아가씨. 내가 토마토를 좋아한다니까.」

이제 사람들이 쳐다보기 시작했다. 나는 어떻게 해야 할지 몰랐다. 할 수 있는 건 포니가 돌아오기 전에 그곳을 나서는 것뿐이었다. 내가 움직이려고 하자 놈이 내 앞을 가로막았다. 나는 도와줄 사람을 찾아 주위을 둘러보았다. 사람들은 나를 보았지만 아무도 움직이지 않았다. 나는 어쩔 수 없이 경찰을 부르기로 했다. 내가 움직이자 놈이 내 팔을 잡았다. 정말로 맛이 간 약쟁이 같았다. 그가 내 팔을 잡자 나는 놈의 따귀를 때리고 얼굴에 침을 뱉었다. 그때 포니가 가게에 들어왔다.

포니는 놈의 머리채를 잡고 바닥에 때려눕혔다. 그런 뒤 다시 일으켜 세워서 낭심을 걷어차고 바깥으로 끌고 나가서 다시 한번 때려눕혔다. 나는 소리를 지르며 힘을 다해 포니에게 매달렸다. 건너편 모퉁이에 있던 경찰이 길을 건너서 뛰어왔기 때문이다. 백인 남자는 피를 흘리며 배수구에 뻗어서 구역질을 하고 있었다. 나는 경찰이 포니를 죽일 거라 믿었다. 하지만 내가 포니 앞을 가로막으면 그렇게 할 수 없을 것 같았다. 그래서 온 힘을 다해서, 사랑과 기도를 다해서, 포니가 나를 바닥에 쓰러뜨리지는 않을 거라는 믿음으로 포니 앞에 나서서 뒤통수를 그의 가슴에 대고, 두 손으로 그의 양쪽 손목을 잡은 채 경찰을 올려다보며 말했다. 「저 남자가 나를 추행했어요. 이 가게 안에서 방금 전에요. 모두가 봤어요.」

아무도 말을 하지 않았다.

경찰이 사람들을 보았다. 그러더니 다시 나와 포니를 번갈아 보았다. 나는 포니의 얼굴은 볼 수 없었다. 하지만 경찰의 얼굴은 보였고, 내가 움직이면 안 된다는 것, 가능하다면 포니도 못 움직이게 해야 한다는 걸 알았다.

「그러면 당신은 ─」 경찰이 포니에게 느릿느릿 물었다. 그의 눈이 아까 그놈과 똑같은 방식으로 나를 훑었다. 「저 젊은이하고 여자 친구 사이에 일이 벌어지는 동안 어디에 있었지?」 그리고 다시 한번 나를 훑었다.

「담배를 사러 갔었어요. 모퉁이 저편에 있는 가게로요.」 내가 말했다. 나는 포니가 입을 여는 것을 원하지 않았다.

나는 포니가 나중에 용서해 주길 바랐다.

「그런 거야, 친구?」

내가 말했다. 「반말하지 마세요, 경관님.」

경찰이 나를 보았다. 처음으로 제대로 보았다. 그리고 포니도 처음으로 제대로 보았다.

그러는 동안 사람들이 쓰러진 남자를 일으켜 세웠다.

「근처에 사나요?」 경찰이 포니에게 물었다.

나는 계속 포니의 가슴팍에 뒤통수를 대고 있었지만, 그는 내 손에서 손목을 풀었다.

「네, 뱅크 스트리트에 삽니다.」 포니가 말하고 경찰에게 주소를 일러 주었다.

나는 곧 포니가 나를 밀어 낼 것임을 알았다.

「폭행죄로 체포하겠습니다.」

그때 가게 주인인 이탈리아 여자가 끼어들지 않았다면 무슨 일이 벌어졌을지 모른다. 주인 여자가 말했다. 「말도 안 돼요. 나는 이 두 사람을 모두 알아요. 우리 가게에 자주 오는 사람들이에요. 이 아가씨 말이 전부 맞아요. 두 사람이 가게에 왔고, 아가씨가 토마토를 고르는 사이에 남자 친구가 금방 오겠다며 떠났어요. 그런데 내가 바빠서 아가씨한테 바로 가지 못했지. 그래서 아가씨가 토마토를 저울 위에 놓고 기다리는데, 저 한심한 종자가 아가씨한테 달려들었어. 그리고 바로 응징당했지. 경관님, 어떤 남자가 아내를 추행하면 경관님

210

은 어떻게 할 건가요? 뭐, 아내가 있다면 말이지만.」 그 말에 사람들이 키득거렸고, 경찰은 얼굴을 붉혔다. 「내 말은 다 사실이에요. 내가 증인이고, 필요하다면 증언도 할 수 있어요.」

그녀와 경찰은 서로를 노려보았다.

「장사하는 분이 특이하군요.」 그가 말하고 아랫입술을 핥았다.

「내 장사는 내 마음대로 해요.」 그녀가 말했다. 「나는 경관님이 이 동네에 오기 전부터 여기서 장사를 했고, 당신이 떠난 뒤에도 여기서 장사를 할 거예요. 저기.」 그녀는 인도 가장자리에 걸터앉은 추행범을 가리켰다. 친구 몇 명이 주변에 서 있었다. 「저 한심한 종자는 벨뷰 병원이나 리커스섬[9]에 보내 버려요. 아니면 강물에 처넣든지. 누구 인생에도 도움이 안 되는 놈이야. 그리고 날 겁줄 생각은 하지도 말아요! 바스타![10]」

나는 그때 처음으로 벨의 눈동자가 파란색이고 모자 밖으로 비어져 나온 머리가 붉은색인 것을 알아보았다.

그는 나를 다시 보고, 이어 포니를 보았다.

9 벨뷰 병원은 죄수 병동이 있는 병원, 리커스섬은 대형 구치소가 있는 섬으로 둘 다 뉴욕시에 있다.

10 *basta*. 이탈리아어로 〈이제 그만〉이라는 뜻.

그러고는 다시 입술을 핥았다.

이탈리아 여자가 가게로 들어가서 저울에 놓인 토마토를 봉투에 넣었다.

「나중에 봅시다.」벨이 포니를 노려보며 말했다.

「글쎄요. 그럴 수도 있고, 안 그럴 수도 있죠.」포니가 말했다.

「사람들이, 아니, 내가 먼저 보면 경찰을 막아 줄게.」 이탈리아 여자가 가게에서 나오면서 말했다. 여자는 나를 돌려세우고 내 손에 토마토 봉투를 쥐어 준 뒤 나와 벨 사이에 섰다. 그리고 내 눈을 들여다보며 말했다. 「남자 잘 골랐어. 집에 데리고 가. 병든 돼지들하고 마주치지 않게.」내가 그녀를 바라보자 그녀가 내 얼굴을 만지며 말했다. 「나는 미국에 온 지 오래됐어. 하지만 여기서 죽고 싶지는 않아.」

그녀가 가게로 돌아갔다. 포니가 내 손에서 토마토를 받아 들어 팔뚝에 걸었다. 다른 팔은 나와 팔짱을 끼고 내 손을 잡았다. 우리는 천천히 집으로 걸어갔다.

「티시.」포니의 목소리는 조용하지만 무시무시했다.

나는 그가 뭐라고 말할지 알 것 같았다.

「응?」

212

「다시는 나를 보호하려고 하지 마. 그러지 마.」

나는 쓸데없는 말이라는 걸 알았지만 이야기했다. 「하지만 너도 나를 보호하려고 했잖아.」

「그건 똑같지 않아, 티시.」 여전히 조용하지만 무시무시한 목소리로 말했다.

그러더니 그가 갑자기 토마토 봉투를 근처의 벽에 냅다 던졌다. 벽이 거뭇거뭇한 데다 아무것도 없던 것이 다행이었다. 토마토가 철퍼덕할 뿐 요란한 소리를 내지 않은 것도 다행이었다.

그가 무슨 말을 하는지 알았다. 그가 옳았다. 나는 아무 말도 하지 말아야 했다. 다행히 그는 내 손을 놓지는 않았다. 나는 길바닥을 내려다보았지만 길이 보이지 않았다. 눈물을 보이기 싫었지만 그는 보았다.

포니는 나를 멈추고 몸을 돌려 키스했다. 잠시 몸을 떼고 나를 보다가 다시 키스했다.

「내가 네 사랑을 모를 거라고 생각하지 마. 우리가 해낼 걸 알지?」

이제 차분해졌다. 그의 얼굴에 얼룩진 눈물이 그의 것인지 내 것인지 알 수 없었다. 나는 그의 눈물에 키스했다. 내가 무슨 말인가 하려고 하자 그가 내 입술에 손

213

가락을 대고 가벼운 미소를 지었다.

「쉿, 아무 말도 하지 마. 오늘 외식하자. 그 스페인 레스토랑 알지? 하지만 이번에는 외상으로 해야겠다.」

그와 미소를 주고받고 우리는 다시 걸었다.

「돈이 없어.」 포니가 레스토랑에 들어가면서 페드로시토에게 말했다. 「하지만 배가 고파. 이틀 후에는 돈이 생길 거야.」

「이틀이라고.」 페드로시티가 왈칵 성을 냈다. 「사람들은 늘 그렇게 말하지! 그리고 ─」 그는 믿을 수 없다는 듯 손으로 이마를 쳤다. 「안에 들어와서 먹고 싶은 것 같은데!」

「응, 그렇게 해주면 고맙지.」 포니가 웃으면서 말했다.

「테이블에서겠지?」 그는 정말로 믿을 수 없다는 듯 포니를 보았다.

「아, 그게…… 그래…… 테이블이 좋겠네.」

페드로시토가 〈아!〉 하더니 〈안녕, 세뇨리타〉라고 인사하며 미소를 지어 보인 뒤 포니에게 말했다. 「이걸 허락하는 건 여자 친구 때문이야. 네가 제대로 못 먹이는 게 분명하니까.」 그는 우리를 테이블로 데리고 갔다.

「두 사람은 아마 마르게리타를 주문하겠지?」 그가 인상을 썼다.

「또 맞혔군.」 포니가 말하고 페드로시토와 함께 웃었다. 그런 뒤 페드로시토는 사라졌다.

포니가 내 손을 잡았다.

「안녕?」 그가 말했다.

내가 말했다. 「안녕?」

「내 말에 기분 나빠하지 않았으면 좋겠어. 너는 강한 여자고, 네가 아니었으면 나는 지금쯤 그 지하실에서 자살했을지도 몰라.」

그가 말을 멈추고 담뱃불을 붙였고, 나는 그를 바라보았다.

「그러니까 네가 잘못했다는 게 아니야. 너한테는 그 방법밖에 없었을 거야. 하지만 내가 왜 그런 말을 했는지 생각해 봐.」

그는 다시 내 손을 잡았다.

「우리는 돼지들과 살인자들의 나라에 살고 있어. 네가 내 눈앞을 벗어나면 나는 늘 걱정돼. 조금 전 일은 어쩌면 내 탓인지도 몰라. 너를 그 가게에 혼자 두었던 건 잘못이야. 하지만 다락방을 구해서 기쁜 나머지 마음이

풀려서 —」

「포니, 나는 그 가게에 백번도 더 갔지만 그런 일은 여태 한 번도 없었어. 나도 너를, 우리를 돌봐야 돼. 네가 24시간 나를 따라다닐 수는 없어. 그게 어떻게 네 잘못이야? 그냥 어쩌다 맛이 간 약쟁이한테 걸렸을 뿐이야.」

「맛이 간 백인 미국인이지.」 포니가 말했다.

「어쨌거나 네 잘못은 아니야.」 내가 말했다.

그는 미소 지었다.

「놈들이 농간을 피운 거야. 힘든 일이지만, 놈들이 나를 곤경에 빠뜨려서 우리를 헤어지게 할 수 있다는 걸 잊지 마. 아니면 네가 나를 보호하려고 나서게 만들어서 우리를 헤어지게 할 수도 있어. 무슨 뜻인지 알아?」

「그래, 알아. 그게 사실인걸.」 내가 마침내 말했다.

페드로시토가 마르게리타를 가지고 돌아왔다.

「오늘 밤에는 특별한 게 있어.」 페드로시토가 말했다. 「진짜 스페인식이야. 프랑코를 지지하는 손님들에게 시험해 볼 생각이야.」 그리고 궁금한 눈길로 포니를 보았다. 「너희 둘은 그 조건에 맞지 않는 것 같으니까 너희 것에서는 비소를 빼겠어. 비소를 빼면 향미가 덜하지만, 그래도 훌륭해. 마음에 들 거야. 설마 내가 너희를 독살하겠어? 엄청난 외상을 갚기 전에 독살하는 건 바보짓이지. 그러면 우리는 금세 파산할 거야.」 그가 내게 고개를 돌렸다. 「내 말 믿어요, 세뇨리타? 어쨌건 사랑으로 만들어다 줄게요.」

「적당히 해, 피트.」 포니가 말했다.

「아, 정신세계가 쓰레기인 너한테 이렇게 아름다운 여자는 어울리지 않는데 말이야.」 그러고는 다시 사라졌다.

「그 경찰 말이야.」 포니가 말했다.

「그 경찰이 왜?」 나는 문득 이유도 모른 채 두려워져 돌멩이처럼 입을 다물었다.

「그자는 어떻게든 나를 잡아넣으려 할 거야.」 포니가 말했다.

「무슨 수로? 잘못한 게 없잖아. 가게 주인 아줌마가 증언도 해줄 수 있다고 했어.」

「그래서 잡아넣으려고 할 거야.」 포니가 말했다. 「백인 남자들은 백인 여자한테서 〈나쁜 놈들아, 흑인 말이 맞으니까 썩 꺼져〉 같은 말을 들으면 참지 못해.」 그가 웃었다. 「그 주인 아줌마가 그렇게 말했잖아. 수많은 사람 앞에서 꼼짝 못하고 당했지. 그래서 그 일을 잊지 않을 거야.」

「하지만 이제 우리는 곧 다운타운으로 이사해. 우리 다락방으로.」 내가 말했다.

「그건 맞아.」 그가 말하고 다시 미소 지었다. 페드로시토가 우리의 특별식을 가지고 왔다.

두 사람이 서로를 사랑하면, 정말로 사랑하면, 둘 사이의 모든 일이 성례 같은 분위기를 띤다. 때로 연인은 외부의 힘에 못 이겨 멀리 떨어지는 것처럼 보이는데, 나는 그럴 때, 그러니까 〈애인이 떠났을 때〉보다 더 큰 고통, 그보다 더 격렬한 공허를 알지 못한다. 하지만 오늘 밤, 우리의 맹세가 이렇게 알 수 없는 이유로 위협받자 우리는 이 사실을 바라보며 — 바라보는 각도는 서로 달랐지만 — 어느 때보다 더 깊이 하나가 되었다. 「서로를 잘 챙겨 줘라. 이게 얼마나 중요한 말인지 알게 될 거다.」 조지프는 그렇게 말했다.

저녁 식사를 마치고 커피 마시는 순서까지 끝나자 페드로시토는 우리에게 브랜디를 주고 갔다. 레스토랑은 거의 비어 있었다. 포니와 나는 브랜디를 홀짝이며 이야기를 조금 했다. 손을 잡고, 서로에게 귀를 기울였다.

브랜디를 다 마시자 포니가 말했다. 「이제 갈까?」

「그래.」내가 말했다. 그와 단둘이, 그의 품에 있고 싶었다.

그가 외상 전표에 서명했다. 그가 거기서 서명한 마지막 전표였다. 그들은 내가 그 돈을 지불하게 허락하지 않았다. 전표를 잃어 버렸다고만 했다.

우리는 인사를 하고 나와서 서로에게 안긴 채 집으로 갔다.

길 건너편에 순찰차가 서 있었다. 그 차는 포니가 지하실 현관을 열고 들어가 우리 집 문을 열 때 떠났다. 포니는 웃기만 하고 아무 말도 하지 않았다. 나도 말하지 않았다.

아기는 그날 밤에 생겼다. 나는 안다. 포니가 나를 만진 방식, 나를 안은 방식, 내 안에 들어온 방식으로 알 수 있다. 내 몸이 그토록 열린 것은 처음이었다. 그가 내게서 나가려고 할 때 나는 그것을 허락하지 않고 그를 힘껏 붙든 채 울고 신음하며 그와 함께 떨고, 생명, 그의 생명이 내게 밀려오는 것, 그것을 내게 위탁하는 것을 느꼈다.

그런 뒤 우리는 조용히 있었다. 둘 다 움직이지 않았

다. 움직일 수가 없었다. 우리는 서로 너무 밀착해서 한 몸이나 마찬가지였다. 포니가 나를 쓰다듬고 내 이름을 부른 다음 잠이 들었다. 말할 수 없이 뿌듯했다. 나의 강을 건넜다는 느낌이었다. 이제 우리는 하나였다.

샤론은 저녁 비행기로 푸에르토리코에 갔다. 엄마는 자신이 쓸 수 있는 돈의 액수를 정확히 알았으므로 시간을 낭비하지 않고 빨리 움직였다. 시간은 가혹한 적이었다.

엄마는 수백 명의 탑승객과 함께 비행기에서 내려 검푸른 하늘 밑을 걸었다. 별들이 낮게 걸린 모습, 공기가 피부를 간질이는 느낌이 오랫동안 가보지 못한 버밍엄을 상기시켰다.

엄마는 옷 가방 하나만 챙겼으므로 줄 서서 짐을 찾을 필요가 없었다. 헤이워드 씨는 산후안의 작은 호텔을 예약하고 그 주소를 적어 주었다.

그는 택시 잡기가 어려울 수 있다고 주의를 주었다.

하지만 산후안 공항의 엄청난 혼란에 대해서는 주의를 주지 않았다. 엄마는 잠시 가만히 서서 정신을 정돈하려고 했다.

엄마는 녹색 여름 원피스를 입고 챙 넓은 녹색 모자를 썼다. 그리고 어깨에 핸드백을 메고 옷 가방은 손에 든 채 주위를 둘러보았다.

가장 먼저 든 느낌은 사람들이 모두 연결된 것 같다는 것이었다. 생김새 때문도 아니고 언어 때문도 아니었다. 그들이 이야기하는 방식 때문이었다. 피부색은 각양각색이었지만 그것은 적어도 공항에서는 별로 중요해 보이지 않았다. 말은 모두 고함으로 이루어졌다. 그러지 않고는 뜻을 전할 수가 없었고, 모두가 결연히 뜻을 전하고자 했다. 누가 떠나고 누가 도착하는 건지 짐작도 할 수 없었다. 가족 전체가 몇 주일 동안 거기서 생활하는 듯 살림살이를 주변에 쌓아 놓은 사람들도 있었다. 하지만 그렇게 높지는 않았다. 아이들은 공항을 특이한 놀이터로 여기는 것 같았다.

엄마에게 닥친 문제는 현실적이고 중대했다. 그 문제들이 절망적으로 변하게 둘 수 없었기 때문에 엄마는 이제 환상에 의존해야 했다. 환상의 열쇠는 공모였다. 사람들은 자신이 보고 싶은 것만 보고, 그게 여의치 않으면 우리가 보라고 하는 것만 본다. 우리가 누구인지, 어떤 사람인지, 왜 그러는지는 보려고 하지 않는다. 오직 엄마만이 자신이 나의 엄마라는 걸 알았고, 마중 나온 사람 하나 없는 산후안에서 무슨 일을 하려는지 알았다. 하지만 추측이 난무하기 전에 엄마는 자신이 미국에서 왔고, 그런 까닭에 스페인어를 모른다는 것을 밝힐 필요가 있었다.

엄마는 허츠 렌터카 안내 데스크로 가서 젊은 여자 한 명에게 약간 집요한 미소를 보냈다.

「영어를 할 줄 아나요?」 엄마가 여자에게 물었다.

여자는 고개를 들어 그렇다는 사실을 알렸다. 얼굴에 도움을 주겠다는 의지가 가득했다.

엄마가 여자에게 호텔 주소를 건넸다. 여자는 그것을 보고 다시 엄마를 보았다. 엄마는 그 얼굴을 보고 헤이워드가 사려 깊게도 아주 점잖은 호텔을 예약해 주었다는 걸 알았다.

「죄송하지만 저는 스페인어를 못해요. 여기는 갑자기 오게 됐습니다.」 엄마는 거기서 더 설명하지 않았다. 「그리고 운전도 못해요. 운전 기사가 딸린 차를 빌릴 수 있을까요? 그게 안 되면 택시를 잡는 방법이라도 알려 주세요.」 그러고는 답답하다는 몸짓을 해보였다. 「아시겠지만?」

엄마가 미소를 지었고 여자도 미소 지었다. 여자는 쪽지를 다시 보더니 눈을 가늘게 뜨고 공항을 둘러보았다.

「잠시만요, 세뇨라.[11]」 그녀가 말했다.

여자는 수화기를 내려놓은 뒤 데스크 옆의 작은 문을 열고 나가서 어딘가로 사라졌다.

여자는 열여덟 살 정도 되어 보이는 소년을 데리고 금세 돌아왔다. 「이 사람이 택시 운전사예요. 사모님을 목적지까지 모셔다 드릴 거예요.」 그녀가 말하고 주소를 소리 내서 읽은 뒤 쪽지를 다시 엄마에게 돌려주고 미소 지었다. 「즐거운 여행 하시기 바랍니다, 세뇨라. 필요하신 것 있으면 —」 그녀는 엄마에게 명함을 건넸다. 「필요하신 것 있으면 주저 말고 전화 주세요.」

「고맙습니다. 정말로 친절하시군요.」 엄마가 말했다.

「별말씀을요.」 그러더니 여자가 명령조로 말했다. 「하이메, 사모님 가방을 들어 드려.」

하이메는 그 말을 따랐다. 엄마는 여자에게 인사를 하고 하이메를 따라갔다.

엄마는 〈한 가지 문제는 해결했어!〉 하고 생각했지만,

---

11 *Señora*. 결혼한 여성을 부르는 호칭.

다시 겁이 났다.

하지만 빨리 선택해야 했다. 그리고 시내로 가는 길에 하이메와 — 그가 거기 있었기에 — 친해지기로 마음먹었다. 그는 그곳 지리를 알고 운전도 할 줄 알았다. 너무 어렸지만 어쩌면 그게 도움이 될 수도 있었다. 어느 정도 알 만한 나이의 사람은 오히려 피곤할 수도 있었다. 엄마의 계획은 나이트클럽을 찾아가서 용건을 밝히지 않은 채 피에트로를 만나고, 가능하면 빅토리아까지 만나는 것이었다. 하지만 흑인이건 백인이건 여자혼자 나이트클럽에 가는 것은 간단한 일이 아니었다. 게다가 아무리 봐도 그 나이트클럽은 매춘 업소 같았다. 유일한 작전은 순진한 미국인 관광객인 척하는 것이었지만, 엄마는 흑인이고 이곳은 푸에르토리코였다.

오직 엄마만이 자신이 어머니이고, 곧 할머니가 된다는 걸 알았다. 또 엄마만이 자신이 마흔이 넘었다는 것과 여기서 할 일이 있다는 것을 알았다.

호텔에 도착하자 엄마는 하이메에게 팁을 주었다. 그런 뒤 청년이 가방을 들고 호텔에 들어갈 때쯤 문득 시계를 보고 말했다. 「이런, 등록하는 동안 잠깐 기다려주겠어요? 시간이 이렇게 늦은 줄 몰랐네. 약속이 있어서요. 금방 내려올게요. 가방은 저 사람이 들어다 줄 거예요. 괜찮죠?」

하이메는 진흙색 얼굴의 소년으로, 눈은 반짝이고 미소는 부루퉁했다. 그는 이 이상한 미국 여자에게 흥미를 느꼈다. 자신의 모진 경험으로써 이 여자가 곤경에 처했고, 비밀을 가졌지만 자신에게 폭력을 가하지 않을 것을 알았기 때문이다. 이 여자는 무슨 일 때문에 자신과 택시가 필요했다. 하지만 그 일은 상관할 바가 아니었다. 그는 자신이 그런 걸 안다는 것도 깨닫지 못했다. 의식적으로 한 생각이 아니었다. 하지만 그녀가 어머니임은 알았다. 그도 어머니가 있었고, 어떤 여자가 어머니인지 아닌지는 보면 알았다. 그리고 역시 깨닫지 못한 채로 자신이 오늘 밤 그녀를 도울 것을 알았다. 그의 예의는 그녀의 곤경만큼이나 확실했다. 하이메는 세뇨라가 원하는 어디라도 모셔다 드리고 원하는 만큼 기다릴 거라고 엄숙하게 말했다.

엄마는 하이메를 약간 속였다. 엄마는 등록을 하고 벨보이와 함께 엘리베이터를 타고 올라가면서 그에게 팁을 주었다. 모자를 써야 할지 말지 결심이 서지 않았다. 그 문제는 사소하면서도 심각했지만 전에는 그걸 진지하게 고민할 필요가 없었다. 문제는 엄마의 얼굴이 제 나이로 보이지 않는다는 것이었다. 엄마는 모자를 벗었다가 다시 썼다. 모자를 쓰면 더 젊어 보일까, 아니면 나이 들어 보일까? 미국에서 엄마가 (몇 살 때건) 제 나이로 보인 것은 모두 엄마의 나이를 알았기 때문이고, 엄마가 자기 역할을 알았기 때문이다. 하지만 이제 20년 만에 처음으로 낯선 도시의 나이트클럽에 혼자 들어가야 했다. 엄마는 모자를 썼다가 다시 벗었다. 그러다 공포심이 밀어닥치자 모자를 침대맡 탁자에 떨구고, 옛날에 나를 씻기던 것처럼 찬물로 얼굴을 세차게 문지른 뒤 깃이 높은 흰색 블라우스와 검은 치마를 입었다. 신발은 검은색 하이힐을 신고 머리를 뒤로 빽빽하게 당겨 묶은 뒤, 머리와 어깨에 검은 숄을 둘렀다. 모든 것이 좀 더 나이들어 보이려는 의도였다. 하지만 실제로는 더 어려 보였다. 엄마는 욕을 내뱉었다. 아래에서 택시가 기다리고 있었다. 핸드백을 들고 방을 나서 엘리베이터를 탔고, 빠른 걸음으로 로비를 지나쳐 택시에 올랐다. 하이메의 밝은 눈이 말해 주듯 엄마는 양키 — 아니면 그링고[12] — 관광객 같았다.

12 *gringo*. 중남미 사람들이 미국인을 업신여겨 부르는 말.

나이트클럽은 대형 호텔에 입주해 있었는데, 그 호텔이 들어서기 전까지 그곳은 아주 후미진 곳이었을 것 같았다. 그곳은 너무도 추악하고 시끄럽고 뻔뻔하고 둔감하고 잔혹해서, 그것을 보다 보면 단순한 천박함은 돌이킬 수 없는 은총으로 여길 지경이었다. 엄마는 이제 정말로 두려움에 손을 떨면서 담배에 불을 붙였다.

「사람을 찾아야 돼요. 오래 걸리지 않을 거예요.」엄마가 하이메에게 말했다.

엄마는 몰랐지만, 그 순간 민병대 전체가 와도 하이메를 몰아낼 수는 없었다. 엄마는 이제 하이메의 재산이었다. 그는 이 숙녀가 큰 곤경을 겪고 있다는 걸 알았다. 그것은 평범한 곤경이 아니었다. 이 여자는 정말로 숙녀였기 때문이다.

「네, 세뇨라.」하이메가 미소 띤 얼굴로 말하고 택시에서 내려 문을 열어 주었다.

「고마워요.」엄마가 말하고, 활짝 열린 번쩍거리는 문 앞으로 빠르게 걸어갔다. 도어맨은 보이지 않았다. 하지만 안에 분명히 도어맨이 있을 것이다.

이제 모든 것을 즉흥 연주처럼 해나가야 했다. 한때 가수를 꿈꾸었던 엄마를 지탱하는 것은 여기서 해야 할 일에 대한 확고한 의식뿐이었다.

엄마는 호텔 로비로 가서 열쇠, 등록 데스크, 우편물, 계산원, 지루한 직원들(대개 두드러지게 하얀 백인이었다) 사이를 지나갔다. 누구도 엄마를 돌아보지 않았다. 엄마는 갈 곳을 정확히 아는 사람처럼 걸어갔다. 나이트클럽은 왼쪽 계단을 한 층 내려간 곳에 있었다. 그녀는 왼쪽으로 가서 계단을 내려갔다.

아직 누구도 엄마를 막지 않았다.

「세뇨리타?」

엄마는 피에트로의 사진을 본 적이 없었다. 그녀 앞에 나타난 남자는 침착한 얼굴에 피부색은 어두웠다. 조명이 너무 어두워서 (환경도 너무 낯설었다) 나이가 짐작되지 않았다. 하지만 경계하는 기색은 없었다. 엄마가 미소 지었다.

「안녕하세요. 제가 잘 찾아왔는지 모르겠네요. 여기가 ○○인가요?」 엄마가 나이트클럽의 이름을 더듬더듬 말했다.

「네, 세뇨리타.」

「여기서 누구를 만나기로 했는데, 예약한 비행기가 만석이라서 그전 비행기를 타고 왔어요. 그래서 조금

228

일찍 왔네요. 구석에서 기다려도 될까요?」

「좋습니다. 친구분 이름은요?」 그가 엄마를 데리고 붐비는 방을 지나갔다.

엄마는 머릿속이 하얗게 됐지만 사력을 다해 정신을 붙들었다. 「친구라기보다 일이 있어서 만나는 사람이에요. 이름은 세뇨르 알바레스예요. 저는 리버스 부인이고, 뉴욕에서 왔습니다.」

「네, 알겠습니다.」 그는 엄마를 벽 바로 앞의 테이블에 앉혔다. 「기다리는 동안 마실 것을 드릴까요?」

「네. 고마워요. 스크루드라이버 칵테일로 부탁해요.」

그는—그 사람이 누구건—목례를 하고 떠났다.

〈두 번째 문제 해결!〉 엄마는 생각했다. 이제 마음이 가라앉았다.

나이트클럽이다 보니 음악이 〈라이브〉였다. 엄마는 드러머와 함께했던 시절, 그녀가 가수였던 시절을 떠올렸다. 오랜 세월이 지난 뒤 나에게 분명히 말했듯이 엄마는 그 시절을 후회하지는 않았다. 엄마와 드러머는 헤어졌고, 엄마는 가수의 자질이 부족했고, 그걸로 끝이었다. 하지만 자신과 드러머와 밴드가 꾸었던 꿈을 기억했고, 그것의 근원을 알았다. 내가 「구름 없는 날

Uncloudy Day」을 들으면 엄마의 무릎에 앉아서 그 노래를 처음 들었던 때를 떠올리듯이 엄마는 「주님과 나 My Lord and I」를 들으면 그랬다. *그리하여 주님과 나는 함께 걸으리.* 그 노래는 버밍엄이자 엄마의 부모님이자 부엌과 탄광들이었다. 엄마가 그 노래 자체를 좋아하지는 않았다고 해도, 그 노래에 대해 알았고, 그것은 엄마의 일부였다. 엄마는 무대에 선 어린 밴드가 쏟아내는 노래가 가사를 바꾼 — 가사가 있다면 — 그 노래라는 것을 천천히 깨달았다. 그들은 자신들이 부르는 노래에 대해 전혀 몰랐다. 엄마는 그들이 스스로에 대해서는 알까 하고 생각했다. 엄마가 상당한 시간 동안 혼자 있었던 것은 그때가 처음이었다. 하지만 지금도 엄마가 〈혼자〉인 것은, 예를 들면 〈혼자 장을 보러 갔을 때〉 같은 혼자였다. 장을 볼 때 엄마는 이것저것 보고들으며 이건 좋다, 저건 싫다 말하고 선택해야 했다. 가족들을 먹여야 했기 때문이다. 사랑하는 가족에게 독을 먹일 수는 없었다. 그리고 지금은 들어 본 적 없는 소리를 듣고 있었다. 엄마가 장을 보는 중이라면 이렇게 영양가 없는 것을 사 가지고 가서 가족의 식탁에 올릴 수 없을 것이다. *내 여자와 나!* 영양분이 부족한 록 가수가 전자 오르가슴에 빠져들며 외쳤다. 하지만 애인이나 부모가 있거나 신을 믿는 사람이라면 그렇게 절망적으로 도취된 소리를 낼 수는 없었다. 그렇다. 엄마가 듣는 것은 절망의 소리였다. 절망을 집에 가져가서 가족의 식탁에 놓을 수 없다 해도 그것은 존중해야 했다. 절망은 사람을 괴물로도 만들지만 고귀하게도 만든다. 그리고 여기 이 경기장에는 이 젊은이들이 나와 있었다. 조금 뒤 스크루드라이버가 왔고, 엄마는 고개를 들어 보이지 않는 얼굴에 미소를 보인 뒤 천천히 술을 마셨다. 몸이 뻣뻣해졌다. 젊은이들은 다음 곡으로 넘어가고 있었다. 엄마는 보이지 않는 다른 얼굴을 올려다보았다.

어린 밴드는 요란하게 노래를 시작했다. 「아이 캔트 겟 노 새티스팩션I Can't Get No Satisfaction」이었다.

「리버스 부인이신가요? 절 기다리셨다고요?」

「네. 자리에 앉으세요.」

그가 엄마의 맞은편에 앉았다. 엄마가 그를 바라보았다.

엄마는 나와 포니를 생각하고, 아기를 생각하고, 그토록 어설픈 스스로를 욕하고, 자신의 등 뒤는 벽이고 남자의 등 뒤는 문이라는 것, 자신은 포위당하고 갇혔다는 것을 의식하며 승부를 걸어야 했다.

「피에트로 알바레스라는 분이 여기서 일한다고 들었어요. 피에트로 알바레스 씨 맞나요?」

엄마가 그를 보았지만, 제대로 보일 리 만무했다.

「아마도요. 그 사람은 왜 찾죠?」

엄마는 담배를 피우고 싶었지만 손이 떨릴 것 같았다. 엄마는 두 손으로 스크루드라이버를 들고 천천히 마시며, 숄이 얼굴에 그늘을 드리우는 것에 감사했다. 그리고 잠시 가만히 있다가 잔을 내려놓고 담배를 들었다.

「불 좀 빌릴 수 있을까요?」

그가 불을 붙여 주었다. 엄마는 숄을 벗었다.

「내가 만나고 싶은 분은 알바레스 씨가 아니라 빅토리아 로저스 부인이에요. 로저스 부인이 강간범으로 지목해서 지금 뉴욕의 감옥에 갇혀 있는 남자가 내 딸과 결혼을 약속한 사이예요.」

엄마가 그를 보았고, 그도 엄마를 보았다. 엄마의 눈에 천천히 그가 들어오기 시작했다.

「하, 대단한 사윗감이네요.」

「대단한 딸이기도 하지요.」

남자가 실제보다 더 나이 들어 보이기 위해 기른 콧

수염이 꿈틀거렸다. 그는 손으로 숱 많은 검은 머리를 훑었다.

「빅토리아에게는 너무 힘든 일이 많았어요. 더 이상은 건드리지 마세요.」

「한 남자가 자기가 저지르지 않은 일로 죄인이 되었어요. 억울함을 풀어 줘야 하지 않나요?」

「그렇게 믿는 이유가 뭐죠?」

「날 봐요.」

어린 밴드가 공연을 마치고 내려가자 뮤직 박스가 그 자리를 채웠다. 레이 찰스의 「아이 캔트 스톱 러빙 유I Can't Stop Loving You」였다.

「왜 당신을 보라고 하죠?」

웨이터가 왔다.

「음료는 뭘로 할까요, 세뇨르?」 엄마는 담배를 끄고 바로 한 대를 새로 붙여 물었다.

「내가 계산할게. 늘 마시던 걸로. 그리고 부인께도 지금 마시는 거 한 잔 더.」

웨이터가 갔다.

「날 봐요.」

「보고 있습니다.」

「내가 내 딸을 사랑할 것 같나요?」

「솔직히, 딸이 있다는 게 믿기지 않네요.」

「나는 곧 할머니가 돼요.」

「그 딸의?」

「그래요.」

남자는 아주 젊었지만 한편으로는 노숙했다. 하지만 엄마가 예상한 노숙함은 아니었다. 엄마는 부패한 노숙함을 예상했지만, 지금 마주한 것은 슬픈 노숙함이었다. 엄마는 고통을 마주하고 있었다.

「그 남자가 강간범이라면 내가 딸을 결혼시킬 것 같나요?」

「당신은 진실을 모를 수도 있죠.」

「나를 다시 봐요.」

그가 엄마를 다시 보았다. 하지만 그에게는 아무런 변화가 없었다.

「나는 거기 없었어요. 하지만 빅토리아가 그 남자를 지목했어요. 빅토리아는 더러운 꼴을 겪었어요. 나는 빅토리아가 더 이상 그 일로 시달리는 것을 바라지 않아요. 미안합니다, 부인. 부인의 딸이 어떻게 되건 나는 상관없어요.」 그러더니 잠시 말을 멈추었다. 「그런데 딸이 아기를 가졌다고요?」

「그래요.」

「나한테 뭘 원하나요? 우리를 건드리지 말아요. 우리는 그냥 조용히 살고 싶어요.」

엄마는 아무 말도 하지 않았다.

「나는 미국 사람이 아니에요. 당신들은 그 나라에 변호사며 친척들이 잔뜩 있고요. 왜 나를 찾아왔죠? 우라질. 아, 미안해요. 나는 개털이에요. 인디언, 히스패닉, 깜둥이. 그게 나예요. 여기에 내 작은 인생이 있고, 빅토리아가 있어요. 빅토리아를 또 다시 그런 일에 시달리게 할 수는 없어요. 미안합니다. 도와 드릴 수 없네요.」

그가 일어나려고 했다. 그는 엄마 앞에서 울고 싶지 않았다. 하지만 엄마가 그의 손목을 잡자, 그는 한 손을 얼굴에 대고 앉았다.

엄마가 지갑을 꺼냈다.

「피에트로, 이렇게 이름으로 불러도 되겠죠? 나는 당신 엄마뻘이니까요. 내 사위도 당신 또래예요.」

그는 한 손에 얼굴을 기대고 엄마를 바라보았다.

샤론이 그에게 포니와 나의 사진을 건넸다.

「이걸 봐요.」

235

그는 보고 싶지 않지만 보았다.

「당신이 강간했나요?」

그가 엄마를 올려다보았다.

「말해 봐요. 당신이에요?」

침착한 얼굴의 검은 눈동자가 어머니를 똑바로 보자 그의 얼굴이 전기를 띤 듯 팽팽해지면서, 먼 언덕 어둠 속에 불꽃이 피어났다. 그는 그 질문을 들었다.

「맞아요?」

「아뇨.」

「내가 당신에게 고통을 주러 왔다고 생각해요?」

「아뇨.」

「내가 거짓말쟁이 같아요?」

「아뇨.」

「내가 미쳤다고 생각해요? 물론 우리는 모두 조금씩 미쳤지만, 정말로 미친 거 말이에요.」

「아뇨.」

「그러면 이 사진을 집에 가져가서 빅토리아에게 보여 주고, 한번 생각해 보라고 말해 주겠어요? 빅토리아를 품에 안고 말이에요. 나는 여자예요. 나는 빅토리아가 강간당한 걸 알고, 여자들의 일을 알아요. 하지만 알론조가 강간범이 아니라는 것도 알아요. 당신에게 이런 말을 하는 건 당신이 남자들의 일을 알기 때문이에요. 빅토리아를 품에 안아 줘요.」엄마와 그는 서로를 잠시 바라보았다. 「그리고 내일 전화해 줘요.」엄마가 그에게 호텔 이름과 전화번호를 말했고, 그가 받아 적었다. 「그렇게 해줄래요?」

그가 엄마를 보았다. 그의 눈길은 딱딱하고 차가웠다. 그는 전화번호를 보고 사진을 보았다.

그러더니 두 가지를 모두 엄마 앞으로 밀었다.

「아뇨.」그가 말하고 일어나서 자리를 떠났다.

엄마는 그 자리에 앉아서 음악을 들었다. 그리고 댄서들을 보며, 원치 않게 받아 든 두 번째 잔을 억지로 비웠다. 지금 벌어지는 이 일들이 현실이라는 걸 믿을 수 없었다. 하지만 현실이었다. 엄마는 담뱃불을 붙였다. 엄마가 예민하게 의식하는 것은 자신의 피부색만이 아니었다. 입장할 때는 모호했던 자신의 위치가 이제 분명해졌다는 걸 사람들의 시선으로 알 수 있었다. 자신이 그토록 멀리서 찾아온 스물두 살 청년이 자리를 박차고 나갔기 때문이다. 엄마는 울고 싶고, 또 웃고 싶었다. 엄마는 손짓으로 웨이터를 불렀다.

「네.」

「여기 계산 좀 해주세요.」

웨이터는 어리둥절한 얼굴이었다. 「세뇨라. 세뇨르 알바레스가 계산했습니다.」

그의 눈에는 동정도 경멸도 없었다. 그것은 엄마에게 큰 충격이라 곧 눈물이 차올랐다. 엄마는 눈물을 감추려고 고개를 숙이고 숄을 정돈했다. 웨이터가 떠나자, 엄마는 테이블에 5달러를 두고 문 앞으로 갔다. 검은 얼굴의 남자가 침착한 태도로 문을 열어 주었다.

「감사합니다, 세뇨라. 안녕히 가세요. 택시가 기다리고 있습니다. 또 오세요.」

「고마워요.」 엄마가 미소를 짓고 계단을 올라갔다.

로비를 지나 밖으로 나오니 하이메가 택시에 기대 서 있었다. 그는 엄마를 보자 얼굴이 밝아져서는 문을 열어 주었다.

「내일 몇 시에 올까요?」

「9시면 너무 이를까요?」

「아뇨. 저는 늘 6시 전에 일어납니다.」 그가 웃었다.

자동차가 움직였다.

「좋네요.」 엄마가 말했다. 그리고 발을 가볍게 흔들며 앞날을 생각했다.

아기가 발길질을 시작해서 자다가 깼다. 엄마가 푸에르토리코에 가 있는 동안 어네스틴과 조지프가 나를 돌봐주었다. 일을 그만두기가 겁났다. 우리는 돈이 필요했기 때문이다. 그래서 나는 6시 면회를 자주 걸렀다.

일을 그만두면 6시 면회를 거르지 않을 수 있을 것 같았다. 포니에게 그 말을 하자 그는 이해한다고 말했고 실제로도 이해했다. 하지만 그런 이해가 6시의 그에게 도움이 되지는 않았다. 아무리 이해해도 자기 이름이 불리기를, 감방에서 나와 아래층으로 인도되기를 기다리게 됐다. 방문객이 있는 것은, 비록 한 명일지라도 꾸준히 찾아오는 사람이 있다는 것은 바깥의 누군가가 자신을 챙겨 준다는 뜻이었다. 그것으로 밤을 이기고 새하루를 맞을 수 있었다. 아무리 이해해도, 진심으로 이해해도, 스스로에게 말해도, 아무도 오지 않으면 고통스러워진다. 그곳에서 고통은 위험하다.

어느 일요일 아침, 조지프는 내게 그 사실을 분명히 말해 주었다. 그날은 평소보다 입덧이 심했는데, 어네스틴의 여배우에게 급한 일이 생겨서 조지프가 나를 돌

봐야 했다. 나는 내 몸속의 것이 무슨 일을 하는지 몰랐
지만, 그것에게 발이 생긴 것 같았다. 그것은 가끔 며칠
간 조용히 있었다. 잠을 자는 것 같기도 했지만, 그보다
는 아무래도 조용히 탈출을 모의하는 것 같았다. 그러
더니 지금 이 환경이 너무 지루해서 밖에 나가고 싶다
는 듯 몸을 이리저리 돌리며 물을 휘저었다. 이것과 나,
우리는 상당히 고약한 대화를 시작했다. 그것이 발길질
을 하면 나는 달걀을 떨어뜨렸다. 그것이 발길질을 하
면, 커피포트가 테이블 위에서 뒤집혔다. 그것이 발길
질을 하면, 나는 향수 냄새를 못 이기고 입에 소금을 문
채 무거운 유리 카운터를 깨뜨릴 듯 내리눌렀다. 〈제발
참아 줘. 나는 최선을 다하고 있어.〉 그러면 그것은 그
토록 격렬한 반응을 이끌어 낸 것에 기뻐하며 다시 발
길질을 했다. 〈제발, 가만히 있어 줘.〉 그러면 그것은 피
곤해서인지 아니면 교활한 술책인지 잠시 조용해졌다.
그러는 동안 나는 이마가 땀으로 덮이고, 먹은 것을 다
토하고, 네다섯 번을 — 소용없이 — 화장실로 달려갔
다. 하지만 그것은 정말로 교활하고, 살고자 한다. 내가
지하철을 타거나, 붐비는 거리를 걸어갈 때는 움직이지
않기 때문이다. 하지만 그것은 점점 무거워지고, 시시

각각 요구가 커져 갔다. 그것은 나에 대한 권리를 요구했다. 그것이 내 소유인 것이 아니라 — 물론 밤이면 부드러운 발차기로 자신이 내 소유인 것에 불만이 없고, 우리가 서로를 좋아하게 될 수 있다는 메시지를 전하지만 — 내가 그것의 소유라는 것이었다. 그런 뒤 그것이 무하마드 알리처럼 물러가면 나는 로프에 기대 헐떡거렸다.

내 몸은 낯설어지고 이상하게 뒤틀렸다. 내 몸을 보고 싶지 않았다. 내 몸 같지가 않았다. 때로는 밤에 벗어놓은 옷을 아침에 입기도 힘들었다. 하이힐은 더 이상 신을 수 없었다. 그러자 한쪽 눈이 멀어 시야가 왜곡되듯이 균형 감각이 뒤틀렸다. 나는 원래 가슴과 엉덩이가 납작했지만 이제는 커졌다. 시간당 1백 킬로그램씩 살이 찌는 것 같았고, 내 몸속의 그것이 마침내 밖으로 나올 때 내가 어떤 모양이 될지 상상하고 싶지 않았다. 하지만 이제 우리는, 그러니까 이것, 이 생명체와 나는 서로를 알아가기 시작했다. 때로 우리는 사이가 좋았다. 그것은 나에게 할 말이 있고, 나는 듣는 법을 배워야 했다. 그렇지 않으면 그것이 나왔을 때 나는 무슨 말을 해야 할지 모를 것이고, 포니는 그런 나를 용서하지 않을 것이다. 어쨌거나 이 아기를 원한 것은 그보다는 나였다. 우리의 모든 문제를 초월한 차원에서 보면 나는 행복하다. 나는 지금 담배를 거의 피울 수 없다. 그것이 그렇게 만들었다. 대신 코코아와 도넛을 좋아하게 되었고, 입에 맞는 알코올은 브랜디가 유일하다. 그래서 어네스틴이 여배우의 집에서 브랜디 몇 병을 가지고 왔다. 「그 여자는 뭐가 없어졌는지도 모를 거야. 그 사람들이 술 마시는 걸 보면 말이야.」

그 일요일 아침에 조지프는 나에게 코코아를 세 잔째 가져다주고 — 먼저 가져온 두 잔은 발길질에 곧바로 엎어졌다 — 엄격한 얼굴로 테이블 맞은편에 앉았다.

「너 정말 이 아기를 낳고 싶은 거냐?」

그의 눈빛과 목소리가 무시무시했다.

「네.」내가 말했다.

「그리고 포니를 사랑하고?」

「네.」

「그러면 안타깝지만 일을 그만두는 게 좋을 것 같다.」

나는 그를 보았다.

「네가 돈 때문에 걱정하는 건 알아. 하지만 그 걱정은 나한테 맡겨라. 나는 너보다 세상을 더 살았어. 너는 지금 돈을 버는 것도 아니야. 지금 넌 스스로를 힘들게 하고, 포니를 힘들게 할 뿐이야. 계속 그러다가는 아기를 잃고 말 거야. 너는 아기를 잃고, 포니는 삶의 의욕을 잃고, 너는 길을 잃고, 나 역시 그렇게 될 거다. 우리는 모든 걸 잃을 거야.」

그는 창가로 가서 내게 등을 보이고 섰다. 그러더니 다시 나를 돌아보았다. 「심각하게 하는 말이다. 티시.」

내가 말했다. 「알아요.」

조지프가 미소 지었다. 「잘 들어. 우리는 이 세상에서 서로를 챙겨야 돼. 나는 할 수 있지만 너는 못 하는 일들이 있어. 반대로 너는 할 수 있지만 나는 못 하는 일도 있지. 아기를 낳는 것 같은 일. 할 수만 있다면 내가 대신 해줬을 거다. 내가 널 위해서 하지 않을 일은 없으니까. 알지?」 그는 여전히 미소 띤 얼굴로 나를 보았다.

「네, 알아요.」

「그리고 포니를 위해서 나는 못 하는 일들을 너는 할 수 있고?」

「네.」

조지프는 부엌을 천천히 거닐었다. 「젊은 사람들이 이런 말 듣기 싫어하는 거 알아. 나도 젊을 때는 그랬어.

하지만 넌 아직 어려. 브라질의 커피를 다 가져다준대
도 나는 너희 중 누구도 포기할 수 없어. 하지만 너희는
어려. 포니도 아직 어린애야. 그 어린애가 감당하기 힘
든 고초를 겪고 있지. 그리고 그 애한테는 네가 전부야,
티시. 포니한테는 네가 전부야. 나는 어른이고, 다 겪어
봐서 하는 말이야. 알아듣겠니?」

「네.」

그가 내 앞에 앉았다. 「너는 매일 면회를 가야 돼, 티
시. 매일. 네가 포니를 챙겨야 돼. 나머지는 우리가 알아
서 하마. 알겠니?」

「네.」

그는 내 눈물에 입을 맞추었다.

「너는 아기를 무사히 낳아야 돼. 우리는 포니를 석방
시킬 거야. 약속하마. 너도 약속하겠니?」

내가 미소 지으며 말했다. 「네, 약속할게요.」

이튿날 아침, 나는 몸이 안 좋아서 출근할 수 없었다.
어네스틴이 가게에 전화해서 며칠 후에 자신이나 내가
급여 수표를 받으러 가겠다고 말했다.

그 문제는 그렇게 해결되었다. 솔직히 말하면 그 결
정에는 싫은 점도 하나 있었다. 할 일이 없어지는 것이

었다. 하지만 이렇게 되고 보니 내가 직장을 포기하지 못한 것은 내 문제를 회피하기 위해서였다. 이제 나에게 남은 것은 포니와 아기와 나뿐이었다.

조지프의 말이 옳았다. 포니는 몹시 기뻐했다. 나는 헤이워드 씨를 만나지 않는 날이면 하루에 두 번씩 포니를 보러 갔다. 특히 6시 면회는 빼먹지 않았다. 포니는 언제나 내가 올 것을 알았다. 그 일은 이상했고, 나는 이상한 깨달음을 얻었다. 내가 거기 가는 일, 실제적 가치가 별로 없고, 실제적 관점에서 보면 무책임하다고도 할 수 있는 그 일이 내가 하는 어떤 실제적 행위보다 훨씬 더 가치가 컸다. 그는 매일 내 얼굴을 볼 때마다 내가 그를 사랑한다는 것을 알았다. 그것은 사실이었다. 그 사랑은 시간이 지날수록 깊어졌다. 하지만 그게 다가 아니었다. 그는 다른 사람들도 자신을 사랑한다는 것, 자신을 몹시 사랑해서 내가 다른 일을 하지 않고 거기 가게 해주었다는 것도 알았다. 포니는 혼자가 아니었고, 우리는 외롭지 않았다. 내가 허리선이라는 게 없어졌다고 슬퍼해도 그는 기뻐했다. 「아, 티시! 배가 집 두 채만 해졌어! 쌍둥이는 아닐까? 세쌍둥이일 수도 있어. 아, 우리가 역사를 만드는 걸지도 몰라.」

고개를 젖히고, 전화기를 들고, 나를 바라보고, 웃으며.

아기의 성장은 자유를 찾겠다는 그의 결의와 연결되었다. 그래서 나는 배가 집 두 채만 해지건 말건 신경쓰지 않았다. 아기는 나오고 싶어 했다. 포니도 나오고 싶어 했다. 우리는 그것을 해낼 것이다. 조만간.

하이메는 늦지 않았고, 엄마는 9시 반에 파벨라로 갔다. 하이메는 그 집의 대략적인 위치를 알았지만 엄마는 몰랐다. 자기가 아는지 어쩌는지 모른다는 말이다. 엄마가 택시에서 내릴 때도 하이메는 여전히 그것을 생각하고 있었다.

헤이워드 씨는 엄마에게 자신은 그 파벨라에 대해 말할 수 없고, 엄마가 거기 다녀온다 하더라도 그곳에 대해 말하고 싶지 않을 거라는 말로 주의를 주었다. 그곳은 실제로 참담했다. 한쪽에는 파란 하늘과 밝은 태양, 파란 바다가 있었지만, 한쪽에는 쓰레기 더미가 있었다. 그 쓰레기 더미가 파벨라임을 알아차리는 데 약간 시간이 걸렸다. 그 위에 집들이 있었다. 어떤 것들은 똥더미를 피하기 위해서인 듯 장대 위에 지어져 있었다.

어떤 집은 물결 모양의 금속 지붕을 이었다. 어떤 집에는 창문이 있었다. 그리고 모든 집에 아이들이 있었다.

하이메는 엄마 옆을 걸었다. 그녀를 보호하는 것이 자랑스럽지만, 자신이 맡은 일이 불안한 것 같았다. 냄새는 환상적이었다. 하지만 검은 반벌거숭이 아이들은 그들의 산을 기어 올라가서는 반짝이는 눈과 웃음으로 공중을 울리며 바다로 뛰어들었다가 나왔다가 했다. 그들은 세상에 아무 걱정도 없는 것 같았다.

「여기가 맞는 것 같아요.」 하이메가 말했다. 엄마는 아치문을 지나 무너져 가는 안뜰로 들어섰다. 그녀가 바라보는 집은 어느 시점에 어떤 높은 사람의 사저였던 것 같았다. 하지만 이제는 개인 주택이 아니었다. 벽에서는 수 세대에 걸쳐 칠한 페인트가 떨어져 나갔고, 모든 얼룩과 균열을 보여 주는 햇빛은 방 안까지 들어가지 않았다. 그 방들 중 일부는 버틸 수 있는 무게만큼만 덧창이 붙어 있었다. 소음은 초보 악단이 연습하는 것보다 더 시끄러웠고, 음악의 주제는 아이들 소리였다. 그것은 어른들 목소리 속에 특이한 화음을 이루어 발달한 것이었다. 사방에 낮고 검고 네모난 문이 있는 것 같았다.

「여기 같아요.」 하이메가 불안하게 말하며 어느 문을 가리켰다. 「저기 3층이요. 여자가 금발이라고 했죠?」

샤론은 그를 보았다. 그는 걱정스러운 표정이었고, 샤론을 혼자 보내고 싶어 하지 않았다.

엄마는 그의 얼굴에 손을 대고 미소를 지었다. 하이메를 보니 불현듯 포니가 떠오르면서 자신이 여기 온 이유가 다시 떠올랐다.

「걱정 말고 기다려요. 금방 올 테니까.」 엄마가 말했다.

엄마는 목적지를 정확히 아는 것처럼 문 안으로 들어가서 계단을 올랐다. 3층에는 문이 네 개 있었다. 어디에도 이름은 붙어 있지 않았다. 문 하나가 살짝 열려 있어서 엄마는 그 문을 두드리고 살짝 열었다.

「로저스 부인?」

까무잡잡한 얼굴에 검고 큰 눈의 깡마른 여자가 꽃무늬 실내복을 입고 맨발로 걸어 나왔다. 곱슬머리는 갈색 섞인 금발이었다. 광대뼈가 높고, 입은 크지만 입술은 얇았으며, 얼굴은 부드럽고 연약하고 다정했다. 목에서는 금 십자가가 타올랐다.

여자가 말했다. 「세뇨라?」 그리고 자리에 서서 겁에

질린 큰 눈으로 엄마를 바라보았다.

「세뇨라?」

샤론이 말없이 문 앞에서 그녀를 바라보기만 했기 때문이다.

여자는 혀로 입술을 핥고 다시 말했다.

「세뇨라?」

여자는 제 나이로 보이지 않았다. 아직 어린 소녀 같았다. 그러다가 여자가 움직여서 빛이 다른 각도로 떨어지자 엄마는 여자를 알아보았다.

「로저스 부인?」

여자의 눈이 가늘어지고, 입꼬리가 꼬부라졌다.

「아니에요, 세뇨라. 착각하셨네요. 저는 산체스예요.」

그들은 서로를 보았다. 엄마는 아직도 문에 기대어 있었다.

여자는 문을 닫으려는 듯 앞으로 다가왔지만, 엄마를 밀고 싶지는 않은 것 같았다. 샤론을 건드리고 싶지 않은지 앞으로 발을 내디뎠다가 멈추었다. 그러고는 목에 걸린 십자가에 손을 대고 엄마를 보았다. 엄마는 여자의 얼굴을 읽을 수 없었다. 걱정 어린 표정이 하이메와도 비슷해 보였다. 두려움도 있고, 두려운 연민도 감추어져 있었다.

엄마는 자신이 움직일 수 있는지 아직 확신이 없었지만, 그와 상관없이 열린 문에 기댄 지금의 자세를 바꾸지 않는 편이 좋다는 걸 감지했다. 그 자세에는 약간의 이점이 있었다.

「죄송합니다만 저는 할 일이 있어요. 로저스 부인이 누군지도 모르고요. 다른 집에 가보세요.」 여자는 희미한 미소를 짓고는 창문이 열린 쪽을 보았다. 「집이 너무 많아서 오래 찾아보셔야 할 것 같네요.」

여자는 원망 어린 표정으로 엄마를 보았다. 엄마가 몸을 세우자 두 사람은 갑자기 서로 똑바로 응시하면서 붙들게 되었다.

「나한테 당신 사진이 있어요.」 엄마가 말했다.

여자는 말없이 흥미롭다는 표정을 지어 보이려고 했다.

엄마가 사진을 꺼내 들자 여자가 문 앞으로 다가왔다. 반대로 엄마는 안으로 들어갔다.

「세뇨라! 저는 할 일이 있다니까요. 저는 미국의 귀부인이 아니에요.」 그녀가 엄마를 위아래로 훑어보았다. 「저는 미국 귀부인이 아니에요.」

「나도 귀부인이 아니에요. 내 이름은 리버스 부인이에요.」

「저는 산체스 부인이에요. 저한테 뭘 원하시죠? 저는 당신을 모르는데요.」

「당신이 날 모르는 건 알아요. 아마 내 이름을 들어본 적도 없을 거예요.」 엄마가 말하는데, 여자의 표정이 약간 변했다. 여자는 입술을 오므리고 실내복 주머니에서 담배를 꺼내 불을 붙이더니 엄마를 향해 연기를 무례하게 뿜었다. 「담배 한 대 드릴까요, 세뇨라?」 그리고 엄마에게 담뱃갑을 내밀었다.

여자의 눈에 부탁이 있었고, 엄마가 떨리는 손으로 담배를 받아 들자 여자가 불을 붙여 주었다. 여자는 담뱃갑을 실내복 주머니에 다시 넣었다.

「당신이 나를 모르는 건 알아요. 하지만 듣기는 했을 거예요.」

여자는 엄마의 손에 있는 사진을 힐끔 보고 다시 엄마를 보았지만 말은 하지 않았다.

「어젯밤에 피에트로를 만났어요.」

「아! 피에트로한테 받은 사진이에요?」

여자는 비아냥거리려고 했지만, 자신이 실수했음을

깨달았다. 여자는 반항적으로 샤론을 노려보며 말하려는 것 같았다. 〈세상에 피에트로라는 이름은 많아요!〉

「아뇨. 이걸 준 사람은 알론조 헌트, 그러니까 당신이 강간범으로 지목한 남자의 변호사예요.」

「무슨 말씀이신지 모르겠네요.」

「아뇨, 당신은 알아요.」

「나는 누구하고도 원수진 일 없어요. 그만 이 집에서 나가 주세요.」

여자는 떨고 있었고, 눈물을 쏟기 직전이었다. 검은 두 손은 앞에 깍지를 끼고 있었다. 낯선 여자에게 손댈지 몰라 미리 조심하는 듯이.

「내가 여기에 온 건 한 남자를 감옥에서 빼내기 위해서예요. 그 남자는 내 딸하고 결혼을 약속한 사이예요. 그 남자는 당신을 강간하지 않았어요.」

여자는 나와 포니의 사진을 받아 들었다.

「이걸 봐요.」

여자는 다시 고개를 창 쪽으로 돌리더니 정돈되지 않은 침대에 앉아 계속 창밖을 보았다.

샤론이 다가갔다.

「사진을 봐요. 그 여자가 내 딸이에요. 그 옆에 있는 남자가 알론조 헌트예요. 이 남자가 강간범 맞나요?」

여자는 사진도 엄마도 보지 않았다.

「이 남자가 강간범 맞나요?」

「당신은 강간당한 적이 없죠.」여자는 사진을 잠깐 내려다보고, 다시 샤론을 올려다보았다. 「맞는 것 같아요. 내가 기억하는 얼굴은 웃지 않았지만.」

잠시 후 엄마가 말했다. 「앉아도 될까요?」

여자는 말없이 한숨 쉬고 팔짱을 끼고 있기만 했다. 엄마는 여자의 옆에 앉았다.

사방에서 트랜지스터 라디오 2천 개를 켜놓은 것 같은 소리가 났는데, 모두 B. B. 킹 노래였다. 엄마는 무슨 음악이 나오는지 몰랐지만 비트는 알았다. 그것이 그토록 우렁차고 끈질기고 구슬프게 울리는 것은 처음이었다. 그토록 결연하고 위험하게 울리는 것도. 그 비트는 많은 사람의 목소리에서 메아리쳤고, 파벨라의 쓰레기 너머에서 반짝이는 바다가 힘을 더해 주었다.

엄마는 가만히 앉아서 그 소리를 들었다. 그렇게 음악을 들은 것은 처음이었다. 여자의 얼굴이 창문으로 돌아갔다. 엄마는 여자가 무엇을 보고 듣는지 궁금했다. 아마 보는 것도 듣는 것도 없을 것이다. 여자는 가녀린 두 손을 무릎 사이에 떨군 채 완강하고 고요하고 무력하게 앉아 있었다. 덫에 걸렸던 사람처럼.

엄마는 여자의 연약한 등을 보았다. 물기가 말라 가는 여자의 곱슬머리는 뿌리 부분이 짙은 색깔이었다. 음악의 비트가 거세어져서 거의 참기 어려운 지경이 되었고, 엄마는 머릿속이 울려서 정신이 깨질 것 같았다.

그러더니 눈물이 터지려고 했다. 이유는 알 수 없었다. 그래서 침대에서 일어나 음악 소리를 향해 걸어갔다. 아이들이 보이고 바다가 보였다. 멀리 아치문이 보였는데, 엄마가 지나온, 무어인들이 버린 아치문과도 비슷했다. 엄마가 고개를 돌려 여자를 보았다. 여자는 바닥을 내려다보고 있었다.

「여기서 태어났나요?」 엄마가 여자에게 물었다.

「그냥 이렇게만 말씀드릴게요. 당신은 나한테 아무것도 못한다고요. 여기서 나는 혼자가 아니에요. 친구들이 있어요. 그걸 알아 두세요!」

그러고는 분노와 공포와 의심이 담긴 시선으로 엄마를 봤다. 하지만 움직이지는 않았다.

「당신한테 무슨 일을 하려는 게 아니에요. 난 그저 감옥에 있는 남자를 풀어 주고 싶은 것뿐이에요.」

여자는 앉은 채로 몸을 돌려 엄마를 등졌다.

「죄 없는 남자를요.」 샤론이 말했다.

「잘못 찾아왔어요. 저하고 이야기해 봐야 소용없어요. 내가 할 수 있는 일은 없어요!」

엄마는 탐색을 시작했다.

「뉴욕에는 얼마나 있었나요?」

여자는 담배를 창밖으로 던졌다. 「너무 오래 있었죠.」

「아이들은 거기 두고 왔나요?」

「아이들 이야기는 하지 말아요.」

방이 더워졌고, 엄마는 얇은 천 재킷을 벗고 다시 침대에 앉았다.

「나도 엄마예요.」 샤론은 조심스럽게 말했다.

여자가 엄마에게 경멸 어린 눈길을 보내고자 했다. 하지만 여자는 질투와는 친근해도 경멸과는 거리가 멀었다.

「왜 여기로 돌아왔나요?」 엄마가 물었다.

그것은 여자가 예상치 못했던 질문이었다. 사실 엄마가 하려던 질문도 아니었다.

그들은 서로를 보았다. 질문은 불빛이 바다에서 깜박이듯 그들 사이에서 아른거렸다.

「당신도 엄마라고 했죠.」여자가 마침내 그렇게 말하고 일어나서 다시 창가로 갔다.

이번에는 엄마가 여자를 따라갔고 그들은 함께 바다를 내다보았다. 여자의 부루퉁한 응답에 어쩐 일인지 엄마는 마음이 맑아지는 것 같았다. 여자의 응답에서 탄원이 읽혔다. 엄마의 말하는 방식이 달라졌다.

「빅토리아, 세상에서 우리는 때로 끔찍한 일을 겪어요. 또 우리가 끔찍한 일을 하기도 하고요.」엄마는 조심스레 창밖을 내다보며 여자를 살펴보았다. 「나는 당신이 여자가 되기 전에 여자였어요. 하지만.」 그러고는 빅토리아를 향해 서서 그 앙상한 손목과 여윈 손, 팔짱을 낀 두 팔을 가볍게 끌어당겼다. 엄마는 나와 말할 때처럼 하려고 했다. 「거짓말에는 대가가 따라요.」엄마가 빅토리아를 보았고, 빅토리아도 엄마를 보았다. 「당신은 한 번도 본 적 없는 남자를 감옥에 집어넣었어요. 그 남자는 스물두 살이고, 내 딸하고 결혼할 예정이에요. 그리고―」빅토리아의 눈이 다시 엄마와 마주쳤다. 「그는 흑인이에요. 우리처럼.」엄마는 여자를 잡았던 손을 놓고 창으로 눈을 돌렸다.

「그 남자를 봤어요.」

「경찰서에서 봤죠. 그때 처음으로. 처음이자 마지막으로.」

「왜 그렇게 확신하죠?」

「난 그 애를 평생 동안 알았어요.」

「하!」 빅토리아가 엄마에게서 벗어나려고 했다. 낙심한 검은 눈에 눈물이 솟았다. 「얼마나 많은 여자가 그런 말을 했는지 알아요? 사람들은 몰라요. 그런 남자가 나한테 하는 행동을요! 사람들은 몰라요. 당신 같은 양갓집 여자들! 당신들은 그걸 몰라요.」 여자의 얼굴에 눈물이 흘렀다. 「당신이 아는 남자는 착한 아이였겠죠. 또 착한 남자일지 몰라요, 당신들한테는요! 하지만 그 남자가 나한테 무슨 짓을 하는지 당신들은 몰라요!」

「정말 그 남자가 분명한가요?」 엄마가 물었다.

「분명해요. 사람들이 나를 경찰서에 데려가서 거기 있는 사람들 중에 찾아보라고 했고, 내가 그 사람을 찾았어요. 그게 다예요.」

「하지만 그 일이 일어난 곳은 어두웠어요. 알론조 헌트는 밝은 데서 봤고요.」

「복도에 불빛이 있었어요. 볼 만큼은 봤어요.」

엄마는 다시 여자를 잡고 십자가에 손을 댔다.

「빅토리아, 하느님의 이름으로.」

빅토리아는 십자가에 얹힌 손을 내려다보고 비명을 질렀다. 엄마는 그런 소리를 들어 본 적이 없었다. 여자는 엄마를 떨치고 문 앞으로 달려갔다. 문은 열려 있었다. 여자가 소리를 질렀다. 「나가요! 여기서 나가요!」

여기저기서 문이 열리고 사람들이 나타났다. 택시 경적 소리가 들렸다. 「하나, 둘, 하나, 둘, 하나, 둘, 셋, 하나, 둘, 셋!」 빅토리아가 스페인어로 소리쳤다. 복도에 있던 중년 여자 한 명이 와서 빅토리아를 끌어안았다. 빅토리아는 그녀의 품 안으로 쓰러져 울었다. 여자는 엄마에게 눈길도 주지 않고 빅토리아를 데리고 갔다. 다른 사람들은 모여서 엄마를 보았고, 이제 엄마에게 들리는 소리는 하이메가 울리는 택시의 경적 소리뿐이었다.

그들은 엄마를 보고, 엄마의 옷을 보았다. 엄마는 그들에게 할 말이 없었다. 그저 복도로 나가 그들을 향해 갔다. 얇은 여름 재킷을 팔에 걸치고, 핸드백을 들고, 한 손에는 포니와 나의 사진을 든 채로. 엄마는 그들 앞을 천천히 지나고, 천천히 사람으로 가득한 계단을 내려갔다. 층마다 사람들이 있었다. 엄마는 안뜰로 내려와서 거리로 나왔다. 하이메가 택시 문을 열어 주었다. 그녀가 택시에 오르자, 하이메는 문을 닫고 말없이 그곳을 떠났다.

엄마는 저녁에 클럽으로 갔다. 하지만 도어맨은 세뇨르 알바레스는 오늘 이곳에 오지 않을 거라고, 혼자 온 여자에게는 테이블을 줄 수 없다고, 지금 클럽은 만원이라고 말했다.

정신은 먼지가 달라붙는 물체 같다. 물체는 그 사실을 모르고, 정신 역시 그곳에 왜 그런 게 달라붙는지 모른다. 하지만 그런 것은 일단 달라붙으면 떠나지 않는다. 채소 가게 사건을 겪은 뒤로 나는 사방에서 벨을 보았다.

그 당시 나는 벨의 이름을 몰랐다. 그의 이름을 안 것은 직접 물어봐서였다. 하지만 그의 배지 번호는 외우고 있었다.

나는 분명 그날 이전에도 그를 보았겠지만, 그때는 흔히 보는 경찰관 중 하나일 뿐이었다. 그러나 그날 이후, 그는 붉은 머리와 파란 눈의 경관이 되었다. 그는

30대였다. 존 웨인처럼 온 우주를 청소할 듯 느리게 걸었고, 서부 영화의 헛소리를 전부 믿었다. 사악하고 어리석고 유치한 개새끼다. 그가 믿는 영웅들처럼 머리 나쁘고 배는 불룩하고 엉덩이가 무거웠으며, 눈은 조지 워싱턴처럼 무표정했다. 그러나 그 무표정한 눈에 대해 하나둘 알게 되면서 나는 공포에 사로잡혔다. 그 깜박임 없는 눈의 중심부를 가만히 들여다보면 끝 모를 잔인함, 냉혹한 사악함이 보인다. 그 눈 속에 우리가 없다면 운이 좋은 것이다. 그 눈이 우리를 인식하면, 그러니까 우리가 그 눈 안쪽에 살아 있는 혹독한 겨울 속에 들어가면, 우리는 검은 코트를 입고 눈밭을 뛰어가는 것처럼 확실한 표적이 된다. 그 눈은 우리가 풍경을 망가뜨리는 것을 불쾌해한다. 검은 코트는 곧 움직임을 멈추고 그 자리에는 붉은 피가 쏟아지지만, 냉혹한 눈은 그것조차 불쾌하게 여겨 한 번의 깜박임으로 다시 눈을 내려 모든 것을 덮어 버린다. 나는 벨과 길에서 마주칠 때 가끔은 포니와 함께였고, 가끔은 혼자였다. 포니와 있을 때면, 그 눈은 정면의 차가운 햇볕만을 바라보았다. 내가 혼자일 때면 그 눈은 고양이 발톱처럼 나를 할퀴었다. 그 눈은 함락된 피해자의 눈만 들여다보았다.

다른 눈은 들여다보지 못한다. 포니가 혼자 있을 때도 똑같은 일이 일어났다. 벨의 눈은 충족될 수 없는 잔혹한 욕망으로 포니의 검은 몸을 훑었다. 마치 점화한 토치를 포니의 성기에 겨누는 것 같았다. 내가 곁에 있을 때 두 사람이 길에서 마주치면, 포니는 벨을 똑바로 쳐다보았다. 벨도 마찬가지였다. 〈네 인생을 조져 주겠어, 애송이.〉 벨의 눈은 말했다. 〈무슨 수로? 나는 곧 여기를 정리하고 떠날 거야.〉 포니의 눈이 말했다.

내가 공포에 사로잡힌 것은 그리니치빌리지에는 우리 말고 아무도 없었기 때문이다. 우리 빼고는 아무도 우리를 신경 쓰지 않았다. 우리를 사랑하는 사람들은 여기 없었다.

벨은 나에게 한 번 말을 건 적이 있다. 그날, 퇴근을 하고 포니에게 가던 중 그를 발견하고 놀랐다. 나는 지하철을 탔다가 14번 스트리트와 8번 애비뉴 교차점에서 내렸는데, 그는 보통 블리커 스트리트와 맥두걸 스트리트를 순찰했기 때문이다. 내가 유대인에게서 훔친 잡동사니 꾸러미를 들고 헐떡거리며 8번 애비뉴를 걸어갈 때 그가 천천히 나를 향해 걸어왔다. 나는 잠깐 겁이 났다. 꾸러미가 훔친 물건 — 접착제, 꺾쇠, 수채화

261

구, 종이, 압정, 못, 펜 같은 것들 — 이었기 때문이다.
하지만 그가 이것을 알 리 없었고, 나는 그가 너무 미웠
으므로 아무것도 신경 쓰지 않았다. 나는 그를 향해 걸
어갔고, 그는 나를 향해 걸어왔다. 7시를 지나 7시 30분
으로 향해 가는 중이라서 날이 조금씩 어두워졌다. 거
리는 사람들로 가득했다. 집에 가는 남자들, 비틀거리
는 술꾼들, 도망치는 여자들, 푸에르토리코 아이들, 약
쟁이들, 그 틈에 벨이 왔다.

「들어 드릴까요?」

나는 꾸러미를 놓칠 뻔했다. 사실 거의 오줌까지 쌀
뻔했다. 나는 그의 눈을 들여다보았다.

「고맙지만 괜찮아요.」 이렇게 말하고 가려는데 그가
내 앞을 가로막았다.

나는 다시 그의 눈을 보았다. 백인 남자의 눈을 제대
로 들여다본 것은 그때가 처음이었던 것 같다. 그 눈이
나를 멈춰 세웠고, 나는 그 자리에 섰다. 그것은 남자의
눈 같지 않았다. 내가 아는 어떤 것과도 달랐고, 그래서
아주 강력했다. 그것은 강간을 담은 유혹이었다. 그 강
간은 양쪽 모두의 타락과 복수를 부르는 것이었다. 나
는 그에게 다가가고 싶었다. 그의 안에 들어가서 그의

얼굴을 열고, 그것을 바꾸고 파괴하고, 그와 함께 오물 속으로 내려가고 싶었다. 그러면 우리 둘 다 자유로워질 것이다. 노랫소리도 들리는 것 같았다.

「집이 가깝다는 건 알지만 짐을 들어 드리고 싶습니다.」그가 아주 낮은 목소리로 말했다.

나는 아직도 그날 땅거미 속에, 그 북적이던 큰길에 우리가 함께 섰던 모습이 생생하다. 내가 꾸러미와 핸드백을 든 채 그를 바라보고, 그는 나를 바라보던 그 모습이. 나는 갑자기 그의 것이 되었고, 그러자 이전까지 느껴 본 적 없는 황폐한 느낌이 밀려왔다. 나는 그의 눈을 보고, 그의 소년 같은 촉촉한 입술, 절망하는 입술을 보았다. 그의 성기가 내 몸에 대고 뻣뻣해지는 게 느껴질 지경이었다.

「나는 나쁜 남자가 아니에요.」그가 말했다. 「친구한테 말해요. 나를 무서워할 필요 없어요.」

「무섭지 않아요.」내가 말했다. 「그렇게 전할게요. 고마워요.」

「잘 가요.」그가 말했다.

「안녕히 가세요.」나는 대답하고 길을 재촉했다.

포니에게는 이 일을 이야기하지 않았다. 할 수 없었

다. 그냥 머릿속에서 지워 버렸다. 벨이 포니에게 말했는지 모르겠지만 아마 그러지 않았을 것이다.

포니가 잡힌 날, 집에는 대니얼이 있었다. 그는 취해서 울고 있었다. 감옥 시절의 일을 다시 이야기하고 있었다. 대니얼은 남자 아홉 명이 청년 한 명을 강간하는 것을 보았다. 그도 강간당했다. 그는 예전의 대니얼로 돌아갈 수 없었다. 포니가 그를 안았다. 자신이 몰락하기 직전에 그를 안았다. 나는 커피를 끓이러 갔다.

그때 그들이 문을 두드렸다.

둘

시온

포니가 목공을 하고 있다. 부드러운 갈색 나무가 작업대에 놓여 있다. 그는 내 흉상을 만들기로 했다. 벽에 스케치가 가득하다. 나는 거기 없다.

연장들이 작업대에 있다. 그는 두려움 속에 나무 주위를 돈다. 손대고 싶지 않다. 그 일을 해야 한다는 걸 알지만 나무를 더럽히고 싶지 않다. 그는 계속 바라보다가 울음을 터뜨릴 지경이 된다. 그는 나무가 자신에게 말을 걸어 주었으면 한다. 그는 나무가 말하기를 기다린다. 그 말을 듣기 전에는 움직일 수 없다. 나는 나무의 침묵 속 어딘가에 갇혀 있고, 포니 역시 마찬가지다.

그가 끌을 들었다가 놓는다. 담배를 피워 물고 작업 스툴에 앉아서 가만히 바라보다가 다시 끌을 든다.

그러다가 다시 내려놓고 부엌에서 맥주를 따라 온 뒤

다시 스툴에 앉아 나무를 들여다본다. 나무도 그를 들여다본다.

「망할 것.」 포니가 말한다.

그는 다시 끌을 들고, 기다리는 나무로 간다. 나무에 가볍게 손을 대고 쓰다듬는다. 귀를 기울인다. 조심스럽게 끌을 댄다. 끌이 움직이고, 작업을 시작한다.

그리고 깨어난다.

포니는 꼭대기 감방에 혼자 있다. 임시 배정된 곳이다. 곧 다른 사람들과 함께 쓰는 더 넓은 아래층 감방으로 내려갈 것이다. 감방 구석의 변기에서 악취가 난다.

포니에게도 악취가 난다.

그는 하품하며 두 팔을 머리 뒤로 뻗고, 간이침대 위에서 몸을 벌떡 뒤집는다. 그리고 귀를 기울인다. 시간을 알 수 없지만 어차피 상관없다. 매시간이 똑같고 하루하루도 똑같다. 그는 신발을 본다. 끈 없는 신발은 침대 옆 바닥에 놓여 있다. 그는 자신이 여기 있는 이유, 움직일 이유, 움직이지 않을 이유를 찾아보려고 한다. 이곳에서 익사하지 않으려면 무엇인가 해야 한다. 그는 매일 노력한다. 하지만 성공하지 못한다. 그는 자기 안으로 물러나지도 못하고 밖으로 나오지도 못한다. 그의 인생은 정지되어 고요하다. 두려움으로 고요하다. 그가 구석으로 가서 오줌을 눈다. 변기 물은 잘 내려가지 않아서 곧 넘칠 것 같다. 어떻게 해야 할지 알 수 없다. 여기서 혼자 지내는 일은 두렵다. 하지만 아래층에 가서 다른 사람들과 함께할 일도 두렵다. 그는 식사 시간마다 그들을 보고 그들도 그를 본다. 그는 그들이 누구인지 안다. 예전에 본 사람들이다. 바깥에서 만난다면 그들에게 무슨 말을 건넬지 알았을 것이다. 그러나 여기서는 아무것도 모른다. 두려움 때문에 머리가 돌아가지 않는다. 그는 여기서 모두에게 휘둘린다. 돌과 쇠에도 휘둘린다. 바깥 세상에서 그는 어린 사람이 아니다. 하지만 여기서는 아주 어리다. 지나치게 어리다. 여기서 늙어 갈 것인가?

포니는 감방 문의 작은 구멍으로 복도를 내다본다. 모든 것이 조용하다. 이른 시각일 것이다. 오늘이 샤워를 할 수 있는 날인지 생각해 본다. 하지만 오늘이 무슨 요일인지도 모르고, 언제 샤워를 했는지도 기억나지 않는다. 그는 〈이따가 물어봐야지〉 하고 생각한다. 〈그러면 기억날 거야. 기억해야 돼. 이런 식으로 지낼 수는 없어.〉 그는 전에 읽었던 감옥 생활에 대한 글들을 떠올려

보려고 한다. 아무것도 기억나지 않는다. 그의 머리는 조개껍데기처럼 텅 비어서, 조개껍데기처럼 의미 없는 소리만 울린다. 질문도 없고, 대답도 없고, 아무것도 없다. 그는 악취를 풍긴다. 그가 다시 하품하고, 기지개를 켜고, 몸을 떨고, 큰 노력으로 비명을 삼키고, 높은 창문의 창살을 잡고, 작은 하늘을 내다본다. 쇠의 감촉에 정신이 차분해진다. 피부에 닿는 차갑고 거친 돌도 그의 마음을 약간 달래 준다. 그는 아버지 프랭크를 생각한다. 그리고 나를 생각한다. 우리가 지금 이 순간 무엇을 할까 생각한다. 그는 자기 없이 온 세상이 무엇을 하는지, 자신은 왜 여기 홀로 남아 죽음을 향해 가는지 생각한다. 하늘은 강철 빛이다. 무거운 눈물이 얼굴에 흘러서 수염 자국이 가려워진다. 그는 어떤 항변도 할 수 없다. 여기 있는 이유를 모르기 때문이다.

그는 다시 간이침대에 눕는다. 담배가 다섯 대 남았다. 하지만 오늘 저녁에 내가 담배를 가져올 것을 안다. 그는 담뱃불을 붙이고, 천장의 파이프들을 올려다보며 몸을 떤다. 그리고 진정하려고 애쓴다. 〈오늘도 그냥 지나가는 하루야. 안달하지 마. 침착하자.〉

포니는 담배를 빤다. 성기가 단단해진다. 멍한 정신

으로 바지 아래 그것을 쓰다듬는다. 그것은 그의 유일한 친구다. 이를 악물고 버티는 그는 젊고 외롭고 혼자다. 포니는 기도하듯 눈을 감고 자기 몸을 쓰다듬는다. 단단해진 성기가 뜨겁게 반응하고, 포니는 다시 담배 연기를 삼키며 한숨을 쉰다. 멈추고 싶지만 손은 멈추지 않는다. 멈출 수 없다. 아랫입술을 깨물고 손을 멈추려고 하지만, 손은 멈추지 않는다. 그는 반바지를 벗고 모포를 턱밑까지 덮는다. 손은 멈추지 않고 더 강하고 빠르게 움직인다. 포니는 오르락내리락한다. 아, 그는 아무도 생각하지 않으려 한다. 나를 생각하지 않으려 한다. 내가 이 감방, 이 행동과 연결되는 것을 그는 원하지 않는다. 아. 포니가 몸을 돌리고 솟구쳤다가 뒤튼다. 복부가 떨리기 시작한다. 아. 그의 눈에 눈물이 가득 고인다. 그는 이 일이 끝나지 않기를 바라지만, 이 일은 끝나야 한다. 아. 아. 아. 담배가 돌바닥에 떨어진다. 그는 완전히 굴복해서, 누군가의 팔이 자신을 안고 있다고 생각하며 신음한다. 비명이 터져 나올 지경이 된다. 굵어져서 타오르는 성기 때문에 허리가 접히고 사지가 뻣뻣해진다. 아. 그는 이 일이 끝나지 않기를 바라지만 이 일은 끝나야 한다. 그는 신음한다. 참을 수 없다. 성기에

서 액체가 졸졸 흐르다가 마침내 터져 나와서 손과 배
와 고환을 적신다. 그는 한숨짓는다. 그리고 한참 후에
눈을 뜨자, 감방의 쇠와 돌이 밀려와서 그가 혼자라는
것을 알려 준다.

그는 6시에 나를 만나러 내려왔다.

그리고 잊지 않고 전화기를 들었다.

「안녕! 오늘은 어때? 아무 말이나 해줘.」 그가 웃었다.

「할 말 없는 거 알잖아. 너는 어때?」

그가 유리에 키스했고, 나도 유리에 키스했다.

그의 얼굴이 좋지 않다.

「헤이워드가 내일 오전에 면회 올 거야. 재판 날짜가
확정된 것 같대.」

「언제로?」

「금방이래.」

「금방이라는 게 언제야? 내일? 다음 달? 내년?」

「어쨌건 금방인 건 맞으니까 너한테 말하는 거야. 포
니? 헤이워드가 너한테 말해도 좋다고 했어.」

「아기를 낳기 전에?」

「그래, 아기를 낳기 전에.」

「예정일은 언제지?」

「금방이야.」

그러자 그의 얼굴이 달라졌다. 그는 웃으며 한 손으로 주먹 쥐는 듯한 자세를 취했다.

「아기는 어때?」

「배를 뻥뻥 차. 정말이야.」

「애한테 두드려 맞는 거야? 불쌍한 티시.」 그가 웃는다.

그의 얼굴이 다시 변했다. 얼굴에 새로운 빛이 떠오르면서 그는 아주 아름다워졌다.

「우리 아버지 만났어?」

「응. 그분은 요즘 밤낮없이 일하셔. 내일 여기 오신대.」

「너도 같이 와?」

「아니. 헤이워드랑 같이 오셔. 아침에.」

「어떻게 지내셔?」

「잘 지내셔.」

「우리 대단한 누나들은?」

「평소하고 똑같아.」

「아직 결혼 안 했어?」

「응, 안 했어.」

나는 다음 질문을 기다렸다.

「우리 엄마는?」

「그분은 못 만났어. 당연한 일이지만. 잘 지내시는 것 같아.」

「약한 심장으로도 잘 버티시네. 네 어머니는 푸에르 토리코에서 돌아오셨어?」

「아직 안 오셨어. 하지만 금방 오실 거야.」

그의 얼굴이 다시 바뀌었다.

「그 여자가 계속 나를 강간범이라고 지목하면 나는 쉽게 못 나가.」

나는 담배에 불을 붙였다가 껐다. 아기는 포니가 보고 싶은 듯 몸을 꼼지락거렸다.

「엄마 말로는 헤이워드가 그 여자의 증언을 논박할 수 있대. 그 여자는 좀 히스테릭한 것 같아. 간간이 매춘을 한 사실도 그 여자한테는 불리하지. 그리고 그날 경찰서에 있던 용의자들 중에 네 피부가 가장 진한 검은색이었어. 백인이 몇 명 있고, 푸에르토리코 사람 하나, 옅은 갈색 남자가 두 명 있었지만, 정말로 검은 건 너뿐이었어.」

「그런 게 얼마나 통할지 모르겠다.」

「잘하면 사건이 기각될 수도 있어. 그 여자가 흑인에게 강간당했다고 하니 흰색, 연갈색 사람들 틈에 흑인을 한 명 넣은 거야. 그래서 네가 자연스럽게 지목된 거지. 그 여자가 흑인을 찾고 있었다면, 다른 사람은 될 수가 없었으니까.」

「벨은 어때?」

「전에 말했듯이 그자는 이미 흑인 소년 한 명을 죽였어. 헤이워드가 배심원들에게 그 사실을 알릴 거야.」

「배심원들이 그걸 알면 그자에게 훈장을 주려고 할걸. 도시의 안전을 잘 지킨다고.」

「포니, 그렇게 생각하지 마. 이 일이 시작될 때 결심했잖아. 하루하루 견디면서 평정을 유지하고 너무 앞서가지 않기로. 네 말이 무슨 뜻인지 알지만, 그런 생각은 아무 소용없어.」

「내가 없어서 속상해?」

「당연하지. 그래서 네가 평정을 잃지 말아야 되는 거야. 나는 너를 기다리고, 아기도 너를 기다려!」

「미안해, 티시. 미안해. 정신 차릴게, 정말로. 그런데 가끔 너무 힘들어. 여기서는 할 일이 없으니까. 그리고 내 안에서 나도 이해하지 못할 일들이 일어나. 전에 못

보던 것들이 보이고 그러는데, 그런 일을 뭐라고 하는지도 모르겠고 그냥 무서워. 나는 내가 생각했던 것보다 약하고 또 생각했던 것보다 어려. 하지만 정신 차릴게. 약속해, 정말로. 티시, 여기서 나가면 전보다 더 좋은 사람이 될 거야. 약속해, 티시. 내가 무엇인가 깨달아야 했고, 그건 여기 들어오지 않고는 볼 수 없었던 것인지도 몰라. 어쩌면 그래서인지도 몰라. 아, 티시. 날 사랑해?」

「사랑해, 포니. 내가 널 사랑하는 건 네 곱슬머리가 자라는 것처럼 당연한 일이야.」

「내 모습이 흉측해?」

「너를 매만져 주고 싶어. 하지만 나한테 너는 아름다워.」

「나도 너를 만지고 싶어.」

우리는 침묵 속에 서로를 바라보았다. 그때 포니의 등 뒤에서 문이 열리고 한 남자가 나타났다. 포니가 일어나서 돌아설 때, 내가 일어나서 돌아설 때, 언제나 이때가 가장 힘든 순간이다. 하지만 포니는 침착했다. 그가 일어나서 주먹을 들었다. 그리고 미소 띤 얼굴로 잠시 내 눈을 들여다보았다. 그에게서 내게 무엇인가 전해졌다. 그것은 사랑과 용기였다. 그렇다. 우리는 어떻게든 해낼 것이다. 나도 일어서서 미소를 짓고 주먹을 들었다. 그는 돌아서서 지옥으로 들어가고, 나는 사하라 사막을 향해 걸었다.

이 세상의 계산 착오는 헤아릴 수 없다. 검찰은 알론조 헌트의 모든 목격자를 잡아서 묶고, 고립시키고, 위협하는 데 성공했다. 그리고 그것은 그 자신도 망가뜨렸다고, 여위어서 돌아온 엄마가 그날 밤 말했다. 어네스틴이 여배우의 자동차와 운전사를 빌려 케네디 공항으로 가서 엄마를 태워 왔다.

「나는 이틀을 더 기다렸어. 이런 식으로 끝날 수는 없다고 생각했지. 하지만 하이메는 그런 식으로 끝날 수도 있다고, 그런 식으로 끝날 거라고 말했어. 그러는 동안 이야기가 온 섬에 퍼졌지. 모두가 그 일을 알았어. 하이메는 그 상황을 나보다 더 잘 파악했어. 내가 어디를 가든 사람들에게 뒤를 밟힌다고, 우리 두 사람 모두 그렇다고 했지. 그리고 어느 날 밤, 택시 안에서 그 사실을 증명하기도 했어. 이건 나중에 이야기하마.」

엄마도 전에 못 보던 것을 보는 표정이었다.

「더는 돌아다닐 수 없었어. 마지막 이틀 동안은 하이메가 스파이 노릇을 해줬지. 사람들은 하이메보다 하이메의 택시를 더 잘 알았어. 사람들은 늘 속보다는 겉을 더 잘 아니까. 하이메의 택시를 보면 하이메가 온다고 생각한 거야. 안을 들여다보지는 않았어.」

샤론의 얼굴. 그리고 조지프의 얼굴.

「그래서 하이메는 다른 사람의 차를 빌렸어. 그래서 사람들은 하이메가 오는 줄 몰랐지. 나중에 그를 봤을 때는 이미 상관없었어. 내가 옆에 없었으니까. 하이메는 바다처럼, 쓰레기 더미처럼 거기 풍경의 일부였고, 그들이 평생토록 알던 사람이었어. 그래서 굳이 그를 볼 필요가 없었지. 그런 쓰레기 더미는 처음 봤어. 어쩌면 사람들이 그를 보지 않은 건 쓰레기를 보지 않는 것과 마찬가지였는지 몰라. 그러니까 그들 자신을 보지 않는 것하고도 비슷해. 우리도 보지 않으니까. 그런 건 정말 처음 봤어. 나는 스페인어를 못하고 그 사람들은 영어를 못 하지만, 같은 쓰레기 더미에 있었지. 같은 이유로.」

엄마가 나를 보았다.

「이유가 같았어. 그걸 그렇게 생각한 적은 없었는데.

아메리카를 발견한 사람이 누구건 그 사람은 사슬에 묶인 채 고향에 끌려가서 죽는 게 옳았어.」

엄마가 다시 나를 보았다.

「어쨌건 너는 아기를 낳아야 해.」 그리고 미소를 짓고 또 지었다. 엄마는 나와 가까웠고, 또 아주 멀었다. 「우리는 누구도 아기에게 사슬을 못 채우게 할 거야.」

엄마가 일어나서 부엌을 거닐었다. 우리는 진과 오렌지 주스 칵테일을 든 엄마를 바라보았다. 엄마는 그동안 살이 빠졌다. 짐은 아직 풀지 않았다. 나는 엄마가 눈물 참는 것을 보면서 엄마도 사실은 젊다는 것을 깨달았다.

「하여간 하이메는 거기 갔어. 그런데 하이메가 갔을 때 사람들이 여자를 데리고 나가는 거야. 여자는 소리를 질렀지. 아기를 유산했거든. 피에트로가 여자를 안고 계단을 내려갔는데, 여자는 이미 하혈을 시작한 상태였어.」

엄마는 술을 마셨다. 창가에 선 모습이 몹시 외로워 보였다.

「여자는 산속에 있는 〈바랑기타스〉라는 곳으로 실려 갔어. 거기는 미리 알지 않고는 갈 수 없는 곳이야. 하이메는 이제 두 번 다시 여자를 볼 수 없을 거라고 말했어.」

그래서 재판이 어려워진 것이다. 검찰 측 핵심 증인의 건강 상태가 나빠져서 말이다. 우리는 아직 대니얼에게 옅은 희망을 품었지만, 아무도 그를 만날 수 없었다. 그가 있는 곳을 아는데도 그랬다. 헤이워드 씨가 확인한 바에 따르면, 그는 뉴욕주 북부의 감옥으로 이감되었다. 헤이워드 씨는 대니얼에 관한 사항을 조사하고 있었다.

검찰은 시간을 더 달라고 요구할 테고, 우리는 기소 취하와 사건 기각을 요구할 것이다. 하지만 보석이라도 받아들일 준비를 해야 했다. 물론 그것도 검찰이 용인하고, 우리가 보석금을 마련하는 경우에 해당했다.

「좋아.」 조지프가 말하고 창가의 샤론 옆에 가 섰지만 엄마에게 손을 대지는 않았다. 그들은 그들의 섬을 바라보았다.

「당신 괜찮아?」 조지프가 묻고 담배에 불을 붙여서 엄마에게 건넸다.

「응. 괜찮아.」

「그러면 들어가. 피곤할 테니. 집을 오래 떠나 있었잖아.」

「이제 주무세요.」 어네스틴이 강하게 말하자, 샤론과 조지프는 서로를 안고 방으로 들어갔다. 어떻게 보면 이제 우리가 그들의 보호자였다. 아기가 다시 발길질을 했다. 시간은 흘러갔다.

하지만 프랭크에게 이런 일들은 천재지변 같은 영향을 미쳤다. 그에게 이 소식을 전한 것은 조지프였다. 최근 그들의 근무 시간은 너무도 불규칙해서 조지프는 직접 그의 집으로 가서 소식을 전해야 했다.

아빠는 아무 말 없이 어네스틴과 내게 헌트 가에 이야기를 전하지 말라는 명령을 전달했다.

시간은 자정 무렵이었다.

헌트 부인은 이미 잠자리에 들었다. 귀가한 지 얼마 되지 않은 에이드리엔과 실라는 부엌에서 잠옷 차림으로 키득거리며 맥아 음료를 마셨다. 에이드리엔은 엉덩이가 넓적했지만, 실라는 희망이 없었다. 실라는 시시한 여배우 멀 오베런을 닮았다는 말을 들었다. 그녀와는 〈레이트 레이트 쇼〉에서 마주친 적도 있었다. 실라는 눈썹을 그녀와 비슷한 모양으로 다듬었지만 같은 효과는 나지 않았다. 오베런은 적어도 그 오묘한 달걀형 얼굴로 돈을 벌었다.

조지프는 아침 일찍부터 부두에 나가야 했기 때문에 미적거릴 시간이 없었다. 프랭크도 마찬가지였다. 그 역시 일찌감치 다운타운으로 향했다.

프랭크는 조지프 앞에 맥주를 놓았고, 자신을 위해서는 와인을 따랐다. 조지프는 맥주를 한 모금 마셨다. 프랭크는 와인을 마셨다. 그들은 어색한 한순간 부엌에서 들리는 딸들의 웃음소리 속에서 서로를 마주보았다. 프랭크는 그 웃음소리를 중단시키고 싶었지만, 조지프에게서 눈을 떼지 못했다.

「그래서?」프랭크가 말했다.

「마음 단단히 먹고 들어. 안 좋은 소식이니까. 재판이 연기됐어. 푸에르토리코 여자가 유산을 하고 정신이 이상해진 모양이야. 그래서 거기 산속 어딘가로 가서 나올 수 없대. 이제 그 여자를 뉴욕에 부르기는커녕 만날 수도 없어서 재판이 연기됐어. 여자가 올 수 있을 때까지 미뤄질 거야.」프랭크는 말이 없었다. 조지프가 다시 말했다. 「내 말 무슨 뜻인지 알겠어?」

프랭크는 와인을 마시고 조용히 말했다. 「응, 알겠어.」

부엌에서 딸들의 조용한 목소리가 들렸다. 그 소리가 두 남자의 신경을 긁었다.

프랭크가 말했다. 「여자가 정신이 돌아올 때까지 포니가 감옥에 있어야 한다는 거잖아. 그렇지?」 그가 다시 와인을 마시고 조지프를 보았다.

조지프는 프랭크의 표정이 왠지 불길했지만, 이유는 알 수 없었다.

「그게 그쪽에서 원하는 거지. 하지만 보석으로 빼내는 방법도 있어.」

프랭크는 아무 말도 없었다. 딸들은 부엌에서 키득거렸다.

「보석금이 얼마나 해?」

「몰라. 아직 안 정해졌어.」 그는 맥주를 입에 댔다. 불길한 느낌이 모호하지만 심대하게 커졌다.

「언제 정해지지?」

「조만간. 하지만 ─」 그는 말해야 했다.

「하지만 뭐?」

「먼저 그쪽에서 우리 탄원을 받아들여야 해. 그런데 그쪽은 우리한테 보석을 허락해 줄 필요가 없잖아.」 할 말이 또 있었다. 「그렇게 되지는 않겠지만, 최악의 상황

도 염두에 두어야 하니까 하는 말인데, 놈들이 포니의
형을 늘리려고 할 수도 있어. 여자가 아기를 잃었고 그
때문에 정신이 나간 것 같으니까.」

침묵 속에서 다시 여자들의 웃음소리가 들렸다.

조지프가 한쪽 겨드랑이를 긁으며 프랭크를 보았다.
조지프는 더욱 불안해졌다.

「그렇다면 일이 완전히 글렀군.」프랭크가 마침내 차
갑고 침착하게 말했다.

「왜 그렇게 말해? 힘들기는 해도 끝난 건 아냐.」

「아냐, 끝났어.」프랭크가 말했다. 「다 끝났어. 놈들이
이겼어. 그놈들은 자기들이 마음먹기 전에는 포니를 풀
어 주지 않을 거야. 그리고 놈들은 아직 그럴 생각이 없
어. 우리가 할 수 있는 일은 이제 없어.」

조지프는 겁이 나서 소리쳤다. 「우리는 무슨 일이든
해야 돼!」그의 목소리가 벽에 부딪히고 여자들 웃음소
리에도 부딪혔다.

「무슨 일을 할 수 있어?」

「보석이 허락되려면 상황을 뒤집어야 해.」

「어떻게?」

「방법은 나도 몰라! 그렇게 해야 한다는 것만 알아!」

「보석이 허락되지 않으면?」

「우리는 그 애를 꺼낼 거야! 무슨 수를 써서라도!」

「내 마음도 똑같아. 하지만 어떻게 하느냐고?」

「무조건 그 애를 꺼내야 돼. 포니가 억울하게 잡힌 건 우리도 알고, 그 거짓말쟁이 새끼들도 다 알아.」 그가 일어섰다. 몸이 부들부들 떨렸다. 부엌이 조용해졌다. 「자네가 그렇게 말하는 이유를 알아. 우리가 놈들을 이기기 힘들다는 거. 맞아. 하지만 포니는 우리의 피와 살이야. 피와 살. 어떻게 할지는 모르지만, 우리는 그 일을 해야 돼. 자네가 자네 때문에 걱정하는 게 아니라는 건 나도 알아. 나도 나 때문에 걱정하지는 않아. 중요한 건 그 애가 거기서 나와야 하고, 우리가 그 애를 빼내야 한다는 거야. 그러려면 용기를 잃지 말아야 돼. 저 더러운 백인 새끼들이 계속 이렇게 개수작을 부리게 내버려 둘 수는 없어.」 그는 진정하고 맥주를 마셨다. 「놈들은 이미 우리 아이들을 많이 죽였어.」

프랭크가 열려 있는 부엌문 쪽을 보니, 두 딸이 거기서 있었다.

「무슨 일 있나요?」에이드리엔이 물었다.

그러자 프랭크가 와인 잔을 바닥에 내던졌고, 잔은

요란한 소리를 내며 깨졌다. 「흰 물 든 더러운 년들. 당장 내 앞에서 꺼져. 안 들려? 당장 꺼지라고. 네년들이 여자라면 감옥에 있는 남동생을 빼내려고 몸이라도 팔아야지. 하지만 너희는 그저 겨드랑이에 책을 끼고 네년들 곁을 어슬렁거리는 등신들한테 공짜로 줄 줄만 알아. 가서 잠이나 자! 눈앞에서 꺼져!」

조지프는 프랭크의 두 딸을 보았다. 그랬더니 아주 이상한 것, 그동안 전혀 몰랐던 것이 보였다. 실은 에이드리엔이 아버지를 필사적으로 사랑한다는 것이었다. 그녀는 아버지가 고통스러워하는 것을 알았다. 에이드리엔은 아버지의 고통을 달래고 싶었지만 방법을 몰랐다. 그것만 알 수 있다면 어떤 대가를 치르더라도 상관없었지만, 에이드리엔은 자신이 프랭크에게 아내를 연상시킨다는 것을 몰랐다.

그녀는 말없이 시선을 내린 뒤 돌아섰고 실라가 뒤를 따라갔다.

침묵은 거대했고, 점점 더 넓게 퍼졌다. 프랭크는 두 손으로 머리를 감쌌다. 조지프는 프랭크가 딸들을 사랑한다는 걸 알 수 있었다.

프랭크는 아무 말도 하지 않았다. 얼굴을 덮은 손바

닥에서 테이블로 눈물이 떨어졌다. 조지프가 그 모습을 바라보았다. 눈물이 손바닥에서 손목뼈로 흘렀다가 참을 수 없을 만큼 가벼운 소리를 내며 테이블에 톡 떨어졌다. 조지프는 무슨 말을 해야 할지 몰랐다, 아직은.

「지금은 울 때가 아니야, 친구.」 그가 말하고 맥주를 마저 마셨다. 그리고 프랭크를 살피며 물었다. 「괜찮아?」

프랭크가 마침내 말했다. 「괜찮아.」

조지프가 말했다. 「가서 자. 우리 둘 다 아침에 일찍 일어나야 하니까. 내일 일 끝나고 연락할게.」

「그래, 알았어.」 프랭크가 말했다.

포니에게 재판이 연기된 것과 그 이유, 빅토리아의 불행이 그에게 미칠지 모르는 영향을 전하자 그는 상당히 특이하고 놀라운 반응을 보였다. 희망을 포기하는 것은 아니지만, 그 희망에 매달리지 않기로 한 것이다.

「알았어.」 그는 그렇게만 말했다.

나는 포니의 높은 광대뼈가 처음 보는 듯 낯설었다. 그것은 아마 사실일 것이다. 그새 살이 너무 많이 빠졌다. 나를 똑바로 바라보는 그의 큰 눈은 깊고 어두웠다.

안심도 됐지만 당혹스럽기도 했다. 그는 다른 곳으로 떠났다. 내게서 멀어지지는 않았지만 다른 곳, 내가 없는 곳에 서 있었다.

그가 긴장이 서린 큰 눈으로 나를 보며 물었다.

「너 괜찮아?」

「응.」

「아기는 괜찮아?」

「응. 아기는 무사해.」

포니가 웃었다. 그것은 약간 충격이었다. 나는 평생토록 그의 이 빠진 자리를 볼 것이다.

「나도 괜찮아. 걱정하지 마. 너한테 돌아갈 거야. 너를 품에 안고 싶고, 네 품에 안기고 싶어. 우리 아기도 안고 싶어. 그렇게 될 거야. 믿음을 잃지 마.」

그는 다시 웃었고, 내 안의 모든 것이 움직였다. 아, 밀려드는 사랑.

「걱정하지 마. 너한테 돌아갈 테니까.」

그는 다시 웃고 일어서서 내게 경례를 했다. 그리고 강렬한 눈길을 던졌는데, 그 표정은 누구의 얼굴에서도 본 적 없는 것이었다. 그는 자기 몸에 살짝 손을 댔다가 허리를 굽혀 유리에 키스했다. 나도 유리에 키스했다.

포니는 이제 자신이 왜 그곳에 있는지 알았다. 그는 용기를 내서 주위를 돌아보았다. 그가 그곳에 있는 이유는 자신이 저지른 일 때문이 아니었다. 물론 그것은 처음부터 알았지만, 이제는 약간 다르게 알게 되었다. 식사할 때, 샤워할 때, 계단을 오르내릴 때, 저녁에, 모두가 다시 안에 갇히기 직전에, 그는 다른 사람들을 보고 그들에게 귀를 기울였다. 그들이 무슨 일을 저질렀나? 엄청난 일은 없다. 엄청난 일은 이 사람들을 이곳으로 데려와서 가두는 힘이다. 이 포로들은 〈의인은 악인을 찾아내야 한다〉는 은폐된 거짓의 은폐된 희생자다. 엄청난 일은 악인에게 명령을 내리는 힘과 논리다. 하지만 포니는 그것이 양방향으로 작동한다고 생각했다. 〈내 편이 아니면 적인 거지. 그래, 알겠어. 개자식들. 너희들이 날 죽이지는 못해.〉

그는 내가 가져다주는 책을 읽었다. 우리가 어찌어찌 종이를 가져다주면 스케치를 했다. 그는 이제 자신의 위치를 알고, 사람들과 이야기하며 적응해 갔다. 그는 자신에게 무슨 일이든 일어날 수 있다는 것을 알았다. 그것을 알기 때문에, 더 이상 등을 돌릴 수 없었다. 직면해야 했다. 그것을 조롱하고, 그것과 놀고, 그것에 도전해야 했다.

그는 강간을 거부해서 독방에 들어갔다. 이를 또 잃고, 한쪽 눈의 시력도 잃을 뻔했다. 그의 안에서 무엇이 단단해졌다. 무엇이 완전히 변했다. 눈물이 배 속에서 얼어붙었다. 하지만 그는 절망의 절벽 끝에서 도약했다. 그리고 생명을 위해 싸웠다. 눈앞에 아기의 얼굴이 보였다. 그에게는 지켜야 할 약속이 있었고, 이 오물 속에 들어앉아 땀을 흘리고 악취를 풍겨도 아기가 올 때까지 버텨 내겠다고 했다.

헤이워드 씨는 포니의 보석을 위해 노력했다. 하지만 금액이 컸다. 그리고 여름이 왔다. 시간은 흘러갔다.

영원히 잊을 수 없는 어느 날, 페드로시토는 나를 스페인 레스토랑에서 집까지 태워다 주었고, 나는 무거운 몸으로 의자에 가서 앉았다.

아기는 가만히 있지 못했고, 나는 두려웠다. 시간이 임박했다. 피곤해서 죽고 싶을 지경이었다. 포니가 독방에 감금되어서 오랫동안 못 보다가 마침내 만나고 온 참이었다. 그가 너무 여위고 상한 모습이라 울음이 터질 뻔했다. 〈누구에게, 어디서?〉 포니의 치켜 올라간 크고 검은 눈에서 그 질문이 읽혔다. 그 눈은 이제 예언자의 눈처럼 타올랐다. 하지만 그가 웃자 나는 처음처럼 다시 내 애인을 보았다.

「네 몸에 살 좀 붙여 줘야겠다. 오, 하느님. 부디 자비를.」 내가 말했다.

「더 크게 말해. 그렇게 말하면 그분이 못 들어.」 그는 웃었다.

「보석금을 거의 모았어.」

「그럴 줄 알았어.」

우리는 앉아서 서로를 바라보았다. 그것은 유리와 돌과 강철을 뚫고 하는 섹스였다.

「나는 곧 나갈 거야. 나는 돌아갈 거고, 그건 내가 여기까지 온 게 기쁘기 때문이야. 내 말 이해해?」

나는 그의 눈을 보았다.

「응.」 내가 말했다.

「나는 이제 장인이야.」 그가 말했다. 「그러니까 테이블 만드는 사람 같은. 예술가라는 말은 별로야. 예전부터 그랬어. 그 말이 무슨 뜻인지 모르겠어. 나는 내 고집으로, 내 손으로 일하는 놈이야. 이제 중요한 게 뭔지 알아. 정말로. 행여 내가 실패해도. 하지만 그러지 않을 거야. 이제는.」

그는 나에게서 아주 멀리 있었다. 내 곁에 있으면서
도 아주 멀리 있었다. 앞으로 언제나 그럴 것이다.

「네가 어디로 가든 난 너를 따라갈 거야.」내가 말
했다.

그가 웃었다. 「티시, 사랑해. 내가 테이블을 만들면
우리 식구들 모두 거기 둘러앉아서 오랫동안 식사를 할
거야.」

나는 의자에 앉아 내 방의 창밖을 바라보았다. 무시
무시한 거리들.

아기가 물었다.

〈그들 중 의인이 한 명이라도 있나요?〉

그리고 발길질을 했는데, 그것은 전과 확연히 달랐다.
이제 시간이 다 된 것이다. 시계를 본 기억이 난다. 8시
가 되기 20분 전이었다. 그때 나는 혼자 있었는데, 누가
문을 열고 들어올 것만 같았다. 아기가 다시 발길질을
해서 숨이 막혔다. 울음이 터져 나오려는 순간 전화기
가 울렸다.

나는 무거운 몸을 이끌고 수화기를 들었다.

「여보세요?」

「여보세요, 티시? 나 에이드리엔이야.」

「안녕하세요, 에이드리엔.」

「티시, 우리 아버지 봤니? 혹시 거기 계셔?」

충격받은 목소리였다. 그렇게 공포에 사로잡힌 목소리는 처음이었다.

「아뇨. 왜요?」

「너 우리 아버지를 마지막으로 본 게 언제니?」

「본 적 없어요. 우리 아버지가 만나긴 했지만 저는 안 만났어요.」

에이드리엔은 울고 있었다. 전화선 너머로 들리는 소리가 섬뜩했다.

「에이드리엔! 무슨 일이에요? 왜 그래요?」

모든 것이 고요해지던 그 순간을 기억한다. 태양이 멈추고, 땅도 멈추고, 하늘이 가만히 내려다보던 순간. 나는 심장이 다시 뛰게 하려고 심장에 손을 댔다.

「에이드리엔! 에이드리엔!」

「티시, 아버지가 가게에서 잘렸어. 이틀 전에. 물건 훔치던 걸 들켰대. 사람들이 감옥에 넣겠다고 협박했어. 아버지는 포니 일도 있고 해서 완전히 혼이 나갔어. 술에 취해 돌아와서 온갖 사람을 다 욕하다가 나갔는데, 그다음에 본 사람이 없어. 티시, 너 우리 아버지 어디 계신지 몰라?」

「에이드리엔, 난 몰라요. 하느님께 맹세코 본 적 없어요.」

「티시, 네가 날 안 좋아하는 거 알아.」

「에이드리엔, 우리 둘이 좀 싸우긴 했지만 그건 그냥 평범한 일이에요. 그렇다고 내가 언니를 싫어한다고 생각하지 말아요. 언니에게 상처 줄 생각은 전혀 없어요. 포니의 누나잖아요. 포니를 사랑하면 언니도 사랑해야죠. 에이드리엔?」

「우리 아버지 보면 전화해 줄래?」

「네, 물론이죠.」

「제발. 아, 너무 겁이 나.」 에이드리엔이 갑자기 낮은 목소리로 말하더니 전화를 끊었다.

전화기를 내려놓았을 때, 열쇠 돌리는 소리가 나더니 엄마가 들어왔다.

「티시, 무슨 일이니?」

나는 의자로 돌아가서 앉았다.

「에이드리엔이 전화했어요. 프랭크가 없어졌대요. 가게에서 해고되는 바람에 혼이 나가셨대요. 에이드리엔

목소리도 거의 쓰러질 것 같았어요. 엄마.」 우리는 서로를 바라보았다. 엄마의 얼굴은 하늘처럼 고요했다. 「아빠가 그분을 만났나요?」

「몰라. 하지만 프랭크가 여기 온 적은 없어.」

엄마는 가방을 티비 위에 내려놓고 내게 다가와서 이마에 손을 짚었다.

「몸은 좀 어떠니?」

「피곤하고 이상해요.」

「브랜디 좀 마실래?」

「네, 그것도 좋을 것 같아요. 속을 좀 진정시켜 줄 것 같아요.」

엄마는 부엌에서 브랜디를 가지고 와서 내 손에 쥐어주었다.

「속이 불편하니?」

「약간요. 지나갈 거예요.」

브랜디를 마시고 하늘을 보았다. 엄마는 잠시 나를 보다가 다시 떠났다. 나는 하늘을 보았다. 하늘이 내게 할 말이 있는 것 같았다. 나는 낯선 곳에 혼자 있었다. 모든 것이 고요했다. 아기마저 고요했다.

엄마가 돌아왔다.

「오늘 포니 봤니?」

「네.」

「어떻디?」

「아름다웠어요. 사람들이 때렸지만, 포니는 맞지 않았어요. 제 말 뜻을 아시죠. 포니는 정말 아름다웠어요.」

너무 피곤했다. 더 이상 한마디도 하기 힘들었던 게 기억난다. 무슨 일이 일어나려는 참이었다. 나는 의자에 앉아 하늘을 올려다보며 그것을 느꼈다. 움직일 수 없었다. 할 수 있는 것은 오직 기다리는 것뿐이었다.

〈내게 변화가 올 때까지.〉

「어네스틴이 배우에게서 돈을 마저 받은 것 같아.」엄마가 말하고 웃었다.

뭐라고 말할 틈도 없이 초인종이 울렸고, 엄마가 나갔다. 문 앞에서 들리는 엄마의 목소리에 나는 벌떡 일어났다. 브랜디 잔이 바닥에 떨어졌다. 나는 아직도 그때 엄마의 얼굴을 기억한다. 엄마는 아빠 뒤에 서 있었다. 아빠의 얼굴도 기억한다.

프랭크가 발견되었다고 아빠가 말했다. 강 상류 쪽의 아주 먼 숲에서 자동차 문을 잠그고 모터를 돌렸다고.

나는 의자에 앉았다.

「포니는 알아요?」

「아직 모를 거야. 내일 아침이 되어야 알겠지.」

「내가 말해 줘야겠어요.」

「너도 내일 아침에나 갈 수 있어.」

조지프가 앉았다.

샤론이 걱정스럽게 물었다. 「괜찮니, 티시?」

나는 말을 하려 입을 열었지만, 무슨 말을 해야 할지 알 수 없었다. 입을 열자 숨이 막혔다. 모든 것이 사라지고 엄마의 눈만 남았다. 믿을 수 없는 소식이 우리 사이의 공기에 불안을 가득 채웠다. 그런 뒤 보이는 것은 포니뿐이었다. 나는 비명을 질렀다. 이제 나의 시간이 왔다.

포니는 나무를, 돌을 작업하고 있다. 휘파람을 불고 미소를 지으며. 멀리서, 하지만 점점 가까워지면서, 아기가 울고 울고 울고 울고 울고 울고 울고 울고 울고 운다. 죽은 자들을 깨울 듯이.

1973년 10월 12일(콜럼버스의 날)

생폴 드 방스

옮긴이의 말

　빌 스트리트Beale Street는 뉴올리언스의 거리로, 우리 아버지와 루이 암스트롱, 재즈가 태어난 곳이다. 미국의 모든 흑인은 빌 스트리트, 그러니까 미국 어떤 도시의 후미진 동네에서 태어났다. 미시시피주의 잭슨이건 뉴욕시의 할렘이건 상관없다. 빌 스트리트는 우리의 유산이다.

　제임스 볼드윈의 소설 『빌 스트리트가 말할 수 있다면』을 토대로 2018년에 배리 젱킨스 감독이 만든 동명의 영화는 위와 같은 볼드윈의 말을 인용하며 시작한다. 약간의 반전은 빌 스트리트는 실제로는 루이지애나주 뉴올리언스가 아니라 테네시주 멤피스에 있다는 것이다. 하지만 인용문에서 말하듯이 그곳은 구체적인 지

명이 아니라 흑인이 태어나고 자라는 곳을 상징하는 공간이다. 실제로 이 작품의 배경도 뉴욕시의 할렘과 다운타운이다.

작품의 시간적 배경은 소설이 발표된 1974년 무렵이다(주인공의 아버지가 결혼 전에 한국 전쟁에 징집되는 것을 피하려고 하는 대목이 나온다). 1960년대를 달군 흑인 민권 운동의 결과 많은 인종 차별 법률이 철폐되었지만, 흑인은 여전히 법의 안팎에서 무수한 차별을 받았고, 그것은 때로 이 작품에 나오는 것 같은 무자비한 폭력의 형태를 띠었다.

이 작품은 그런 폭력에 휘말린 두 젊은 연인과 그들을 사랑하는 가족의 눈물겨운 분투를 담고 있지만, 그러면서도 놀라울 만큼 서정적이다. 세상은 한없이 지옥에 가까운 연옥이지만, 절망보다 강한 사랑으로 거기 맞서는 두 주인공의 대비가 이 작품을 눈물겹도록 아름답게 만들기 때문이다.

그런 연옥은 50년이 지난 2020년까지 이어진다. 이 글을 쓰는 지금 미국에서는 백인 경관이 흑인을 살해한 사건으로 〈흑인의 생명은 소중하다Black Lives Matter〉라는 슬로건을 건 대규모 인종 차별 반대 시위가 벌어지

고 있다. 과거는 언제나 우리 곁에 생각보다 오래 남아
있다. 빌 스트리트가 말할 수 있다면 아직도 할 말이 너
무 많을 것이다.

2020년 여름

고정아

옮긴이 고정아 연세대학교 영문학과를 졸업하고 전문 번역가로 활동하고 있다. 『순수의 시대』, 『모리스』, 『하워즈 엔드』, 『전망 좋은 방』, 『오만과 편견』, 『히든 피겨스』, 『컬러 퍼플』, 『빨강 머리 앤』 등을 옮겼고, 『천국의 작은 새』로 2012년 6회 유영번역상을 받았다. 『엘 데포』, 『클래식 음악의 괴짜들』, 『손힐』, 『진짜 친구』 등 어린이 청소년 책도 다수 번역했다.

빌 스트리트가 말할 수 있다면

발행일 2020년 7월 20일 초판 1쇄

지은이 제임스 볼드윈
옮긴이 고정아
발행인 홍지웅·홍예빈
발행처 주식회사 열린책들

경기도 파주시 문발로 253 파주출판도시
전화 031-955-4000 팩스 031-955-4004
www.openbooks.co.kr

Copyright (C) 주식회사 열린책들, 2020, *Printed in Korea.*
ISBN 978-89-329-2042-9 03840

이 도서의 국립중앙도서관 출판예정도서목록(CIP)은 서지정보유통지원시스템 홈페이지(http://seoji.nl.go.kr)와 국가자료공동목록시스템(http://www.nl.go.kr/kolisnet)에서 이용하실 수 있습니다.(CIP제어번호: CIP2020026745)